傑作長編時代小説

同心部屋御用帳

㊀

◆

島田一男

JN228992

コスミック・時代文庫

※この作品は二〇一三年小社から刊行された「定町回り同心事件帖」を改題したものです。
本書には今日では差別表現として好ましくない表現も使用されていますが、作品の時代背景および出典を尊重し、あえてそのまま掲載しています。

目次

はだぬぎ弁天

一

　南町奉行所の表ご門が、グッと背のびをしていた。秋の朝空が、底抜けに青く澄みきっていたせいで、そんなふうに見えたのであろう。

　五万石の大名屋敷と同じお長屋門であった。両そでには、黒い渋塗りに白シックイのナマコ壁が続いていた。大名屋敷のようにイカックなく、ちょいと優しさのある細めのナマコである。

　キリッとしているが、どこか柔らかみのあるお奉行所の表構えだったが、秋が深み、空とすぐ横のお濠の水がひえびえしてくると、この建物が、ツンとお澄ましをした御殿女中を思わせた。

「――ほう……」

たまりべやへはいった定町回り同心千秋城之介《ちあきじようのすけ》は、へやの下座にキチンとすわっている日下兵馬《くさかひょうま》を見てニヤリと笑った。

「――早いなア、兵馬」

「はア……本日よりお世話になります。舅《しゆうと》内記からも、くれぐれもよろしくと――」

「よしなよ、堅っ苦しい……」

城之介は、三年まえの自分を思い出した。――十三の年から同心見習いとして奉行所に出仕《しゆつし》して、十二年めに父親が死に、跡をついでおやじ同様の定町回りを命ぜられた。二十五でやっと一人まえになったわけである。

定町回りは南北両町奉行所共に六人ずつであった。最年少の城之介は、この三年間、古参者に頭を押えられていたが、きょうからは、兵馬という新参同心ができたわけだ。

城之介と違って、兵馬は、三日まえに願書を出して隠居した日下内記の娘婿《むすめむこ》だった。同心見習いも二年足らずしかしていない。年も二十二ということだった。

「――当分、苦労するぜ……」

「はア……なにぶん、よろしくお引きまわしを……」

「うん、引き受けた……といってやりたいが、そうはいかない。書き物方や牢屋見まわりと違って、おれたちア六人で八百八町の無法者を扱うんだ。背中にヒビをしょわなきゃ一人まえになれない。おまえさんの世話をするどころか、おれだって駆けだしさ」

「覚悟しております」

「それになア、兵馬、ほかの係りにゃ支配与力がいて、いろいろとさしずしてくれるが、おれたち定町回りは同心だけ。じかにお奉行につながってるわけだ。万事、自分で判断してやらなきゃならない。つらいときがずいぶんあるぜ」

　そこへ、最年長の早水茂太夫《はやみもだゆう》が出てきた。

「――城之介、四谷伝馬町《よつやてんまちょう》はだれの受け持ちだったかな？」

「この五日間だけ、わたしが回りました。が……それまでは、内記殿の持ち場でした」

「では、きょうからは兵馬の受け持ちというわけか……ちょっと無理かな？」

「何かあったんですか？」

「妙な話を耳にしたのだ。伝馬町の油屋信州屋のむすこが、十日ほどまえからいなくなった」

「家出ですか?」

「かどわかしらしいな」

「いくつです?」

「二十一……」

「ヒゲのはえた男のかどわかしたア初耳ですなア。どっかの岡場所《おかばしょ》の生きた弁天さまにはまりこんでるのでしょう」

「いや……かどわかしの下手人は、木彫りの弁財天らしいということだよ」

驚いている城之介と兵馬に、早水茂太夫は奇妙な話を聞かせた。

四谷伝馬町の油屋信州屋のひとりむすこ梅吉は、仲のよい友だち三人といっしょに品川東海寺のモミジを見物に行った。

行きは麻布から二ノ橋へ出て東海寺へはいり、帰りは御殿山を降りて品川から新橋へ……という道順だった。

御殿山からダラダラと坂を降りてくると、左っ側に妙泉院という小さな寺がある。寺の入り口に石の柱が一本たっていて、——境内にはだぬぎ弁財天安置……と彫りこんであった。

「こいつアいろっぽいや……ちょいと拝んでいこうじゃないか……」

だれとなくそういって、妙泉院へはいっていった。

本堂わきに、古びた弁天堂があって、そこに木彫りの弁天さまがまつってあった。

寺の人手が足りないのか、堂の中にはクモが巣をかけ、等身大の弁天さまは、うっすらとほこりをかぶっていた。

が……もろはだぬぎで、上半身を裸にして、琵琶《びわ》をかかえたお姿は、生身《しょうしん》のように豊かに、ちょいとほほえみかげんのお顔は、血が通っているかのようになまめかしかった。

「――よせばよいのに、梅吉のやつ……」

早水茂太夫は、話しながら舌打ちをした。

「ノコノコと台の上へあがって、弁財天に抱きつき、ほおずりをしたというのだ」

「かなり酔っていたのでしょう」

「そうかもしれんな……そのうえ、梅吉は、――いい女だ、おれはこの弁天さまを女房にする……といって、ふところから手ぬぐいを出し、弁財天の右腕へ縛《しば》りつけてきたというのだ。ところが、その晩……」

四つ（十時）ちょいとまえであったという。信州屋の大戸を、ホトホトと静かにたたくものがあった。

「——品川の妙泉院から、若だんなへお使いでございます。どうぞお取り次ぎを……と、若い女の声が聞こえた。それっきりなんだよ」

「それっきり？」

城之介は、早水茂太夫の顔を見た。

「そうなのだ。梅吉が、ソワソワと、くぐり戸をあけて表へ出ていった。その後ろ姿は、番頭や小僧が見ている。が……いつまでたっても梅吉はもどってこない。きょうで十日めだ」

「だから、木彫りの弁財天にかどわかされたっていうんですか？」

「わしがいうのではない。四谷伝馬町近辺でそううわさしている」

「行ってみましょう……」

城之介が立ち上がると、茂太夫が、ニンマリ笑った。

「——ここ五、六んち、たいした評判だそうだぜ」

「すみませんでした」

「慣れない持ち場はかってが悪いとみえるな。兵馬を連れていってはどうだ」

「そうしましょう……」

城之介は、兵馬を促してたまりべやを出た。

「――まずいやね……」

城之介は、苦笑いをした。

「実は、おれは四谷を回っていなかったんだ。自分の持ち場だけでも日に三里余り歩かなきゃならねエ。とても、内記どのの持ち場だったところまでは回りきれない」

「ご迷惑をおかけしました」

「なアに……運が悪いのさ。こんなもんなんだ。手を抜くと、奇妙になんか持ち上がりやがる。世の中ってなア、意地悪くできてやがるのさ」

奉行所を出ると、いつの間にか、手先の勘八《かんぱち》と嘉助《かすけ》がついてきていた。――勘八は、まだひとり者の城之介の家へ住み込んで、身のまわりから台所の世話までしている。なんかあると、――かんべんならねエ……というのが癖で、勘弁勘八と呼ばれていた。とって二十六の気のいい男だった。

嘉助は、兵馬の義父《ちち》内記から手札をもらった御用聞きで、針の嘉助といわれていた。――針のように鋭い……というわけではない。もとが仕立て屋の下職だったのである。内記から兵馬へ、つまり同心親子二代につかえるわけだが、万事が勘八とは正反対。神田豊島町《としまちょう》に所帯を持ち、女房と娘があった。勘八は、やせて、背が高かったが、嘉助はズングリとして、下っ腹が出ていた。

「――嘉助……」

城之介が、秋空をまぶしそうに見上げながらいった――。

「――四谷伝馬町の油屋、信州屋ってエのを知ってるかい？」

「あの家に、なんかあったのですかい？」

「梅吉ってむすこがいるそうだな？」

「へエ……先妻の子ですよ。去年の暮れに信州屋のあるじが死にましてね。いまは、後妻――つまり梅吉の義理の母親が店を切りまわしてるんです」

「梅吉は二十一……どうして跡めを継がねエんだ」

「おやじさんの一周忌が済んだら、妹のお町と婚礼して、家を継ぐって話でしたよ」

城之介は、嘉助を振り返って目を細めた。

「兄妹《きょうだい》で夫婦になるのか？」

「お町は、母親の連れ子なんですよ。伝馬町小町といわれるいい娘ですよ。それから、母親お新も、いい年増《としま》でしてね、もとは永井遠江守《とおとうみのかみ》さまの奥向きに勤めていたということですよ」

城之介は、クスリッと笑った――。

「御殿下がりの色年増に伝馬町小町か……そいつア楽しみだ……」

二

「――心当たりは、なにもございません……」

さすがに御殿勤めをしたというだけに、後家のお新は、身ごなし、ことばのメリハリもキッパリしていた。

「――親類縁者のところへも立ち回っていないのか？」

兵馬がたずねた。――城之介は、兵馬からちょいと離れてすわっていた。受け持ちの兵馬に調べをまかせ、自分は介添えに回ったつもりだった。

「問い合わせてみましたが、どこへも参っておりませぬ」

「ほかに、行きそうなところは？」

「心当たりがございません」

「身持ちはどうであった、梅吉の？」

「堅い一方でございました。お酒も飲まず、悪所《あくしょ》遊びなどにも、出かけたことがございません」

「酒を飲まんのか？」

「はい……お正月のおとそさえ、あとが苦しいと申して飲みませぬ」

「では、妙泉院で弁財天へ戯《たわむ》れたときは、しらふだったのか？」

「はい……モミジ見物のお仲間衆も、梅吉だけはお酒をいただかなかったと申されております。その梅吉が、あろうことか弁財天女像へ戯れたと聞き、びっくりいたしました。信じられぬことでございます」

「いっしょに行った者たちは、近所のものか？」

「はい……お隣の伝兵衛《でんべえ》さん。瀬戸物屋野田屋のご主人でございます。お向かいの旅籠《はたご》甲州屋の若だんな佐助さん。それに、町内の頭《かしら》のとこの若頭《わかがしら》吉松さんの三人でした」

「その三人には、変わりはないのか？」

「ございません。梅吉のことを心配して、毎日のように見舞うてくださいます」

兵馬が、チラッと、城之介を見た。――もうたずねることはないが、どうしよう……という顔である。

「――どうだな……」

城之介が、けだるそうな声でたずねた――。

「お内儀の目から見て、梅吉はどんな男だった？」

「商人《あきんど》のむすことしては、堅すぎるほどでございました。でも、柔らかすぎるよりは安心でございますけど……」

「男っぷりは？」

「さア……」

お新は、ちょっと困ったように口ごもったが、――

「産みの母親ではございませんので、はっきり申しますけど、それはもう、役者のような……ご近所では、女形《おやま》の田之助に似ている……などと申されておりまず」

「商売がらだな」

「は？」

「油つぼから抜け出したようなよい男……ってわけか……それで、酒を飲み、道楽をしたら、身がもたなかったろう」

「はい……でも、道楽はございました。漢籍《かんせき》と骨董《こっとう》いじり――」

「そいつアまた、ひどく年寄り臭いねエ」

「でも、心配のない道楽でございます」

「娘さんに会いたいねエ……」

お新と入れ替わりに、お町がはいってきた。――なるほど、四谷小町だ。当世ふうの下っぷくれに、結《ゆ》い綿をつけたおとめ島田……これに黄八丈を着せて、鹿《か》ノ子《こ》の帯をしめさせたら、さしずめやお屋お七の舞台姿であろう。

「いくつだい？」

「十八に……なりました」

低い含み声だった。ものをいうと、小さな口もとから、チラリッと、白い糸切り歯がのぞいた。

「梅吉を、なんと呼んでいたんだい？」

「え？」

「梅さんとか、梅吉さんとかさ。まさか、まだ、あなたとはいうめエ」

「ま！」

お町は、ピクッとまゆを動かして、城之介をにらむように見た。

「あのウ……あにさん……と呼んでいました」

「月並みだが、無難だな。――あにさんが、あなたに変わる恥ずかしさ……わかるか？」

お町は答えず、また、城之介をにらんだ。

が……城之介は、ニヤニヤ笑いながら話を続けた。

「おめエ、ほんとうの父親を知っているのか？」

「はい……殿村三之助《とのむらさんのすけ》と申します。わたしが九つのときになくなりました」

「ほう、侍の子かい？」

「浪人でした」

「もういいぜ……」

城之介は、出ていくお町をジッと見送った。

「どう思う、兵馬？」

「は？」

「いまの娘……おれは生娘ではねエとにらんだがどうだ？」

「千秋さん……」

「女は、やっぱり男を持たなきゃほんとうのいろけは出ないな。恋をする女、男に甘える女、男からかわいがられている女、それぞれ違ったいろけが、胸と腰からモヤモヤとたちのぼっている」

「千秋さん！」

兵馬は、あからさまにまゆを寄せた。

「そのようなことは、梅吉のかどわかし詮議《せんぎ》には、かかわりのないことでしょう」

「兵馬……」

城之介は、兵馬の若々しい顔をのぞきこむようにして声を落とした。

「定町回り同心は、世の中を知っていなくちゃいけないんだ。が……おれたち若いものには、なかなか世の中がわからねエ。が……それを知る早道がないわけではないとおれは思うよ。――人間万事いろと欲……古いことばだが、古人われを欺《あざむ》かずだ。おれは、女を知ろうと心がけてる。それにゃまず、いろんな女と寝てみなきゃならねエ……おまえさん、女の数を、どれくらい知ってる？」

「そ、そんな……わたしには、妻が――」

「知ってるよ。日下の娘の早苗《さなえ》さん。おれもちょいとほれていた。おい、妙な顔をするなよ。が……町方同心は町人取り締まりがお役だ。——まず町人を知ろう。武家娘はあとまわし……と思ってる間に、おまえさんが婿にはいった。だから、おまえさんが早苗さんのはだを知ってるなアあたりまえだ。おれのいうのは、そのほかの女さ」

兵馬は、おこったような顔で、首を横に振った。

「ねエのかい……それじゃ、生娘かどうかの見わけはつくめエ……」

「それが、できねば、お役は勤まりませんかッ？」

「そうけがらわしそうな顔をしなさんな。おまえさんはおまえさんだ。おれにはおれのゆきかたがある。ま……さしあたって、女の目ききがほしかったら、おれがひと役買ってやるぜ……」

城之介は兵馬を促して信州屋を出ると、針の嘉助を呼んで耳へささやいた。

「——お新後家の身状《みじよう》を洗ってみな……」

「だんな……じゃ、信州屋の後家が怪しいんですかい？」

「怪しいとわかってりゃ、身状を洗うこたアねエだろう。しろうとっぽいことをいうぜ」

それから城之介は念を押すようにいった——。

「――おれは、お新の前夫、殿村三之助のことが知りたい。あの女が以前勤めていた永井遠江守の奥向きに当ってみな……」

三

次の日、朝五つ（八時）ちょいとまえ……。

城之介は、八丁堀の〝豊《とよ》の湯〟で、ノビノビと湯につかっていた。

板仕切り一枚向こうの男湯で、大声でうなっているやつがいた――。

――寝て解けば、帯ほど長いものはない、ええ、もうじれったい、はよう解いてくだしゃんせ……

歌はへたくそだが、文句はなかなかいろっぽかった。――町内の若い衆の朝湯であろう。

男湯はかなり込んでいるらしいが、女湯は城之介ひとりだった。

八丁堀の同心たちは、毎朝湯屋の女ぶろへはいった。――江戸っ子は朝湯が好き……といっても、それは男のことだ。女湯の一番客はたいていお囲い者か芸ごとの女師匠たちだった。それでも、四つ（十時）過ぎからでなくてはやって来ない。そのまえの一番湯に、八丁堀のだんな——同心たちがはいるのだった。

「——やっぱり……」

うっとり目を閉じている城之介の耳に、からみつくような女の声が聞こえた。

京橋竹川河岸《がし》にけいこ場を持っている富本節のお葉が、ぬか袋をくわえて、ざくろ口からのぞいていた。

「——ほう……けさは、河岸っぷちの湯屋は休みかい？」

「ま……憎いねエ、そのお口……流してあげましょうか」

「いいよ。いま、あがろうと思ってたところさ」

が……お葉は、クルクルクルと手早く帯をとくと、ゆで卵のからをひんむくように、器用に着物を脱いで、中へはいってきた。

「——さ……背中をお向けなさいな」

「いけねエよ。なんぼなんでも、他人さまに見られちゃうまくねえ図がらだ」

「いまどき、女湯へ来る客があるもんですか」

お葉は、ザーッと城之介の背中へ湯を流すと、くわえていたぬか袋で洗い始めた。

「——おまえさん、思ったよりやせていないじゃないの」

「おれは、病み上がりじゃねエぜ」

「フフフ……どっかの女衆に、やせるほどかわいがられてるのかと思ったのさ。ここんとこ、ひどくお見限りだもの」

「朝っぱらから、湯屋でお吟味を受けようたア思わなかったなア」

「五軒めだよ。やっとおまえさんをみつけたんだもの、ちっとは恨《うら》みをいわせてもらいます」

「まずかったなア……」

城之介はからだをねじって、お葉を見上げた。

「本来なれば、黙っておめえをおっころがし、力いっぱい口を吸ってやる」

「まア！」

「そうすりゃア、たちまちおめえのごきげんがなおるんだろうが、女湯の中じゃつごうがわりい」

そんなことを言いながら、城之介は手を伸ばして、ツンと飛び出したお葉の乳ぶさをつついた。

「――あれ！　ぶつよ、このひとは……」

「へへへ……」

出し抜けに、ざくろ口から下卑《げび》た笑い声が聞こえた。――勘八が、ひっこみがつかないといったかっこうで、あごをなでていたのだった。

「ちょっと、勘的、じゃまをするときかないよ」

「だけど、ねえさん、こりゃアどういうことなんでしょうかねエ。困っちゃいますよ、あっしゃ……」

「おや……ここは女湯だよ。女湯へ、あたしがはいって悪いのかい？　それとも、あたしゃ女じゃないとおいいかい？」

「そ、そうじゃねエですよ。あっしだって、すいも甘いもギューッとかみしめてる勘弁の勘八でさア。せっかくのぬれ場に、気のきかねエ伴内役はやりたかアねエ。しかしですよ、あねご、わけエ男が横っ腹をえぐられて、四谷の古川にザンブリほうり込まれていたとなると――」

城之介が、キッと勘八へ顔を向けた。

「それが、信州屋の梅吉だ……とでもいうのかい？」

「そうなんですよ、だんな……」

「死骸《しがい》は？」

「あたしゃ、お奉行所へすっ飛んできた千駄《せんだ》ガ谷《や》の番太の話を聞いただけなんですがね。川岸へ引き上げて、むしろをかけてあるそうですよ」

「みつけたなアけさか?」

「六つ半(七時)過ぎ……引きあげてびっくりしたそうです。口に、かみ切った女の小指をくわえてたそうです」

裸のお葉が、気味悪そうに、ゾッと肩を震わせた。

「——女の小指⁉」

「だんな……信州屋の後妻と娘がすっ飛んできたそうです。ところが……」

勘八は、困ったように、首をかしげた。

「お新もお町も、両手の指は満足だったというのか?」

「そうなんですよ。こんどは、だんなの見当もはずれたようですねエ」

「ふン……」

城之介は、立ち上がって、キュッと、手ぬぐいをしぼった。

「——兵馬へ知らせてやれ、すぐ検死をしに行けというんだ」

「だんなは?」

「おれもあとから行く……」

それから四半とき(三十分)ののち……。

品川妙泉院の弁天堂の中で、城之介は腕を組み、ジッと、麗《うるわ》しい弁財天のお顔を見上げていた。

弁天さまは琵琶《びわ》をかかえていた……右手にバチを持ち、左手でサオを握っている。その右手のひじのところに、手ぬぐいが縛《しば》りつけてあった。――梅吉が縛ったのである……。

そして……サオを握った左手の小指が、プッツリ、かみ切ったように、根もとからなくなっていた！

四

城之介が、千駄ガ谷の自身番へ行ったのは、八つ（二時）下がりであった。

江戸といっても、このあたりは西のはずれ、途中のたんぼには、黄ばんだ稲が重そうに頭《こうべ》をたれていた。

「――あ、こりゃアだんな……」

車座になって酒を飲んでいた町役人や番太郎が、あわててとくりや湯飲みを隠そうとした。

「同役のものが、さっききたはずだが……」

城之介は、わざと、酒肴《しゅこう》には気づかないような顔をしてたずねた。

「へエ、日下のだんな……ご検死をなすって、昼まえにお帰りになりました」

「そうかい……それで、梅吉の死骸は？」

「信州屋で引き取っていきました。今夜が通夜で、あした、葬式をするそうです」

番小屋のすみで、番太郎が、まっかな顔をして、かしこまっていた。この男、盗み酒はできないタチとみえる。——信州屋が、精進落としの酒を置いていったのであろう。それが、死体を引き取るときのならわしだった。

「——あ……千秋のだんな、梅の野郎が、とんだことになりやがったそうで……」

ズングリした針の嘉助が、秋のさなかだというのに、汗をふきながら、番小屋へはいってきた。

「なんでエ。おめえ、兵馬についていなかったのかい？」

「へエ……ちょいとごめんなすって……」

嘉助は、城之介の耳へ口を近づけると、ゆうべからずっと、油屋信州屋の後家お新の身状《みじよう》を洗っていたと語った。

「それで、どうなんだい？」

「格別のことはありませんね。前夫の殿村三之助というのは、永井遠州さまのご近習《きんじゅう》だったそうです。それが、同じ屋敷の奥勤めをしていたお新と夫婦になり、娘のお町が生まれて九年めに、ポックリ死んだ。それまでは、神田の豊島町で、手習いの師匠をしてたそうです」

城之介は、小さくなっている町役人へ顔を向けた。

「死骸は、女の小指をくわえてたそうだが、どうした？」

「ヘエ、信州屋のおかみさんが、梅吉さんの死骸といっしょに、埋めるといって、懐紙に包んで持っていきました」

それだけ聞いて、城之介は嘉助を促し、自身番を出た。

同心べやでは古参の三保木佐十郎《みほきさじゅうろう》と高瀬儀右衛門《ぎえもん》が、碁を打っていた。もうひとり、城之介より五つ年上の由良《ゆら》三九郎が、帰りじたくをしていた。

筆頭の年寄り同心早水茂太夫の姿は見えなかったが、日下兵馬は、すみの机に向かって、書き物をしていた。

「――千秋さん……、検死始末状は、これでよろしいでしょうか……」

兵馬が、書き上げた書類を、城之介のところへ持ってきた。

「——どれどれ、おれが見てやろう……」

由良三九郎が、横から手を出した。

「うん……四谷伝馬町油屋信州屋せがれ梅吉、二十一歳か……左わき腹、あばら四枚めに、えぐり傷あり……兵馬、この傷の深さは？」

「は？」

「傷の深さが書いてねエぜ。それによって、刃物の見当がつく。ノミなら、どのくらい。切り出しなら、どう。短刀なら、こう……と、およその区別がつくってわけだ」

「は……しかし、傷の深さは、どうすればわかりましょう」

「バカ者ッ！」

三九郎は、大声でどなりつけてから、ニヤリと笑った。

「おこるなよ、兵馬……十年まえに、おれはやはり、いまと同じようなことであの佐十郎どのからどなりつけられた」

そのことばに、碁を打っていた三保木佐十郎が顔をあげた。

「そんなことがあったかい？」

「そちらはお忘れでも、こちらは忘れませんな」

「執念深い男だよ、貴公は……どんなできごとだったっけ?」

「人殺しでしたよ。しかし、毒殺でした。わたしが検死状に、ただ毒殺と書くと、あなたは、なんの毒だとおっしゃった。そこまではわからぬと答えると、バカ者ッ……ときた。死体の口へ鼻をつっこんでにおいをかげッ……しかしねエ、三保木さん、あんときの変死人は、七十過ぎの女巡礼なんだ。十七ッ八の新造《しんぞ》っこかなんかならともかく、あのばあさんの口へ鼻をつっ込まねばならんのかと思うと、あたしは、同心をやめたくなりましたよ」

「ハハハ……」

佐十郎が、大声で笑った。

「三九郎、おぬし、それで、十年間も拙者を恨んだな。いい女だったら、大喜びだったろう」

「そうかもしれませんな。しかし、きょうかぎり、忘れますよ。あなたからの借りを、兵馬へ返しましたからな……兵馬、悪く思うな。いずれおぬしも、新参者をどなりつけるようになる」

それから三九郎は、検死状を兵馬へもどした。

「いいか、傷の深さはおよそ三寸余り、中指にてさぐりたるもとどかず……と書いておけ。刺されて死ぬのは、三寸以上に決まっている」

三九郎は、そそくさと、同心べやを出ていった。

「――あいかわらず、三九郎は帰りを急ぐのウ」

佐十郎と碁を打っていた高瀬儀右衛門がいった。

「あの男、同心の仕事は、四つ（十時）から七つ半（五時）までと、かってに決めているようだ。夜中に、御用で出役した翌日などは、ムスッとふきげんな顔をしている――」

「――わしは三十俵二人扶持《ぶち》の分だけは働いている……それが三九郎の口癖だ」

そんな話をしている佐十郎と儀右衛門をチラッと見て、城之介は、ソッと目顔で兵馬を呼んだ。

「――おぬし……死骸がくわえていた小指を調べたか？」

「あ……」

兵馬の顔が、カッと、赤くなった。

「無理はねエ、はじめて殺しの死骸を見たのだ。ヘドが出なかっただけでも拾いものだよ。よし、教えてやろう。あれは、妙泉院のはだぬぎ弁天の小指だよ……」

五

兵馬が、四谷伝馬町の信州屋へとって返したのが六つ（六時）ちょいとまえ……もう、秋の日はとっぷりと暮れて、四谷の通りには、甲州街道をたどって江戸へはいった旅人たちでごった返していた。

そんな騒々しさの中で、信州屋だけは大戸をおろし、鉦《かね》の音などが、ときどき静かに流れていた。

「――お待たせいたしました……」

後家のお新が、ソッとはいってきて、兵馬の前に、白い紙包みをおいた。――信州屋の奥座敷であった。

「では、あらためる……」

兵馬は、紙包みをとり上げると、静かにひろげてみた。

「――ほう……これを、梅吉がくわえていたのか⁉」

「はい……そのつめのほうを奥に、二ノ節あたりをぷっつりとかみ切って……」

そういいながら、ちょっと、伸び上がるようにして包みの中を見たお新の顔が、突然、サッと青ざめた。

「日下さまッ！　それは……それは……木の指では……」

「うむ……木彫りの弁財天の小指とみえる」

「いいえッ。わたくしが、梅吉の口からとり出しましたときには、確かに、やわらかい、生身の小指でございました」

「なにッ！　木ではなかったというのかッ？」

「はい……」

お新は、ワナワナとからだを震わせた。

「あー、恐ろしい！　仏罰でございます。梅吉は、弁天さまのばちが当たったのでございます」

それからしばらくして、二丁のかごが、四谷から品川へ急いでいた。

黒い影が一つ、むささびのように、そのあとを追っていく……

が……かごの中の兵馬と針の嘉助は、それに気づかなかった。

かごは、六つ半（七時）近くに、妙泉院の門前にとまった。

「――だんな……」

嘉助が、低い声で、兵馬を呼びとめた。

「寺は、お寺奉行の受け持ちなんですから、じゅうぶんお気をおつけなすって」

「わかっている……」

兵馬は、院主を呼んでくるよう嘉助に言いつけて、自分は弁天堂へ行った。

ふところから、木の指をとり出して、はだぬぎ弁天像の手へあてがってみると、ピッタリだった。

「——町方お役人とおっしゃいましたな……」

涼やかな声に振り返ると、白い布で頭を包んだ尼僧が立っていた。——そのうしろに、針の嘉助が、鼻じろんだ顔つきで立っていた。

「——あ……失礼しました。当時は、尼寺でしたか？」

「町方お役人のお調べは、筋違いではございませんか」

「いや……これを、お返しに来たのです」

兵馬は、折れた弁財天の小指を差し出した。

「まあ……これを、どこで？」

兵馬は、できごとのすべてを、詳しく物語った。

「あなたは、この不思議なできごとを、どうお考えになります？」

「信じられませぬ……」

尼は、静かに首を横に振った。

「この弁財天女は、神田新石町の仏師木田隆慶の作でございます。よくできてはおりますが、生身《しょうしん》となって遊行《ゆぎょう》されるほどの名作だとは思いません」

「しかし、このお顔は、確かに美しい……」

「それは、生き手本があったからでございましょう」

「生き手本⁉　それは？」

「永井駿河守さまの側室お能の方さまでございます……当院は、永井家の菩提寺にあたっておりますので、この弁財天を境内へ安置されました。駿河守さまのお墓もございます。十日ほどまえがご命日で、お能さまもお参りにみえました。ほかに何か……」

「いや……」

兵馬が妙泉院を出ると、針の嘉助が、低い声でいった。

「——だんな……千秋のだんなの眼《がん》づけは、さすがに鋭うござんすね？　信州屋の後家の身状《みじょう》を洗えとおっしゃったのが、やっとわかってきましたよ」

「わしには、わからん……」

「お新は、永井家の奥向き勤め、その亭主の殿村三之助は永井家の近習《きんじゅう》、そして、はだぬぎ弁天の生き手本は駿河守のおへやさまで、妙泉院は永井家菩提寺。そろいすぎてやしませんか」

「それで？」

「その先は、あっしには見当がつきません。知ってるなア、三年まえに先代の駿河守さまがなくなって、いまは遠江守さまのお代になってるってことだけですがね」

「嘉助……」

兵馬は、なさけなさそうにいった——。

「わしは、お役について、まだ二日めの新参だ。このできごとを、どうさばいてよいのか、手も足も出せん」

「それを、出していただかねエことにゃ……」

「うん……神田へ行ってみよう」

「隆慶とやらいう仏師のところですか」

兵馬はうなずいた。

が……そのころ、江戸の町をはすっかいに走り抜けた黒い影が、ホトホトと、新石町の仏師隆慶の家の表戸をたたいていた。

それからしばらくして、こんなわめき声が表まで聞こえた——。

「——冗談いうなッ。あの弁天がばちをあてるなんて……笑わしちゃいけないね。おれは十両で頼まれた。そうよ。いわれたとおり、顔だけは念入りに、美しく仕上げたさ。が……あとはなっちゃいねエ。われながら駄物《だもの》も駄物……ハハハ……あれで満足するなんて、大名なんてあめエものさ……」

そして、隆慶はふたたび大笑いをした。が……その笑いが、突然、すさまじいわめき声にかわった。

驚いた隣近所の者が飛び出したときには、もう、黒い影は消えうせ、隆慶が、仕事場のまんなかにぶっ倒れていた。

ブク……ブク……と、まっかな血潮が、頭から吹き出していた。

そんなあわれな隆慶の姿を、つくりかけの観世音像が、ジッと見おろしていた。

——そして、この観音さまも、たいしていいできとはいえなかった……

六

「——だんなッ……」

針の嘉助が、竹川河岸のお葉のところを、やっとさがし当てたのは、四つ（十時）をかなり過ぎたころであった。

「よう……どうしたい……」

城之介は、寝そべって、両ひじを立ててあごをのせ、お葉の富本を聞いていたのである。

もちろん、長火ばちの上には、酒肴《しゅこう》が並び、台所では、勘弁の勘八が、あぶなっかしい手つきであじのたたきをつくっていた。

「すみませんが、ご検死を……」

「はてね……兵馬はいねエのかい？」

「それが……日下のだんなが、ぜひ千秋のだんなのお力が借りてエとおっしゃるんで……」

城之介は、ムックリ起き上がると、ニヤリッと笑った。

「――偉いなア、兵馬は……」

「え⁉」

「おれは駆けだしではじめて殺しにぶっつかったとき、意地でも自分の力でケリをつけようとして、大ヘマをやった。よした兵馬の舅御《しゅうとご》、日下のじいさまから、こっぴどくどなられた。――お役は天下のためだ、おぬしひとりのてがらなど物の数ではないッ……とね。現場はどこだい？」

「神田新石町で……はだぬぎ弁天をつくった隆慶って仏師が殺されました」

「勘八ッ……」

城之介は、台所の勘八へ声をかけて、立ち上がると、三味線をかかえたまま、うらめしそうに見上げているお葉のほっぺたをちょいと突いた。

「――きのどくだが、今夜はひとりで寝な」

「おや……いけ好かない。もうもどっちゃこないつもりですか？」

「わからねエ。おれたちの仕事は、ピンからキリまで先さままかせだ」

「ふん……じれったいねエ……」

それでもお葉は、切り火を切って、城之介を送り出した。

兵馬は、隆慶の死骸《しがい》のそばに突っ立っていた。

「――ほう……傷口をさぐったのかい？」

城之介の声に、兵馬は振り返った。

「指先がよごれてるぜ。由良さんからいわれたとおり、傷口に指を入れてみたのだな」

「はア……しかし、骨がさわって、指は、はいりません」

「フフフ……頭じゃ無理だ。皮を広げて、頭蓋骨《ずがいこつ》の傷を見る。それで、刃物の見当はつくって勘定だ。どれ……」

　城之介は、ふところから紙を出すと、五、六枚ずつを二つ折りにして両手に持ち、死骸の傷口をソッと押えた。

「——どうだ、兵馬……こんな刃物を見たことがあるかい？」

「は？」

　兵馬は傷口をのぞきこんで、首をかしげた。——長さ一寸余り、狭いクサビ形の穴が、頭蓋骨にあいていたのだ。

「——千秋さん、刀にしては、幅が広すぎるようですが……」

「違うなア。刀でも短刀でもない」

「包丁でしょうか？」

「いや、包丁なれば、出刃だが、片刃でなきゃアならない」

「わたしは、このような刃物を見たことがありません」

「うん……」

　城之介は、傷口を見つめた。

「左耳の上二寸余りか……兵馬、あとは町役人にまかせて、ちょいと出ようか……」

兵馬を連れ出した城之介は、八辻《やつじ》ガ原《はら》に出ると、筋違《すじかい》ご門の前へ出た。

内濠の諸門は五つ半（九時）に大とびらを閉鎖、くぐり戸だけがあいているが、外濠の門は、とびらを閉ざさず、番士が立っている。

「——町奉行所同心二名、小者二名、御用筋にて通りまする……」

城之介はていねいにそう断わって橋を渡ると、濠沿いに四谷へ向かった。

町々に木戸があり、十時限りでピッタリ閉ざされていた。

これも、いちいち番太に断わって通らねばならない、——怪しいと思われたものは、絶対に通してくれないのだ。

「——あー、そうか……」

城之介は、歩きながら、ポンと、ひざをたたくと、うしろから来る針の嘉助と勘弁の勘八を振り返った。

「——梅吉の死骸があがった千駄ガ谷河岸の近くにあるものを、なんでもいいからいってみてくんな……」

「格別のものはねエですよ。千駄ガ谷町てなア、江戸もはずれの貧乏町ですから……大名屋敷はいくつかありますがね」

そういう勘八へ、城之介はたたみかけた。

「その大名を数えあげてみろ」

「まず、大どころじゃ紀州さまの下屋敷。肥前の松平さまの下屋敷。それから……」

嘉助が、あッ……と、驚きの声をあげた。

「――千秋のだんな……永井遠江守さまのお下屋敷も、千駄ガ谷町と背中合わせです」

「気にいったなア……」

城之介はニンマリ笑った。

筋違ご門から四谷ご門まで二十町余り……。

やっと四谷伝馬町へはいった城之介は、信州屋の前で立ち止まった。

「――嘉助、町内の頭《かしら》の家を知ってるか?」

「へエ、知っております。おやじが銀次、せがれが吉松《よしまつ》と申します。あ……吉松は、梅吉といっしょに、もみじ見物へ行った男ですが……」

城之介は、兵馬へ顔を向けた。

「——おぬし、嘉助と行って、その吉松をふん縛《じば》ってくれ」

「え⁉　どうしてでしょう？」

「隆慶殺しの下手人だ。あの頭のテッペン近くへ打ちこまれたクサビ形の傷は、火消しが持っているトビ口でできたものとにらんだ」

「しかし、吉松とやらのトビ口でしょうか？」

「万に一つ、まちがいはねエつもりだ。——おい、トビ口を見せろッ……と、頭からおっかぶせてみるんだな。だいじょうぶ、恐れ入るだろう」

城之介は、兵馬と別れて、信州屋の大戸をたたいた。

「——ごめんよ、おそいが……仏さんに線香でもあげようと思ってね……」

番頭は、親戚だけの通夜といったが、城之介は押しのけるようにして中へはいった。

後家のお新と娘のお町は、あからさまにいやな顔をした。

「——さて、お内儀……」

焼香を終えた城之介は、お新の顔をジッと見つめた。

「お内儀は、もと、永井遠州家の奥向きに勤めておいでだったたな……」

「はい……先殿さまのころでございます」

「お能の方に、助けられたな？」

「えッ⁉」

「近習《きんじゅう》殿村三之助ともども、手打ちになるところであった。むごいことだが、大名の家では、不義者はそういうことになるらしい……」

「もしッ！　いまさら、何をッ」

「つい、古いことを持ち出さなきゃならないことになった。そのお能さまとやらが、十日ばかりまえに、先殿さまのご命日で妙泉院へ行ったと思いな。たまたまここの梅吉がモミジ見物の帰りに、妙泉院のはだぬぎ弁天にほおずりするところを、お能さまが見たらしい」

「わたくしども町方のものには、お大名がたのことは、縁の通いことでございます」

「フフフ……町方役人は、大名旗本には手を出さねエほうがいいぜってなぞかい？　確かに、町方同心のわしは、大名屋敷へは手が出せない。が……お奉行さまから大目付へ。大目付から各大名がたの家老職へと、筋を通すことはできるのさ。わしはあす、お能の方の小指をあらためるよう、お奉行さまへ申し上げるつもりだよ」

「お方さまのお指を⁉」

「そうさ……梅吉がかみ切った指さ。お能の方は、自分の姿をうつした弁天像にほおずりをした梅吉を、ちょいとかわいがった。が、あと腐れを断ち切るために刺し殺した。そのとき、梅吉が死にもの狂いで、女の小指を食い切った……てな話は気にいらねエかい？」

「わたくしには、理解ができませぬ」

「そうかい……それじゃ、お内儀が、木彫りの小指と取り替え、仏罰と見せかけようとした……なんて話は、なおさら理解できねエだろうな。もう一つ、くだらねエ弁天像だという仏師を、火消しの吉松に殺させたこともね」

「千秋さま、ちょっとお待ちくださいませ。いま、よいものをお見せいたしますから……」

お新は、スッと立って、奥へはいっていった。

が、城之介は、動かなかった。勘八が、お新を見張ってることがわかっていたからである。

しばらくすると、兵馬が、スーッとはいってきた。

「——吉松が、ドロを吐きました。ここのお町と密通しており、信州屋の婿《むこ》になるためお新の片棒をかついで、梅吉を永井の下屋敷へ送りこんだと申しております。隆慶殺しも、吉松が下手人でした」

そのとき、あわを食った勘八が、奥から飛び出してきた。

「――だんな、お新が自害しましたぜッ。あっという間で、止めようがねエんですよ」

城之介は、静かにうなずいた。

「――いちばんいいやり方かも知れねエよ。これで、お能の方さまの気まぐれは、やみからやみってわけさ……」

尼かんざし

一

例によって同心の特権で、女湯で眠けを落として西八丁堀の屋敷へ帰ってくると、日当たりのいい縁側に鏡台をすえて、回り床屋の為吉《ためきち》が待っていた。

「——春みてエだなア……」

由良《ゆら》三九郎は、鏡台の前にすわると、チラッと庭先へ目を走らせた。

確かに、暖かい日ざしがひざの辺をホカホカとさせていたが、庭の草木は黄ばみ、ことに菊の葉は霜枯《しもが》れて、ばあさんの手のようにちぢかんでいた。

と……からかみで仕切ったとなりの座敷から、遠慮がちな男の声が聞こえてきた——

「——本日は炉開きでございますので、ちょっとごあいさつに伺いました。今後ともにどうぞよろしく……」

そういう男へ、妻の里江が慣れた調子でこたえていた。

――ふん、すっかり板についちまいやがった……。

三九郎は、ふっと、口もとに笑いを浮かべた。――三年まえ、嫁入ってきた当座、里江は持ち込まれる付け届けの応対に、まごまごしていたものだった。

――あいつも、あのころはういういしかった……

町奉行所同心の俸禄《ほうろく》は三十俵二人扶持《ぶち》。これを米になおすと、一俵がおよそ一石二斗勘定、一人扶持が一日五合の玄米だから、合計約七石三斗……一石一両計算で、年に七両余りの収入である。

こんな俸禄で、女房子どもから出入りの御用聞きまで養えるはずはないのだ。

ところが、りっぱに養える。それどころか、同心は毎朝湯屋の女湯を独占し、床屋が回ってきて日髪日ぞり……イキな小いちょうという八丁堀ふうの髷《まげ》で、黒の巻き羽織、ゆうゆうと江戸の町々を回っていたのだ。

三九郎には、年に百二、三十両の収入があった。出入りの大名四家のお手当と、回る町々からの付け届け、それに、いただいている屋敷地のまた貸し賃などだった。

お手当や付け届けは賄賂《わいろ》ではない。おおっぴらに受け取る謝礼なのである。年百二、三十両の収入といえば、三百石どりの旗本などと同じ暮らし向きであった。

「――横山町の真砂屋《まさごや》らしいな……」

三九郎は、男の声で判断した。

定回りの受け持ちは、日本橋北側から内神田、両国、浜町かいわいだった。

――来ているのは、横山町のもめん問屋、真砂屋の番頭らしい。

「――早いもので、あと二カ月で年の瀬でございますな。だんなさまも、これからは何かと御用繁多《はんた》なことで……」

「はい……例年のことでしてねエ……」

里江が、当たらずさわらずなことを答えていた。

「あ……そう申せば、ゆうべ、町内でひと騒ぎございましてねエ。裏通りの叶家《かのうや》……これは芸者の置き屋さんでございますよ。そこのご主人が、テツに当てられましてね」

「――テツ……と申しますと……」

三九郎は、腹の中で舌打ちをした。――同心の女房が、なんてとんまなことをたずねやがるんだ……そう思ったのである。

「はい、フグでございますよ。俗にテツと申しますが、昨夜フグなべをいたしましてね、四、五人でなべをつついたんだそうですが、藤兵衛《とうべえ》さんというご主人だけが、なくなりました」

「それはおきのどくに……たいへんなことでしたねエ」

「いえ、さわぎはそれからなのでございますよ。叶家さんの菩提寺、それが青山原宿はずれの仙寿院《せんじゆいん》とかで、とてものことではないが、今夜のお経がよにあわない。そこで、とりあえず、すぐ近くの裏長屋にいる妙松というお通夜尼さんを呼んで読経《どきよう》してもらった……とお思いなさいまし。さ……帰りしなに、お布施を包んで出しますと、おこりましたな、この尼さんが、——あれだけ念入りにお経を読んで、一朱とはなにごとだッ……というわけですよ」

「まア！　一朱あれば、髪が三度も結《ゆ》えますのに……」

聞いていた三九郎は、危うく里江をどなりつけそうになった。——一朱はおよそ四百三十文であった。女髪結いは、上が三百文で、下が百五十文である。

里江がいうように、下のほうで髪を結わせれば、一朱で、だいたい三度は結えるわけだが……いやしくも町方同心のご新造《しんぞ》ともあろうものが、下の髪を結ってるなんて……

たまりかねた三九郎は、いいかげんで顔そりをやめさせて、となり座敷へはいっていった。

「――これはこれは、だんなさま……」

畳へ頭をこすりつけたのは、やっぱり真砂屋の番頭だった。

「――あいさつは抜きだ。いまの話だが、その妙松とやらいうお通夜尼の一件は、どうケリがついたんだ？」

「へエ……なにしろ、叶家はいろっぽい置き屋さんのことでございましょう。町内の頭衆《かしらしゅう》や、料理屋の職人など、気の早い連中が通夜に来ていたからたまりません、――ふてエ尼だ、たたんじゃえ……ってね、まア、一時は大騒ぎになりかけました」

「尼は、驚いて逃げ出したろう」

「とんでもない。クルリッと、衣のしりをまくって、玄関の縁起ちょうちんの下へあぐらをかきましたよ。――お経の相場がしろうとにわかるか、今夜の読経は一両ものだよッ……てね」

「それじゃ、納まる話も納まるめエ」

「いいえ、叶家のおかみ……小柳といって、自分でも左褄《ひだりづま》をとっているんですがね、

――尼の無法に負けるのではない。なにごとも仏のためだから……と、一両持たせて帰したそうでございますよ」

三九郎は、困ったことを聞いたと思った。

お通夜坊主、お通夜尼というのは、寺を持たず、たいていは裏長屋に住んでいる。この連中は、宗派さえ持っていない。死人があって読経を頼まれると、何宗のお経でも読む。つまり、菩提寺の僧が来るまでのつなぎをやるわけだった。

いうなれば、坊さん、尼さんのあぶれもの……お通夜だけの雇われお経屋なのだが、これでも僧であり、尼である以上、町方が出向いてふん縛《じば》るわけにはいかない。これは寺社奉行の支配下にある人間なのだ。

といって、妙松という尼のやり方は、まさしくゆすりである。ゆすられたのは町方で守ってやらねばならぬ町家である。

「――こいつアやっかいなことを聞いちゃったなア……」

そんなことを考えながら、三九郎は西八丁堀の家を出た。

南奉行所の同心べやでは、筆頭の年寄り同心早水茂太夫《はやみもだゆう》の前に、若手の千秋城之介《ちあきじょうのすけ》と日下兵馬《くさかひょうま》がかしこまっていた。

茂太夫は、大きな茶つぼをひざの上にのせて、目張りをはがしていた。――いまから、この茶つぼの茶をいれて、城之介と兵馬に飲ませようというのであろう。四つ（十時）ちょいとまえ、次席同心の三保木佐十郎《みほきさじゅうろう》と高瀬儀右衛門《ぎえもん》はまだ来ていなかった。

「――ほう……口切りですかア……」

三九郎は、城之介の横にすわって、茂太夫の手もとをのぞきこんだ。

たくわえておいた茶つぼの目張りをあけて、新しい茶のかおりを楽しむのは、江戸の初冬の楽しい行事であった。

「――こりゃ弱ったぞ……」

三九郎は、さも困り果てたように、ひざをなでた。

「城之介……すまんが、きょう、わしの受け持ち区域を回ってくれぬか？　実は、牛込《うしごめ》のさる旗本から、口切りの茶会に呼ばれていたのを、ころっと忘れていたのだよ」

市ガ谷、牛込は城之介の受け持ちであった。

「はア……では、わたしのほうの番屋には――」

「心得た。旗本屋敷の行き帰りに、必ず顔を見せておく。うん……そうだ」

三九郎は、ふっと思い出したように、ポンとひざをたたいた――

「――昨夜、横山町の芸者屋が、葬式さいちゅうにゆすりを受けたらしい。なアに、たいしたことではなさそうだが、ちょいと気をつけてくれんか」

二

神田横山町の番屋で、詰めていた町役人から昨夜のできごとを聞いた城之介は、思わずやられたと思った。

――三九郎さん、寺社奉公にかかわりがあるので逃げたな……。

城之介は、いかにも三九郎らしいやり口だと思った。

町方同心にはいろいろな形がある。――秋霜烈日《しゅうそうれつじつ》、事に当たれば仮借《かしゃく》なく黒白をつけようとするもの……万事ことなかれと適当に御用をさばいていくもの……ただただできごとの真実を知ることに生きがいを感じているもの……などであった。

どちらかというと、三九郎はことなかれ組、同心になってまだ三年の城之介は、いまのところ、なぞをとくことがおもしろかった。

城之介は、詳しく、町役人から話を聞いた。――叶家でフグなべを始めたのは、女主人の小柳が柳橋でひと座敷かせいで帰ってきてからで、五つ半（九時）を、ちょっと回っていたという。

「――集まったなア、どんな連中だい？」

「ヘエ、藤兵衛さんと小柳ねえさん夫婦、ねえさんのおふくろでお銀というばあさん、薬研堀《やげんぼり》の政吉師匠と、太鼓持ちの三八……この五人なんで……」

「なかで、当たったなア藤兵衛だけかい？」

「みんな当たりましたよ。手足がしびれて、舌がレロレロ……三八が、やっとのことで表へころがり出て、――助けてくれーッ……と叫んだのだそうで……」

「で、死んだのは？」

「藤兵衛さんひとりでした。通りがかりのものが三八を見つけて、大騒ぎになりました。なかに、フグでやられたときの手当を知っているものがおりまして、さっそく五人にローソクをかじらせ、横の路地に穴を掘って埋めました」

「そうするといいってことは、おれも聞いたよ。素っ裸にして、首だけ出して埋めると、からだにしみたフグの毒を土が吸いとってくれる……とかってな」

「そうなんで……なにしろ、女三人でございましょう、お銀ばあさんといっても、まだ五十を一つ二つ出たばかり、小柳ねえさんと政吉師匠はいまが盛りですから、これを丸裸にするというんで、やじうまがおおぜい集まりましてねエ……」

「けっきょく、女三人と太鼓持ちは助かった……」

「ちょうど、丑《うし》三つごろだったそうで……四人はしびれが消えて、穴らかはい出しましたが、そのときには藤兵衛さんは息が絶えていたそうでございますよ……」

それから先の尼坊主騒ぎは、三九郎が真砂屋の番頭から聞かされたとおりであった。

「――おい、妙松って尼を呼んできな……」

城之介は、土間にしゃがんでいる勘弁の勘八《かんぱち》にあごをしゃくった。

とたんに、勘八と町役人が、ピリッと顔をこわばらせた。

「――だんな……」

勘八が、ゴクリッとなまつばを飲みこんだ。

「尼を……お調べになるんですか？」

「支配違いだというのか？」

「お寺社のほうへおまかせになっちゃ……」

「いいから呼んできな……」

勘八は、町役人の案内でしぶしぶ出かけていったが、すぐ、年のころ三十五、六の尼を連れてもどってきた。

「――妙松……と、申されましたな？」

城之介は、尼を畳へすわらせて、ていねいなことばでいった。

町方同心は、侍としてはきわめて身分が低かった。――同じ三十俵二人扶持でも、御小人《おこびと》などという役がらは御目見得《おめみえ》以上、つまり将軍の列へ出られたが、町方同心は、せいぜい、将軍が外出のおりのお道筋警護ぐらいしかさせられなかった。

しかし、町へ出れば、――八丁堀のだんな……と呼ばれ、たいしたものである。だれかを、自身番の番屋へ呼び出しても、土間にすわらせ、頭ごなしにどなりつけたものだが、妙松に対する城之介は、きわめておだやかだった。

「妙松どの、町々で、つまらぬことをうわさしておりますなァ。あなたが、叶屋の通夜でゆすったとか、どうしたとか……」

「お寺社筋からのお取り調べでしょうか？」

「わたしは、世間話をしているつもりですが……お気にさわりましたか？」

妙松は、ニヤリッと笑った。――頭は丸いが、コッテリあぶらののった大年増《おおどしま》である。しかも、妙松は、十人並みよりはるかに美しい目鼻だちだった。

「世間話なれば、わたしの家に来てくだされればよろしいのに……」

「僧衣をまとうていられても、あなたは女性《にょしょう》……そこへ伺うことは……」

「おじょうずなお口ですこと……まア、がまんしましょう。自身番へ呼び出された……と思わなくてよいのですね」

「お茶でもいれましょうか……」

「それより、どんなお話でしょう」

城之介は、この女坊主、ひと筋なわではいかんな……と思った。

――よし……いっちょう、毒気を抜いてやるか……。

「妙松どの……あなたが、叶家の礼金を突き返されたといううわさがありますが……」

「そのとおりでございますよ。――仏のために、ありがたいお経を読んでほしい……小柳さんと申されましたかね、叶家の女主人がそういわれました。それで……まア、お経のことはくどく申しませんが、格別念入りに、数々の読経《どきょう》をいたしましたよ。ところが、出されたのがたった一朱……」

「金包みに、なんと書いてありましたか?」

「どなたがお書きになったのか、芸者屋などというご商売に似ず、みごとなお手で、――お布施……」

突然、すっくと立ち上がった城之介は、だしぬけに、妙松のひざをけとばした。

「――あっ！　な、なにをしやがるんだいッ」

不意をつかれた妙松が、思わず、下衆《げす》なことばでわめいた。

「――降りろッ！　ど下座しろッ」

「不礼なッ！　筋違いの町方のくせにッ」

「笑わしちゃいけねエ、ニセ尼めッ」

「えッ！」

妙松は、ギョッと、城之介を見上げた。

「ニセ尼といったのが気にさわったかい？　聞きな、その昔、釈尊《しやくそん》が諸方を托鉢《たくはつ》しているとき、善男善女、競って布を贈り、釈尊の袈裟《けさ》にしてくれと頼んだ。金持ちも貧乏人も、同じく小布ひとひらなんだ。釈尊は、喜んで、いちいち読経して、この布をもらったと伝えられてらア。布を施す……だから布施という。ご経料でもなけりゃ、お礼でもねエ、布施と書いてあれば、どんなにわずかな銭でも、布ぎれがわり、これは釈尊ですら受け取った。大師であろうが、大僧正であろうが、布施はいただかねばならねエ。それをうぬのような通夜尼が突き返すたアなにごとだッ。おう、妙松ッ、おめえ、布施の意味を知らなかったようだな。ニセ尼といったおれを、とがめられるかッ」

妙松は、ガックリと首をたれた。

その姿に、城之介は、ニンマリ笑った――。

「――が……お情けで、おなわは許してやらア。ごさたがあるまで、町内あずけだ。神妙にするんだぜ……」

三

「――驚きましたぜ、だんな……」

横山町からの帰り道だった。勘弁の勘八が、感心したようにいった――

「グーの音も出ませんでしたね、あのニセ尼のやつ」

「ほんものかもしれねエよ」

「えッ⁉」

「心配することアねエ。あれだけおれがしゃべってる間、妙松はひとことも食ってかかれなかった。ニセものではないとしても、修行なかばで身を持ちくずし、通夜尼になりさがったにちげエねエ。たたきゃ、モリモリとほこりの舞いあがる古畳みてエな女さ。お寺社だって、文句はつけやしねエよ……」

　城之介はいい気持ちだった。

　が……同心べやへ帰って、そのことを年寄り同心の早水茂太夫に告げると、茂太夫は、ちょいと首をかしげた。

「それで、城之介、その女をどうするつもりだ？」

「は……入牢《にゅうろう》証文をいただいて伝馬町《でんまちょう》へ送るか、寺社方へ引き渡すか、早水さんのおさしずをいただきたいと思います」

「そのさしずはできぬよ」

「わたくしの、行きすぎでしょうか？」

「むしろ、調べ不足だな」

　城之介は、思わず顔をあげて、茂太夫の顔を見た。

「妙松尼は、恐れ入っております。これから先は、吟味同心にまかせてよいのではありませんか」

「藤兵衛殺しのほうはどうなる？」

「えッ!?」

思いがけないことばだった。――藤兵衛は、女房の小柳たちとフグを食って当たった。それを、茂太夫は人殺しだという……。

「わかりませんなア」

「では、なぜ妙松という女が、小柳をゆすった。なぜ、小柳が、妙松のいうままに金を出した？」

――しまった！

城之介は、腹の中で、舌打ちをした。――二から一を引くと一が残る。それと同じくらい、わかりきったことだったのだ。どうしてそれに気がつかなかったのだろう。

「――調べてまいります」

急いで立ち上がる城之介へ、茂太夫が、おだやかな顔を向けた。

「――あせってはいかんな……五人でフグを食って、ひとりだけ死んだ。このカラクリを洗いあげねば、うかつに御用の声はかけられぬぞ……」

城之介は、うなずいて同心べやを出た。

「――藤兵衛が殺しだとは、どうにも勘弁ならねエ……」

勘八は、城之介から話を聞くと、おどりあがってくやしがった。

「だんな、きょうは藤兵衛の弔《とむら》いだ。いま乗り込んでも、ゴタゴタしているばかりで、どうにもなりませんぜ」

「うん……小柳たちをたたいて口を割らせるよりゃア、妙松を調べたほうが早いだろう……おれは妙松の長屋へ行ってみる。おめえは、弔いのゴタゴタに混じって、うわさを集めてくんな」

城之介は、勘八に別れて、横山町裏の長屋へ行った。

「――おや……」

すすけた障子の向こうから、妙松が振り返って笑った。

「千秋のだんなが来てくださるとはうれしいねエ」

そんなことをいう妙松は、なんとゆうこと、尼のくせに立てひざ、パックリ割れたひざの前に塗りのはげた膳を引き寄せて、チビリチビリと、杯をなめていた。乱れた白衣のすそから、青白い……が、プリッと張った脛《はぎ》が、チラチラとのぞいている。

「――とんだところをみつかっちゃいましたねエ……」

妙松は、クスリッと、自嘲《じちょう》するように笑った。

「たいしたご眼力だよ、だんなは……いかにもあたしゃニセ尼さ。恐れ入って、観念して、やけのやんぱち、いまひとりで飲み始めたところですよ」

「ちと、たずねたいことがあるのだ」

「ま、お上がりなさいよ。立ってもすわっても、両国の見せ物小屋じゃないから、お代は同じですよ」

城之介は、刀を腰からとって、上へあがった。

膳の上に、尼に似合わぬものがのっていた。――赤身のさしみはマグロらしい……太いタコの足が一本……お精進《しょうじん》なんぞ、くそくらえというわけだ。

が……それよりも、並んだ小ばちの間に、ポイとほうり出されたように置いてある平打ちの銀かんざし……こいつア尼坊主には用のないものだった。

「だんな、始めたばかり、まだおさかなには手をつけていませんよ。さ……どうぞ……」

「わしは、話を聞きに来たのだ」

「いいじゃありませんか、一杯や二杯……あたしゃ、チビチビやってたけど、ひとりじゃおもしろくなくってねエ。長屋のやつを呼んでも、町内あずけがたたって、だれも来やアしない……でも、うれしいねエ、だんなと飲めるなんて……」

妙松は、グラッと立てたひざを倒すと、城之介のほうへからだをにじらせた。

「あたしゃ、だんなが好きさ」

「わしは、御用で来ているのだ」

「フフフ……番屋でだんなにけられたとき、あたしゃ、ズーンと、からだがしびれちゃったよ。じゃけんにされるとうれしいたちなのさ、あたしゃ……」

「おい、ひとこと聞かせてくれぬか。叶家に、どんなことがあるのだ？」

妙松が、ピクッとまゆをあげて、いろっぽい目で城之介を見た。

「だんな……教えてあげましょうか？　そのかわり……」

「そのかわり？」

「察しるもんですよ。じれったいおひと……」

妙松は、スーッと、手を城之介のほうへのばしたが、そのまま、ドスッと、膳のほうへ倒れた。

「――おい！　酔っているのか？」

が、グーッと、首をのけぞらせた妙松の顔は、苦痛にひきゆがみ、見ているうちに血のけがひいていった。

「――おいッ、妙松尼ッ！」

城之介が、倒れた女をかかえ上げた。とたんに、ガブッ……と、妙松がどす黒い血を吐いた。

「――だ、だんなッ……」

それが、女の最後の声だった。

――息絶えた妙松の手に、なんのつもりか、銀の平打ちが握られていた。

四

「これはちと、やっかいだなア……」

町役人の急報で飛んできた同心年寄りの早水茂太夫が、城之介の顔を見て、大きなため息をついた。

「寺社方から、このときとばかりに抗議を申してくることだろう」

「しかし、妙松は、自分でニセ尼だといっておりましたが……」

「死人に口なし……いまとなっては、本人の口から聞くことはできぬ。とすると、かたり尼僧かどうかを明らかにするには、本山の僧籍まで調べねばなるまい」

「本山といいますと？」

「尼僧は、京都五山か鎌倉五山……この十カ寺のいずれにか属しているはずじゃよ」

「しかし、妙松は通夜坊主……一宗一派を守っていたわけではありません」

「いよいよやっかいだな。東西の五本山を、すべて調べねばわからぬわけだ」

「調べて、十カ寺の僧籍にのっておらぬとき、はじめて寺社方の手を離れて、われわれのかかりとなるわけですか?」

「物の順序からいえば、そういうことになるわけだよ」

「バカなことですなア」

城之介は、思わず日ごろからの不満を口にしてしまった。

南北両町奉行所は、江戸八百八町の治安を守っている……これが町方役人の誇りであった。

夏冬を問わず、風雨をいとわず、背中にヒビをいらせて町から町へ定回りするのも、江戸の泰平は、自分たちの肩にかかっていると思えばこそであった。

が……町方役人が取り締まれるのは町人、百姓だけのこと。神社仏閣は寺社奉行所の支配下にあり、武士は目付けの監督下におかれていた。坊主や神主、あるいは旗本、ご家人にどんな悪党がいても、町方同心は手が出せないのだ。

――ベラボウめ! 神田上水でうぶ湯を使った江戸っ子より、いなか侍やみそすり坊主のほうが、ずっとわりいことをしてやがるんだ……。

そう考える城之介も、江戸生まれの江戸育ち、きっすいの八丁堀衆だったのである。

「――ほほう……これは珍しい図がらだ……」

茂太夫は、死んだ妙松が握っていた銀かんざしを取りあげた。

「わかるかい、この紋が？」

「はァ……二また大根を、柳の小枝で丸く囲ったものではありませんか」

「そのとおりだ。いろっぽいじゃないか」

「そうでしょうか？」

「由来、柳腰《やなぎごし》、柳暗花明《りゅうあんかめい》などといってな、柳は粋なものだ。もう一つ一また大根……こいつアいうまでもあるまい。ちょいと変った比翼紋《ひよくもん》だぜ」

「これを、男女の紋どころの組み合わせとお考えですか？」

「たぶんな……」

茂太夫は、ジッと、妙松の死骸《しがい》を見おろした。

「そこで、残る問題は、尼坊主の妙松が、髷《まげ》もないのに、なぜこのかんざしを持っていたかだ」

「わたしはそれより、妙松の死に方が気になります。ピリピリッと、手足をふるわせ、口をひきつらせたあげく、ガブッと毒血を吐きました」

茂太夫が、チラッと、口もとに笑いを浮かべた。

「フグの毒にあてられた死にざまと、すっかり同じだった……と、いいたいんじゃないかな」

「そう考えては悪いでしょうか？」

そのとき、勘弁の勘八が駆け込んできた。

「――だんな……ちょいと聞き込んだんですがね。この尼坊主は、薬研堀の龍宝《りゅうほう》寺《じ》へよく出入りしていたそうですよ」

「そいつア好都合だ」

城之介より先に、茂太夫が答えた。

「――城之介、ちょいと、龍宝寺とやらへ、断わっておいてはどうだ。あるいは、そこで、妙松がかたり尼であったことがわかるかもしれぬ」

「行ってみましょう……」

城之介は、勘八をつれて、長屋を出た。

――大道を植え込みにする薬研堀……これは、龍宝寺の縁日に植木市がたつことを読んだ川柳である。

薬研堀の突き当たりで、天徳山龍宝寺……が、その本堂に安置された阿弥陀《あみだ》さまより、境内の聖天堂《しょうてんどう》にまつってある聖天像のほうが江戸っ子の信仰を集めていた。

聖天とは、大聖歓喜双身天王の略である。つまり、和合仏……陰陽二造の男仏、女仏が抱きあってる仏さまである。

――歓喜天どっこいどっこいのおん姿……川柳子の心憎さだ。

城之介と勘八が龍宝寺の境内へはいっていくと、本堂わきの聖天堂の前にうずくまって合掌《がっしょう》していた若い娘が、パッと立ち上がった。

そして、片そでで顔を隠すようにし、もう一方のそででしりのあたりを押えて、バタバタと、境内から逃げ出していった。

「――へへへ……まだ娘っ子のくせしやがって、聖天さまへ願をかけるたア。あの女、とんだバラ尻《けつ》ですぜ……」

勘八は、おもしろそうに、そんなことをいった。が……城之介は、娘のほうを振り返りもせず、じっと聖天堂をながめていた。

正面のとびらの前に白いものが紙に包んで置いてあった。

「――勘八……あすこへ供《そな》えてあるのはなんだ？」

「へ？　あー、ありゃア大根でしょう」

「どうやら、ただの大根ではなさそうだな」

「へエ……聖天さまへは二また大根と決まってまさア。抱き合った仏さまもいろっぽいが、二また大根てエのも、いやに気を持たせるもんですねエ。――二また大根別れても、わしゃ離りゃせぬ、切れはせぬ……ってわけなんでしょう」

城之介は、その二また大根を横目でにらんで、龍宝寺の庫裏《くり》へはいっていった。

「――ほう……あの妙松が死にましたか……」

年のころ四十二、三の住職が、驚いたように尋ね返した。

「あの女について、ご存じのことがあればお教え願いたいが……」

「いや……ときどき、読経《どきょう》を聞きに来ておりましたが、経の読み方を盗みに来たのではありませぬかな……そのほかには、何も存じませぬが……」

「経の読み方を盗むと申されましたな。とすると、あの女、まことの尼ではないといわれますか？」

「ハハハ……本名お松……食うに困ってのお通夜かせぎ……と、問わず語りに話しておりました」

「では、町奉行所にて、この一件取り調べてもよいわけですな？」

「と、申されますと……妙松は病死では？」

「毒殺ですよ」

「えッ⁉」

住職の顔色が、急に青ざめた。

五

「――すまねエ……そんなつもりで来たんじゃねエんだが……」

龍宝寺からほど近いドブ新道……踊りの師匠政吉の家に、同心由良三九郎が上がり込んでいた。

――寺社奉行にかかわりあっちゃうるせエ……と、妙松のゆすりを城之介に押しつけた三九郎も、その尼坊主が変死したと聞いては、ほっておくわけにはいかなかったのだ。

もともと、このあたりは三九郎の受け持ち、師匠の政吉とも顔見知りだった。

「――いま叶家さんのお弔《とむら》いからもどってきたばかりで、なにもありませんけど……」

政吉はさっそく一本つけて、三九郎へ杯を持たせたのだった。

「昨夜は、おまえさんもとんだことだったなア」

「そうなんですよ。ローソクをかじらされたうえに、丸裸にひんむかれ、土の中へ埋められちゃいました。いろ消しな話ですよ」

「しかし、助かってなによりだった。藤兵衛は運がわりいやね」

「それがねエ、だんな、あたしや太鼓の三八さんはおよばれでしょう。そうガツガツ食べられはしません。小柳ねえさんと、おっかさんのお銀さんは、フグは気味が悪いって、ほんの箸《はし》をつけただけ……けっきょく、藤兵衛さんがひとりで、あらかた食べちゃったのですよ」

「それで、毒の回りも早かったわけか」

「そういうわけでしょうねエ。お小ざらに三、四杯いただいただけのあたしたちでさえ、からだじゅうがしびれるほどの毒ですからねエ」

「けっきょく、いい新造《しんぞ》っ子をひとり、後家にしちゃったわけかい」

「小柳ねえさんですか？　だれがあんなきれいな年増《としま》さんをほうっておくもんですか。もしかしたら、お銀さんも小柳ねえさんも、ホッとしてるかもしれませんよ」

三九郎がグイッと杯をあげると、政吉がすぐとくりをとりあげてついだ。

「おれも、ときどき小柳の座敷へ行くところを見かけるが、いい姿だよ、使ってもいい銭があったら、一度、抱いてみてエ女さね」

「まあ！　一度なんて……そんなじゃだめですよ。ともかくも柳橋で幾人といわれる芸者衆なんですからね、切りもちの二つや三つ、ポンとほうり出して月囲いにしなくっちゃ」

「やめとこう……うちの女房は安いやね。三十俵二人扶持《ぶち》で一生いてくれら」

「まあ、だんな……」

政吉は、おかしそうに笑った。

が……それから半とき（一時間）余り、政吉とのむだ話の中から、三九郎は、たいせつなことだけは聞き出していた。

「――叶家の小柳にとって、藤兵衛はまあ、押しかけ亭主……といったあんばいだったようですよ」

横山町の自身番の中で、三九郎は茂太夫へそう物語った。

自身番の中にいるのは、同心年寄りの茂太夫を中心に、三九郎と城之介の三人だけ……表には、勘弁の勘八と、茂太夫手付きの御用聞き自証院《じしょういん》の常吉、それから三九郎付きのお多福の六蔵が十手を握って立ち番をしていた。

「――押しかけ女房てエのはあるが、押しかけ亭主とは珍しいなア」

「もとは、山ノ手で紙屋をやっていたってことですよ。そのころ、つまり小柳のだんなだった。ところが、道楽がすぎて身代《しんだい》限りをして、ズルズルと小柳の家へすわり込んでしまった……と、師匠の政吉はいってますがね」

「それにしても、昔のだんなを養うたア、小柳もいいとこがあったわけだ」

「はア……ただ、小柳のおふくろ、お銀てエ女はいい顔をしなかったようですがね。小柳も、最近は、藤兵衛とうまくいってなかったようです」

「別に、いいだんなができたんだろうな」

「――切りもちを二つ三つ、ポンと投げ出しゃ、小柳を月ぎめで囲いものにできる……これも政吉の話ですがね」

茂太夫は、城之介へ顔を向けた。

「どう思う、城之介?」

「藤兵衛がいなくなりゃ、小柳もおふくろのお銀もつごうがよかったでしょうな」

「それで、フグにことよせて、一服盛ったか……では、妙松は、その殺しを知っていたってわけかな？」

「さア……通夜に呼ばれて、はじめて藤兵衛の死骸を見た妙松に、それだけのことが見抜けましょうかなア……妙松がゆすったなア、ほかに理由があったのではないでしょうか」

「いいカンだな……どんなことだろう？」

「小柳と、ある男の情事……てエのはどうでしょう。妙松が、それを知っていた」

三九郎が首を振った。

「――城之介、小柳は芸者だ。ひとりや半人、情夫《いろ》や間夫《まぶ》があったって格別不思議じゃねエぜ……そんなことで女坊主からゆすられるたア考えられねエな」

茂太夫がうなずきながら立ち上がった。

「――おい、常吉……」

御用聞きの自証院の常吉がはいってくると、茂太夫は、奇妙なことを言いつけた。

「――ひとっ走り、叶家の近くへ行ってきてくれ。あの家に、ネコがいるかどうか？」

「だんな……ニャーオッて鳴くネコですかい？」

「神武このかた、ワンと鳴くってネコの話は聞いたことがないぞ」

「いえね、芸者のこともネコというでしょう」

「いや……ネズミをとるネコのことさ。芸者屋だ。たぶん、ミケとかタマとかってやつが飼われてることだろう。ネコがいたら、そいつが無事に生きてるかどうか……それを調べてきてもらいたい」

茂太夫が何を考えているのか、三九郎にも城之介にもわからなかった。

が……常吉が、叶家にはクロというカラスネコがいて、ピンピンしていると聞いてくると、茂太夫は、ポンとひざをたたいた。

「――藤兵衛毒殺は、小柳親子の共謀だな。ちいっと食っとくぶんにゃ、からだがしびれるくらいで命にゃかかわりがねエ。それを知ってるから、小柳もお銀も、ちょいちょいとフグをつついた……が、小さいネコはイチコロかもしれない。そう考えて、かわいがってるカラスネコには、ひとっ切れもやらなかった」

「早水さん、小柳親子をふん縛《じば》りましょう」

勢いこんで三九郎が立ち上がった。しかし、茂太夫は、手をあげておさえた。

「――藤兵衛殺しの証拠がない」

「ひっぱたきゃ白状します」

「いや……有無をいわさず、恐れ入らさなきゃ、あと味が悪い。これが江戸払いや、遠島ならともかく、かりにも亭主殺しとなりゃア、小柳の首は獄門台にのっけられる……それに、妙松殺しも、まだはっきりしていない。もうちっと、わきからかためていってみようじゃないか……」

相談の結果は、城之介は、昨夜いっしょにフグを食った太鼓持ちの一八を調べに行くことになった。

番所を出ると、冷たい風が、すそのあたりを吹き抜けていった。

「――だんな……ショボショボと降るかもしれませんね……」

勘八が、えりをかき合わせながら、うしろからついてきた。

三八は、両国の広小路に近い米沢町の裏に住んでいた。

「――みておくんなさいましよ、だんな……」

三八は、いままで飲んでいたらしい大きな湯飲みを差し出した。――ドロリッとした、まっくろなものがはいっていた。

「――黒砂糖ですよ。フグの毒消しにいいって聞いたもんですからね、朝からひっきりなしに飲んでるんでさ。いい太鼓持ちが黒砂糖のしるを飲むなんて、恥ずかしくって、おてんとさまを拝めませんよ。しかし……フグのことをテッポウたアよくいいましたね、当たりゃ命ですぜ、まったく……」

「ところで、ゆうべのフグは、だれが料理したんだ?」

「藤兵衛さんですよ。こいつさえ食わなきゃアってね、まっしろいフグの卵巣《こぶくろ》をのけてましたがねエ……」

——その〝こぶくろ〟を、小柳かお銀かが、ソッとなべへ入れたにちがいない……城之介はそう考えた。

「——尼坊主の妙松が死んだよ」

「そうですってねエ。フグに当たった死人の通夜をゆすったりするから、うぬもフグの毒で死んじまった。世話アねエですねエ」

「おい……妙松がフグの毒で死んだと、だれから聞いた?」

「へエ……二また大根の和尚《おしょう》から」

「二また大根⁉」

「薬研堀の龍宝寺の住職ですよ」

「あー、そうか……」

城之介は、あの聖天堂にまつられていたなまっちろい二また大根のいろっぽさを思い出した。

六

五つ（八時）近くから、とうとう雨になった。

が……たいした降りではない。パラパラときては、ちょっとの間降りやむ。地面がぬかるむほどではなかった。

かごが一丁……薬研堀から広小路へ出て、トットットッと、両国橋を渡っていった。

そのあとを、ほおっかむりでしりをからげた男が、背中までハネをあげて、走っていく。

やがて、かごが両国橋を渡りきってしばらくして……さっきのほおっかむりの男が、両国橋を駆けもどってきた。

「――だんな……」

男が声をかけたのは、橋のたもとにあるちいさな橋番所だった。

「――ご苦労だった。行き場所はわかったかい？」

番所から出てきたのは、城之介……ほおっかむりの男は勘弁の勘八である。

「わかりましたよ。橋向こうの回向院《えこういん》横、はつ音って料理屋ですよ」

「よし……出かけてみるか……」

城之介は、蛇《じゃ》の目の傘を片手に高足駄《たかあしだ》をはき、ゆっくり、両国橋を渡っていった。

「――ごめんよ……」

わざと表を避けて、勝手口からズイッとはつ音へはいった城之介は、ハッと驚くおかみや女中たちに、ピシリッと、ひとこと浴びせかけた。

「――御用筋だ。へたなかばいだてすると、情けをかけてやれねエぜ……」

「だんな……」

おかみが、くずおれそうな姿で、城之介をジッと見上げた。

「――どうぞお見のがしを……むりに……むりに頼まれて、つい断われなくって……」

「いいってことよ。おめえんとこは、別に曲がったことをしてるわけじゃねエ。どっかの坊主頭の医者が、芸者と会っているだけなんだろう……」

「すみません、助かります！」

「そのかわり、あのふたりに知れねエように、ソッと庭先へ案内しな」

しばらくして、城之介と勘八は、黒々と障子にうつる二つの影を見つめていた。

――いきなつぶし島田と丸い頭……小柳と龍宝寺の住職が忍び会っていたのだ。

「――こんなにまでして、おまえさんのことを思っているあたし、捨てたら、ききゃアしないから……」

二つの影が、一つになった。

とたんに、ヒョイとぬれ縁へ上がった城之介が、サラリッと、障子を開いた。

――あッ……と、男と女が離れた。

その目の前へ、グイッと城之介がつきつけたのは、銀の平打ちのかんざしだった。

「――お楽しみも、ここいらあたりが幕だろうぜ……一、また大根に柳の小枝の比翼紋たア、きつウいしゃれじゃねエか。生身の和合仏におめにかかろうたア思わなかったよ。とにかく、この平打ちを妙松に握られたなアと、とんだ手落ちだったなア……」

それから一とき（二時間）ばかりして……。

城之介は、中ノ橋に近い八丁堀の屋敷へ、早水茂太夫をたずねた。

「――そうかい。やっぱり小柳とお銀が下手人だったのかい」

「フグの〝こぶくろ〟をなべに入れたのは、母親のお銀でした。銭にならぬ藤兵衛より、龍宝寺の住職をだんなに持たせ、左うちわになりたかった……というわけなのです」

「妙松殺しは？」

「これも、お銀のしわざですが、ちょいと困ったことには、わたしが妙松を番屋で調べているるすに忍び込み、フグの毒を酒に混ぜておいたとわかりました」

「しようがあるめエな。妙松だって、したたかものだ。いずれは人手にかかるか、おしおきになる女さアね。気にすることはあるまい……ハハハ……そうかい、あのかんざしは、聖天さまと芸者の比翼紋だったってエわけかい……ところで、聖天さまのほうはどうした。まさか、寺社方へ無断で、ふん縛《じば》りなどしねエだろうな」

「はつ音の座敷から飛び出し、つんのめるようにして逃げていきました」

「追っかけなかったのかい？」

城之介がうなずいた。

「よかろう……夜が明けたら、寺社方へ知らせることにしよう」

が……夜明けまえに、城之介は茂太夫にたたき起こされた。

「――城之介……品川御殿山下で人殺しだ。すまんが、いっしょに行ってくれ。常吉がいま知らせてきたのだが、早立ちで東海道を上ろうとした男が、追い落としに殺され、みぐるみはがれたらしい」

「つじ強盗ですか……あのあたりは、三保木さんの受け持ちですが……」

「いや……ぜひ貴公に行ってもらいたい」

茂太夫は、ニヤリと笑った――

「――殺されたなア、江戸を逃げ出そうとした龍宝寺の破壊坊主さ……」

かみそり地獄

一

白いものが、チラチラと降っていた。が……風はそれほど冷たくなかった。

「――いい気分だぜ……」

定町回り同心千秋城之介《ちあきじようのすけ》は、船の障子をあけて、暗い品川沖のあたりへ目をやった。

五つ半（九時）を少し回っていたであろう。

あちらこちらに、チロチロと、かがり火が燃えていた。――小雪まぐれの炎は、幽霊火のように見えた。

「――白魚をとってるんだね……」

富本節のお葉が、酒にほんのりとほてったほおを、城之介の顔に並べた。

「——おい、お若いだんなが困ってるじゃねエか……」

城之介は、うしろを振り返った。——新参の同心日下《くさか》兵馬《ひょうま》が、困ったように、キチンとそろえたひざをなでていた。

「——兵馬、白魚の踊り食いてエのを知ってるかい？」

「いえ……存じませぬが……踊りでも踊りながら、白魚を食するのでしょうか？」

「ハハハ……朱塗りの平桶《ひらおけ》へ塩水をはってね、白魚を泳がせるんだ。そいつをはしでつまんで、酢みそにつけて、ピンピコピンピコ踊ってるやつを、ポイと口ン中へ放りこむ」

「まあ、かわいそう！」

お葉が、とんきょうな声をあげた。

「それに、生きてるままたべるなんて、気味が悪いじゃないか」

「なにいってやがんだい。コイは生きづくりがいちばんうめエ。カニは生きてるやつをゆでなきゃ身がしまらねエ。え、そうだろう」

「だけどさ、生きてる白魚がおなかン中へはいっていくなんて……ねエ、日下さん、思っただけでもいやですよねエ」

兵馬は、ニッコリ笑った。

「しかし、きれいでしょうなア。朱塗りの平桶の中で泳ぐ白魚……一度、味わってみたいと思いますよ」

「およしなさいましよ。ゲテモノですよ、そんなのは……」

城之介は、キセルにつめた〝国分《こくぶ》〟をうまそうに吸って、ポンと、はいふきをたたいた。

「同心てエものはね、ことに定町回りってやつはね、なんでも知っていなきゃいけねエよ。どんなつまらねエことでも、知っていて、損てエことはねエのさ。たとえば、兵馬、おまえさん、こんなことばを知ってるかい？　ヤマネコ、アヒル、ケチギリ、底たたき、八兵衛《はちべえ》……」

とたんに、お葉がプッと吹き出した。

「——ちょっと。いけすかないねエ」

「いや、おめえがいけすかなかろうが、いけ好こうが、おれア兵馬にたずねてるんだよ」

兵馬が、ちょっと首をかしげた。

「——ヤマネコやアヒルはわかりますが、ケチギリ……これはどうも」

「ハハハ……ヤマネコやアヒルだって、わかってやしねエだろうな。ニャンとなくネコや、庭先をひょこひょこ歩いてるアヒルのことじゃねエよ」

「は？　違うのですか？」

「みんな、いろを売る女の異名だよ。市ガ谷八幡や牛込赤城元町《うしごめあかぎ》に現われる隠し売女《ばいた》は、山ノ手の寝子《ねこ》でヤマネコさ。アヒルはガアガアなくだろう。船頭ことばでガアといやア二百のことだ。ガアガアと四百文よ。佃島《つくだじま》の女はひと晩四百文。つまりガアガアのアヒルだ。ケチギリははすっぱ女郎のこと、底たたきは板橋の女郎で、八兵衛は市川船橋の女郎だ。――さアさア、はようシベエシベエ……というから八兵衛だってさ」

「ほう……なるほど……」

「感心してちゃいけねエ。いいかい、兵馬。かりに人殺しがあったとする。――だんな、佃島の八兵衛がやられてますぜ……と、知らせがあった。そんとき、八兵衛が隠し売女だってことを知っていねエと、とんだことになる」

「さよう……わたしなら、八兵衛という男が殺されたのだと思います」

「八兵衛だったらまだいいよ。ともかく人殺しだと思って出張《でば》るからな。――だんな、アヒルが殺された……そういわれたらどうするね。――この野郎、御用繁多《はんた》だ。アヒルが殺されたのまで持ち込むやつがあるか……などとどなりつけちや一大事だからな」

いつか、お葉まで、ジッと城之介の話を聞いていた。——江戸の岡場所《おかばしょ》の隠し売女の話……だが、それは、グイッと江戸の町々をにらむ定回り同心の心構えに触れる話だったのである。

「ご教訓、身にしみました」

「冗談いっちゃいけねエ。あたしだって駆けだしだ。早水《はやみ》さんや三保木《みほき》さんの目から見れば、歯がゆくってしようがねエだろう。お互いに、これから十年十五年とたたなきゃ、一人まえの定回りにゃなれねエよ。身にしみるといやア、ちょいと夜風に吹かれすぎたかな」

笑いながら城之介が屋形船の障子に手をかけたとき、まのぬけた声が、川っ風に吹きちぎられて流れてきた——

「——だんなーッ！　千秋のだんなーッ……」

城之介が、ピシャリッと障子を締めて、艫《とも》のほうへ声をかけた。

「——船頭……あそこでわめいてるお兄イさんのほうへやってくんな……」

船は、深川のほうへもどっていった。

「——だんなーッ！」

声がだんだん大きく聞こえてきた。——まちがいもなく勘弁の勘八《かんぱち》の声であった。

「——兵馬、どうやら御用らしいぜ」

「はア……千秋さんの受け持ち区域でしょうか？」

「そうらしいや。勘の字のやつ、やけにあわててやがる……」

が……出会った小舟から、こちらの屋形船へ移った勘八は、兵馬を見ると、クルクルッとおおげさに目の玉を動かした。

「あれーッ！　日下のだんなもごいっしょだったのですかい！　嘉助《かすけ》とっつぁんが、あわてて駆けずりまわってましたぜ」

「なんだい……」

城之介も、兵馬を見た。

「おまえさん、おれと船に乗るって、言い残してこなかったのかい？」

「はア……どうも、家を出にくかったもので、御用があると申して出てきました」

「ご養子はなにかと気を使わなくちゃならねエ……ってわけか。しかし、あたしたちア、なにかできごとがあれば、一刻も早く現場へ行かなきゃいけねエ。早ければ早いほど、下手人をとっつかまえる手がかりがつかめるってものさ。行き先だけは、はっきりさせといたほうがいいぜ。ところで——」

城之介は、勘八へ顔を向けた——

「なにをボンヤリしてやがんだ。さっさと申し上げねエか」

「総出仕《そうしゆつし》の早触れですよ」

「道理で、針の嘉助も目の色を変えて兵馬をさがしてるってわけか」

城之介は、のび上がるようにして、船頭へ声を掛けた——

「——おい、深川はいけねエ。築地河岸《がし》へつけてくれ。大急ぎだ……」

二

南町奉行所の表ご門が、うっすらと雪をかぶっていた。

大とびらは、ピッタリと閉ざされている。

城之介と兵馬が勘八をつれて駆けつけると、右のくぐり門の前で針の嘉助が寒そうに足踏みをしていた。

「——あ……だんな……」

嘉助は、ホッとしたような顔で兵馬に駆け寄った。

「すまなかった、心配させたな。ご一同、お集まりか？」

「いいえ、由良《ゆら》のだんながまだなんで……」

兵馬が、よかった……というように城之介を振り返った。

奉行所の中は、シンと静まり返っていた。――表ご門から正面の玄関まで、スーッと、一文字に青石が敷いてある。その両側は、みがいたような白じゃりだった。たいていの罪人が、この青と白の色わけに、いかにもさばきの庭へひきずり出されたというきびしさに肝をちぢめるといわれている。が、……今夜は、青い石畳も、雪をかぶっていた。

同心べやには、九人の同心が顔を集めていた。――年寄り役の早水茂太夫《もだゆう》をはじめ三保木佐十郎《さじゅうろう》、高瀬儀右衛門《ぎえもん》の定町回り三人。あとの六人は、臨時回りの同心六人だった。

江戸の町の治安を守るのは、南北両町奉行所の定町回り同心六人ずつであった。が……このほかにも、町々を巡察するものがあった。――その一つは隠密回りの同心……これは町奉行に直属する文字どおり隠密役で、両奉行所にふたりずつ。もう一つは臨時回りが六人ずつ。定町回りの手不足を助けるのが役目だった。

ところで、定町回りの手助け役ではあるが、臨時回りの同心は、定町回りを勤め上げたものが多く、つまりは隠居格で、定町回りの若い同心は、臨時回りの同心に頭があがらなかった。

「――おそいぞ、駆けだしのくせにッ……」

臨時回りのひとり、大野半六郎というじいさんが、城之介と兵馬をにらみつけた。

「相すみません。深川のほうへ出向いておりましたので……」

城之介が、兵馬をかばってあいさつをした。とにかく、定町回りばかりか、臨時回りまで集まっているのは、よほど大きなできごとがあったにちがいない……こういう場合、あやまりの一手でいくにかぎる……城之介はそう考えたのであった。

「――では、始めよう……」

早水茂太夫が、一同を見まわした。

「由良三九郎が来とらんな」

また、大野半六郎が口を出した。

「そのうちに来るだろう……城之介、兵馬、下総《しもうさ》から江戸送りになった科人《とがにん》が、市川宿で唐丸籠《とうまるかご》を破った」

　茂太夫のことばに、城之介は、ホッと、ひそかにため息をついた。——どんな大事かと思っていたのである。もしかすると、由井正雪もどきの陰謀でも発覚したのではないかと考えていたのだが、唐丸籠破りと聞いて、張りつめていた気持ちが、ふっと、肩すかしを食ったような気がしたのだった。

「科人は、何者でしょう？」

「いずれは、火あぶりになる重罪人だよ。一本ぞりの直吉と二つ名のある髪床の渡り職人だ」

「あ……話は聞いております。市ガ谷柳町で、火つけをして高飛びしたやつ」

「うん……足かけ四年まえの春だったよ。直吉め、もうほとぼりはさめたと思い、情婦《いろ》のヤマネコへたよりをよこしやがった。ところがヤマネコは、とっくに心変わりしていて、山吹町の御用聞き太助に密告したって筋書きなのだよ」

「山吹町の太助が、下総まで出張《でば》っておなわにしたのですか？」

「いや……銚子へ知らせて、土地の目明かしが御用弁にして、銚子街道から成田街道と、唐丸送りをしてきたのだが……」

　高瀬儀右衛門がひざをたたいて、舌打ちをした——

「あすは江戸というので、ホッとしやがったのだ。銚子のいなかの役人どもめ、八兵衛でも買いやがったのだろう。いけ好かねエ」

兵馬は、スーッと、息を吸いこんだ。——城之介から教えられたことがさっそく役にたった。そうでなかったら、ヤマネコも八兵衛も、なんのことかわからなかっただろう……。

「——早水さん……」

城之介は、茂太夫を見上げた。

「——直吉というやつ、江戸へはいったのでしょうか？」

「城之介ッ！」

茂太夫より先に、臨時回りの大野半六郎が、かみつくように叫んだ。

「——江戸川一筋越えりゃ、武蔵の国と名が変わる。あとは、亀戸村へ一本道だ。江戸へ向かってるに決まってらアな」

「唐丸を破ったのは、いつのことで？」

これには、茂太夫が穏やかに答えた——

「六つ半（七時）ごろだったそうだよ。暮れて間がない。市川宿は泊まり客でごった返していた。大野どののいわれるように、送り役人たちの気のゆるみもあったであろう。夜ふけではなく、宵《よい》のうちという安心もあったであろう。直吉は、そんな心のスキをねらって唐丸を破ったらしいよ」

そのとき、ドヤドヤと、十人余りの男がはいってきた。——北町奉行所の定町回りと臨時回り十二人。それに、由良三九郎がバツ悪そうな顔で混じっていた。

それから半とき（一時間）余り、二十四人が顔を集めて、直吉召しとりの相談を続け、受け持ちを決めて雪の中へ別れていった。

「——気のきかねエ役回りよ、なア城之介……」

夜ふけの町を歩きながら、三九郎が城之介へ話しかけた。

「——南町奉行所の定町回り、千秋と由良のだんながおそろいで、ヤマネコの用心棒とはなア」

「ものは考えようでしょう」

「どう考えるんだ？」

「直吉は、ヤマネコのお新に裏切られたことを怒り、女の命をねらう。そこを由良さんとわたしが張り込んでいておなわにする」

「ヤマネコの命を守るのではなくて、科人を捕えるための張り込みってわけか

……が……この雪ン中を、ウロウロと直吉をさがしてほっつき歩くより、正直ン

ところ、ヤマネコ宿であったまってるほうが楽だがね……」

ヤマネコのお新は市ガ谷御《お》箪笥町《たんすちょう》の裏長屋に住み、二町と離れぬ行願寺《ぎょうがんじ》門前町のヤマネコ宿〝やまぶき〟へ通っていた。

市ガ谷から牛込にかけては、城之介の持ち場だった。

「――おや、千秋のだんな……」

〝やまぶき〟へはいると、五十過ぎにベットリおしろいをぬたくったおかみが、もみ手をして迎えた。

「毎度、お見回り、ご苦労さまで……」

「いやみなことをいうぜ」

「いいえ……あたしんとこは別に、八丁堀のだんなにみつかっちゃ困るようなことはしてませんからね。いやみなどいやアしませんよ」

「そうかい……ときに、お新はいるかい?」

「え⁉　お新ちゃん?」

三九郎が、ズイッと前へ出た。

「おかみ、熱いやつを一杯、キューッとやりてエなア。ひどく冷えるじゃねエか」

おかみが、ジッと三九郎と城之介の顔を見比べた。

「――だんな……お新ちゃんは、二階にいますよ。でも……」

「でも？」

「いま……お客があがってるんですよ」

「ハハハ……商売繁盛てエわけか。城之介、ちっとの間、待つとしようぜ。どうやら十匁《もんめ》の客らしいじゃねエか……」

――当所行願寺門前は一切り一分あるいは十匁なり……と〝江戸色里番付〟にも書いてある。一切りとは、つまりお時間遊びのことだ。一両は六十匁だから、十匁は一両の六分の一。一両で米一石と勘定すると、女とのお遊び代一匁で、米が一斗七升ばかり買えたわけである。

ところで、江戸一番の吉原には三分（一両の四分の三）という高い女もいたが、岡場所《おかばしよ》となると、深川の土橋で十二匁というのが最高。十匁といえば、まずまず上の部であった。

「――おッ……？」

番茶がわりに出された湯飲みの酒を飲んでいた城之介が、ふっと振り返ってまゆをひそめた。――ソッと、二階から降りて、ノレンの向こうを裏口から出ていった男のうしろ姿に、見覚えがあったからである。

「――勘八……」

城之介は、表にいる勘八を呼ぶと、ソッと裏口へあごをしゃくった。

「――いま出ていった男をツケてみな……」

三

「――どうも、お待たせしましたねエ……」

おかみが奥から出てきて二階を見上げた。

「お新ちゃんのお客が帰ったようですから……どうぞお二階へ……」

おかみは、とんとんとんと、階段を上がっていった。

「いまの客、お新のなじみかい？」

城之介は、さりげなくたずねた。

「さア……どっかの番頭さんのような身なりでしたけど、あたしは見覚えがありませんねエ」

城之介は、それ以上深くは尋ねず、二階へ上がった。

「——お新ちゃん、あけてもいいかい？」

三つ四つ、へやが並び、どの障子も締めてあった。その一つの前で、おかみが中へ声を掛けた。

「——あ……おかアさん……」

細々とした、せつなげな声が、中から聞こえた。

「もう、そんなに無理をいわないでくださいな。あたし……もう恥ずかしくって……」

「お新ちゃん、商売じゃないよ」

おかみが、ソッと障子をあけた。——中からは、巻き羽織の八丁堀ふうが、はっきり見えたらしい。

「——なーんだ。だんなたちですかア……あたしゃ、お調べを受けるような悪いことはしちゃいませんよ」

「そうだろうともさ……」

三九郎がそういいながら、へやへはいっていった。

「おい……直吉が逃げたぜ」

「えッ!?　ほ、ほんとうですか!?」

れねエ」
「市川宿を逃げて、かれこれ二とき（四時間）だ。もう江戸へはいってるかもし
「あたし、どうなるんでしょう」
「ま……直吉は、まっつぐ、おめエを殺しに来るだろうなア」
「だんなア！　驚かさないでくださいよ」
「驚かしだと思うかい？　ジッと、胸に手を当てて考えてみな」
「そりゃア……あのひとが銚子にいると訴人《そにん》したのはあたしですけど……だって、
あのひと、火つけの大罪人ですもの……」
三九郎は、城之介と顔を見合わせた。――いちおう筋道はたっている。悪事を
働いた科人《とがにん》の隠れ場所を訴えた……本来なれば、お上《かみ》からごほうびをちょうだい
してもよいわけであった。
が……お新は直吉の情婦《いろ》だった。そこに、いささか割り切れないものが感じら
れた。
しかも、お新は行願寺門前のヤマネコ宿に巣くっていながら、いかにもうぶら
しく、――あたしゃ恥ずかしい……なんていっている。たいした莫連女《ばくれんおんな》らしい。
お上へご奉公のために訴人したというより、なにか自分のためといった気がす

る……

「――お新……」

城之介は、お新を見つめた。――ちょいと見には、十八、九……細っこいからだつきで、うりざね顔だった。これなら、うぶっぽく持ちかけて男をだまかすこともできよう。

「おめエ、ほんとうの年はいくつだ？」

「いやですねエ。とって、三ですよ」

「この家にゃ、長いのかい？」

「二年とちょいと……直吉と柳町のおこぜ長屋で所帯を持っていたんですけど、あのひとがとんだことをして飛び出してってから、女手一つじゃ食べていけなくなったんですよ」

「なんだって、直吉は、火つけなんてだいそれたことをしたんだい？」

「やきもちなんですよ。あたしが、柳町の大和屋のだんなとわけがあるって」

「大和屋……そんな家があったっけなア？」

「いまはありませんよ。直さんが火をつけたため、家がつぶれちゃったんです。山ノ手のお屋敷へお出入りの呉服屋さんだったんですよ」

「おめえ、その大和屋とは、ほんとうに、わけがなかったのかい？」

「ホホホ……あってもなくても、いまとなっては……あたしゃ、ヤマネコですよ。

男の数は、数えきれないほどなんです」

そのとき、ドドドドッと、階段を踏み鳴らして、勘弁の勘八が上がってきた。

「――だんなッ！　お、女が、切られましたぜッ」

「死んだか⁉」

「ヘエ、ここんとこをスカリッと……」

勘八は、自分の左首筋を、はすかいにスパリッとなでた。

「場所はどこだ？」

「柳町裏のおこぜ長屋で――」

――えッ……と、驚きの声をあげたのは、お新だった。

「ちょいとッ。あそこは六軒長屋なんだけど――」

「つき当たりから二軒め」

「えッ！　そ、そんなら、女あんまのお静さんが住んでるはずだけど」

「切られたなア、そのめくら女さ」

「まあ！」

お新の顔から、サッと、血のけがひいていった。

「おまえも確か、おこぜ長屋にすんでいたといったけな」

三九郎がたずねた。

「そうなんですよ、だんな……あたしが出たあとに、女あんまのお静さんがはいったんです」

三九郎は、城之介を見た。

「どう思う、城之介？」

「答えは一つしかねエでしょうな」

「やっぱり、そう思うかい？」

城之介は、コックリうなずき返した。

「――江戸へはいった直吉が、まっすぐ柳町へ行った。お静は、お新の身代わりになって殺されたのでしょう。お新にお静、低い声で呼べばまちがえやすい。めくらのお静は、あかりをつけていなかったかもしれませんな。そして、自分が呼ばれたと思って、なにげなく戸をあけた。そこを、商売物のカミソリでスカリッ……と」

「あー、どうしよう！」

お新がおびえたように叫んだ。

「こんどはあたしんとこへ来るよ。きっと、あたしか、太助親分が殺されるよッ……」

四

千秋城之介は、お葉のふとんの中で、ジッと天井板をながめていた。

夜は明けそめたばかりで、まだ世間は静かだった。

いつものことだが、お葉のところへ泊まると、朝早く目がさめる。――人目にたたぬうちに、八丁堀へもどらねばならなかったからである。

ことに、けさは、暗いうちに目がさめた。――夢うつつに、殺された女あんまお静のことが頭に浮かび、ふっと、目を開いてしまったのであった。

――おそらく、お静は何も考えず、手さぐりで、表戸をあけたにちがいない。

次の一瞬、待ち構えていた直吉が、サッと、かみそりで女の首根っ子をかき切った。お静は、声もたてず絶命したことであろう……。

めくら女であっただけに、その最期が哀《あわ》れだった。

昨夜、城之介は、お静の死骸《しがい》の検死をした。――おこぜ長屋は市ガ谷柳町裏、城之介の受け持ち区域だったからしかたがなかった。

血潮が、まるでぬれ刷毛《はけ》をひと振りしたときのように、壁から天井へまでしぶいていた。――城之介はさっきから、そのすさまじいありさまを思い出しているのであった。

お葉は、船底まくらに右ほおをのせ、静かに目を閉じていた。

――おかしな女だ。かりそめにもこちらは町方同心だ。女房にはなれっこないのに、満足しきった顔で寝てやがる……。

「――おい、けエるぜ……」

城之介のことばに、お葉はパッチリ目を開いた。

「おや……まだ早いじゃないか」

「一本ぞりの直吉ってにいさんとケリをつけなきゃならねエんだよ。けエしてくんな」

「御用じゃしようがないねエ……」

お葉はソッとふとんから出ると、階下へ降りていったが、すぐ、水を入れた湯飲みと、ぬれ手ぬぐいを盆にのせて上がってきた。

「――うー、寒い！　気をつけないと、カゼをひくよ……」

お葉はそんなことをいいながら、城之介のまくらもとに立てひざですわった。

――長じゅばんの胴を、シゴキでキュッと締めている。すそからちょいとのぞいた素足が、たいしたいろけだった。

城之介は、水でうがいをして、ぬれ手ぬぐいで顔をふいた。

「――じゃ、あばよ……」

別れは、いつも、こんなふうにサラリとしたものだった。

京橋竹川河岸のお葉の家から、八丁堀は、ほんの五、六町である。

雪はあがり、ピリッと、ほおにしみる冷たい風が、北から南へ吹き抜けていた。

八丁堀に近い松屋町の豆腐屋の前で、十人余りの男がたき火をしていた。――

申し合わせたように、ふさのない十手をしりの上に突っ込んでいる。――御用聞きたちだった。

ひと口に御用聞きというが、いろいろの種類があった。――勘弁の勘八のように、同心の家に住み込んで、公私共に同心の手足になるもの。これを小者《こもの》というのだ。小者が年を食い、女房を持つようになると、同心の家を出て家を持たせてもらう。針の嘉助などがそうであった。もう一つ、同心に頼んで手札をもらい、同心の下働きをするもの、これも御用聞きである。この中には、ほかに商売を営み、おおぜいの子分をかかえたものもあった。

こういう御用聞きたちは、八丁堀近くに、いくつかのたまり場所を持っていた。同心の家へ、連絡をするのに便利だったからである。

豆腐屋、髪床屋、菓子屋などが、そんなたまり場に当てられた。ことに、大きなできごとがあって、早くから集まるような場合は、暗いうちから店をあけている豆腐屋が利用された。

集まって、むだ話をしているうちに、お互いが腹をさぐり合い、情報を盗み合うという寸法であった。

けさは、いうまでもなく、唐丸《とうまる》破り、女あんま殺しの直吉のことで集まっているにちがいない。

城之介は、顔がさすので、遠回りをして、裏道伝いに屋敷へ帰ろうとした。と……

「――だんな！　親分！」

勘八の声が追いかけてきた。

「ほう、勘の字。たき火で、キンをあっためてたのかい？」

「そう見えますかい？　これでもあっしは暗いうちから、両方の耳をこき使って
たつもりなんですぜ」
「聞いてやろうか？」
「もうちっと、かわいげのある言い方がねエもんですかねエ。ま、ようがす……
だんな、ゆうべ、ヤマネコのお新と遊んで帰った客は――」
「山吹町の太助さ」
「あ……気がついてたんですか⁉」
「だから、おめえにあとをツケさせた。太助は、お新から、直吉が銚子にいると
聞かされた。本来なれば、自分で銚子へ乗り込み、直吉をおなわにするところだ
が、お新を抱っこしてるから気がひけ、あちらの目明かしに縛《しば》らせた……そうだ
ろう？」
　勘八は、ニヤッと笑った。
「だから、直吉は太助もバラす気になった……とおっしゃるんですか？」
「違うのかい？」
「違いませんよ。が、もっと深い根がある。太助は、三年余りまえに、吟味同心
の古野のだんなから手札をいただいて御用聞きになったんですがね、そのまえの

商売が、かんべんならねエ。なんだと思います？」

「おらア易《えき》はたてねエよ」

「へへへ……、呉服屋ですよ」

城之介は、ジッと、勘八を見つめた。

「――まさか、柳町の大和屋ではあるまいな」

「その、まさかですよ。直吉のつけ火で一文なしになった大和屋が、それまでお出入りをしていたお旗本志水《しみず》小八郎《こはちろう》さまのご用人の口ききで、吟味方の古野さまから手札をいただいたんですよ」

町方同心は、それぞれ、出入りの大名屋敷、大旗本の屋敷があった。――大名や大旗本の屋敷内でめんどうなことが持ち上がると、同心が出向いて、内密に処理をするのである。公儀からの俸禄《ほうろく》は三十俵二人扶持だが、大名や旗本からは、その何倍かの手当が出た。

吟味方同心古野が、旗本志水邸へ出入りしていたのも、そういうわりである。

また、御用聞きの前身には、このようにいかがわしいものも、かなり多かったのである。

「――けッ！」

城之介は、いまいましげに舌打ちをした。

「焼け出されて、しようがねエから御用聞きになりやがったのか！」

「そのつけ火も、直吉のカンぐりじゃねエんですよ。太助は、呉服屋をやってるころから、お新とちちくり合ってたんですよ」

「きたならしい野郎だな、太助ってやつは。ひとの情婦《いろ》を寝とった。その女がヤマネコになりさがってる。そこへノコノコと通ってやがる」

「それも、御用顔のただ遊び……」

「太助は、たき火の仲間にいたのかい？」

「来るもんですか……ゆうべっから、お新といっしょに、どっかへ隠れてるそうですよ」

城之介は、ペッペッとつばを吐いた。

「いやな話だ。もっと、サラッとした話はねエのかい？」

「直吉に、弟思いの姉がある……てエのはどうです？」

「まことか⁉」

「へへへ、かんべんならねエでしょう。こりゃアあっしが、おこぜ長屋の主《あるじ》みてエなばあさんから聞き込んだので、だれも知りませんよ」

「どんな女だ？」

「お幸という名まえなんですよ。さるお旗本のお囲いものでね。以前は芸者ですよ」

「けッ！　旗本屋敷へは手が出せねエ」

「そのお旗本が去年なくなって、お幸にはおいとまが出たってわけなんで」

「どこに住んでいる？」

勘八が首をかしげた。

「そこまでは、まだわかってねエんですよ」

こんどは、ニンマリと城之介が笑った――

「――洗い出せよ。吉原で五、六んちいつづけできるくらいのほうびをはずむぜ……」

五

年寄りの早水茂太夫が、ムスッとした表情で、奥の御用べやから同心べやへもどってきた。

「――お奉行さまから、おしかりをいただいたよ」

茂太夫は、集まっている後輩五人へそういった。

「昨夜は、南北両町奉行所の定町回り、臨時回りが出役《しゅつやく》しているのに、おしかりは、われわれだけなのですか？」

高瀬儀右衛門は不服そうであった。

「運が悪いのだな。南が月番であったということ……それに、町々のできごとは、なんといってもわれわれ定町回りの責任だからな」

「しかし……」

由良三九郎が、いきな細身の銀ギセルにコヨリを通しながら一同を見まわした。

「昨夜の手配は、同心二十四人の合議なんだからなア。あたしたちだけがカスを食うこたアないと思うな。だいいち、直吉はくやしいくやしいで頭にきてるんだ。なにをやらかすか、わかりゃアしねエんだから……」

「血迷ってやがるのは、はなからわかってるんだ」

三保木佐十郎が、三九郎をたしなめるようにいった――

「とにかく、直吉がおこぜ長屋へ舞いもどるかもしれねエ……ということは、考えなきゃならなかったんだよ。やつア、お新が御箪笥町へ引っこしてるこたア知らねエんだからな。おこぜ長屋を張らなかったなア、やっぱりわれわれの手ぬかりだよ」

「だが、三保木さん、お奉行はあたしたちを責めるが、いちばんしかられていいやつは、市川で直吉を逃がしたボンクラ役人どもじゃねエんですか？」

「それは、別問題さ……」

三保木のことばに、茂太夫もうなずいた。

「――直吉をとり押える……それだけがわれわれの役目なのだからな、その直吉に女あんまのお静を殺されたのはまずいやね……」

城之介と兵馬は黙っていた。――兵馬は新参者だから遠慮していたのだが、城之介は責任を感じてのことだった。

直吉とり押えが、月番である南の定町回り六人の役目なれば、牛込市ガ谷のできごとは、それを受け持っている自分の責任……と、城之介は考えていたのである。

――勉強が足りなかった。持ち場のことは、数年まえにさかのぼって、よく調べ上げておくべきであった……。

――直吉は、是が非でも、おれの手でおなわにしなきゃならない……。

そんなことを考えているとき、ソッと、入り口の腰高戸をあけて、勘八が顔を出した。

城之介は、ちょいと、茂太夫に会釈《えしやく》をして同心べやを出た。

「——直吉の姉のいどころがわかったのか？」

「わかりましたよ。約束どおり、吉原へ行かせていただきやしょう」

「どこだ？　やっぱり市ガ谷近辺かい？」

「それが、青山の宮益町《みやますちよう》……というよりゃア、道玄坂下《どうげんざかした》なんで」

「そいつアまた、えらく遠方だな」

「ご書院番頭《がしら》五島大内記さまの下屋敷が、近くの青山主水町《もんどちよう》にあるんですよ」

「ほう……お幸といったな、直吉の姉は。その女、五島のおめかけかい？」

「いいえ、先代の五島主膳正《しゆぜんのしよう》さまのご愛妾《あいしよう》だったんですよ」

「先代といやア、かなりな年だろう。お幸はいくつだい？」

「二十八とか……直吉と一つ違いですよ」

ご書院番というのは、殿中を固め、将軍外出の際はかごの前後を守るのが役目だった。これには、重代の旗本が選ばれることになっており、番頭は四千石高、旗本のうちでは大身であった。大名並みに、下屋敷も持っていたものである。

——女あんまのお静を殺した直吉が、姉の家へ突っ走ってかくまわれる……市ガ谷柳町から道玄坂下といえば、二里はあるだろう。が……若い男の足なら、たいして苦しい道のりではなかったはずだ……。

「——とにかく、よくお幸の家を洗い出したな」

「それがね、妙なんですよ。ゆうべ……というよりけさ八つ半（三時）過ぎに、お幸が御箪笥町のお新の長屋と、柳町の太助をたずねてるんですよ」

「なるほど……」

「こういう口上《こうじょう》なんです。——弟直吉に、なおこの上の大罪はおかさせたくない。それで、だれにもわからないところへ、当分身を隠してほしい。四、五日もすれば、直吉もあきらめて自首して出るだろうから……とね。そういって、ふたりへ五両ずつ出しているんです」

「ちっとも妙じゃねエ。筋の通ったりっぱな話だが……待てよ。お幸は、だれから直吉のやったことを聞いたんだろう？」

「そこなんでさア。かわら版の読み売り屋が町々を触れ歩いたなア夜が明けてからですよ」

「うむ……とにかくそれで、太助とお新はお手々をつないで、ドロンしたってわけか？」

「太助の女房がキャンキャンわめいていましたよ。——道玄坂下のお幸って女はなんだい⁉　五島さまのお囲いか、おめかけか知らないが、ひとさまの亭主をヤマネコと駆け落ちさせるって法があるもんかッ……てね」

城之介は空を仰いだ。

冬の空が、ドンヨリと曇っている。——いまにも泣きだしそうな空だった。

「勘の字、かごを呼んどくんだ」

「青山ですか？」

「向こうへ着くころは、降ってるかもしれねエ。御用に雨とは泣かせるぜ……」

同心べやへもどると、まだ相談が続いていた。

「——ちょいと、青山まで行ってまいります」

城之介は、茂太夫にお幸のことを話した。

「ふーむ……しかし、城之介。直吉はその姉ンところにはいないだろうな。かくまってるなら、お幸がおおっぴらに太助やお新をたずねるはずはねエ」

「どこへ逃がしたのか、たずねてみましょう」

すると、三九郎が首をかしげた。

「――たぶん、知らねエというだろうな。姉弟でも、科人《とがにん》をかくまったり、逃がしたりすりゃア大罪だ。ほんとうのことをいうはずはねエよ。といって、相手にご書院番頭の息がかかっていちゃ、しょっぴいて、割り竹でひっぱたくってわけにもいくめエしなア……むだ足かもしれねエぜ」

城之介は、うなずいて、同心べやを出た。

と……兵馬があとを追ってきた。

「――千秋さん、わたしもお供をしましょうか？」

城之介は、ニヤリッとほほえんで、首を横に振った――

「――兵馬、女を調べるのは、くどくのと同じことだ。ひとりのほうがいいのさ……」

六

城之介と勘八を乗せた二丁のかごが、青山百人町へかかるころから、とうとう降りだしたが、雨ではなく、大きなぼたん雪だった。

「――おっと、このあたりに、社《やしろ》があるはずだが……」

勘八が、かごの中から、かご屋へ声をかけた。

「二つありまさア。宮益町の通りをはさんで、北が御嶽《おんたけ》神社、南が金王《こんのう》八幡宮……」

「そのこと……その八幡さまの裏手へ回ってくんな」

やがて、雪の中に、城之介と勘八が立った。

目の前は霜枯《しもが》れたたんぼ……金王八幡の森をながめる位置に、いかにも隠居所らしい家が五、六軒ちらばっていた。

どの家も、たいして大きくはないが、造りは凝《こ》っており、庭が広かった。

「さて……どの家かな?」

「たずねてみやしょう……」

勘八がそういったとき、すぐ前の家の枝折り戸をあけて、十二、三の女の子が出てきた。

「――もし……五島のお幸さまをおたずねではございませぬか?」

年に似合わぬ、こまっちゃくれたことばだった。

「ほほう……これはこれは、いかにもそのとおりだが……」

「では……ご案内いたします」

女の子は、澄ました顔でそういうと、出てきた家へ引き返していった。――そこが、お幸の住まいであった。

「――ずっと、回り縁伝いにおいでなさりませ。わたしは、お供のおかたのお相手をいたします……」

――おの字ずくめのことばづかいから、屋敷育ちと判断された……。

「――どうぞ……」

いわれたとおりに歩いていくと、一つの座敷から、女の声が聞こえた。

「――ごめん……」

スッと、障子をあけた城之介が、ゴクリッとなまつばを飲みこんだ。

女が、こたつへはいり、ヤグラの上の置き膳には、酒肴《しゅこう》が並んでいた。

紫ちりめんの被布に、切り髪……お約束どおりのご後室姿だが、キリッとしまった目もとまゆじり、ツンと高い鼻……しかも、ちょいと笑っているような受け口……なるほど、四千石の大旗本でも魂を奪われそうな、たいしたいろけだった。

「――冷えます。障子を締めていただきましょう……」

城之介は、お幸にいわれるままに、うしろ手で障子を締めた。

「さきほど、チラッと巻き羽織のお姿を見かけたものですから……たぶん、直吉のことで、わたしをおさがしではないかと思いました」

「そのとおりだ。直吉のことを話してもらいてエ」

城之介は、女からけおされそうなのをはね返すように、荒っぽい同心ことばでこたえた。

「ゆうべ、直吉は来ただろうな？」

「参りました……ま、こたつへおはいりになって……お杯をさし上げましょう。あいにく、召し使いのものを出したものですから、何もございませんけど……」

「直吉は、どこにいるんだ？」

お幸は、いろっぽいまなざしで、ジッと、城之介を見上げた。

「存じません」

「知らねエ⁉」

城之介は、思わずこたつの横へしゃがみ込んだ。

「はい、おひとつ……」

お幸が、人さし指と親指で巧みに杯をささえて差し出した。――細い、美しい指であった。

「直吉は唐丸かごを破って逃げた召《め》し人《うど》だ。銭を持っているはずはねエ」

「わたしをおどかして、持ってまいりました」

――賢い女だ。金をやったといえば同罪になる。が、強奪されたのでは罪にならない。

「どこへ行ったんだ？」

「たぶん……お新さんか、太助どのをねらっていることでしょう」

「そのふたりは、家にゃいねエ」

「はい、わたしがすすめて逃がしました。でも、逃げきれますかしら……直吉も命がけでございますものねエ」

「おまえさん、お新と太助の隠れてるところを知ってるようだな？」

お幸は、ふっと、片ほおに笑いを浮かべた。ひどく、なぞのある笑いだった。

「――直吉は、お静って、罪もねエ女あんまを殺した。カモの首でもちょん切るようにスカリッと、かみそりでかき切ったんだ」

「すまぬことと存じます」

「直吉のくやしい気持ちは、わからなくはねエ。情婦《いろ》といやア女房も同じこと。そのお新が大和屋太助と密通した。火もつけたくなるだろう。また、こんどはお新の裏切り、太助のさし金でお召しとりになった。殺しても飽き足りねエだろう……おれがお奉行さまなら、直吉に情けをかけてやる。が……お静殺しはいけねエ。直吉も男なら、いさぎよく、この罪だけは、つぐなわなきゃならねエところだ。お新と太助はどこにいる？　おらア、そこへ張り込んで、直吉に会って話してエ」

「しばらく、考えさせていただきます……」

お幸は、スッと立ち上がると、次の座敷へはいって、ピタリとからかみを締めきった。

それからしばらくの間、城之介は雪の音を聞いていた。――サラサラサラッ……と、縁先の笹の葉を鳴らす音だった……。

「――もし……こちらへおいでくださいませ」

城之介は、からかみをあけた。

ふんわりと、香のにおいが流れていた。

そのにおいの中に、お幸があおむけに寝て、ソッと、目を閉じていた。フワッと、からだへかけているのは、きらびやかなうちかけだった。――五島家の奥勤めのころのものであろう。

城之介は、しばらく、立ったままお幸の顔を見つめていたが、やがて、朱ぶさの十手を握ると、サッと、うちかけをはねのけた。

お幸は、素っ裸で両足をそろえ、両手で、軽く乳ぶさを押えていた。

「――これが、おまえさんの返答か……」

城之介は、お幸の横に片ひざをつくと、ピタリッと、左の手の甲で、女の下腹を押えた。――お幸は、ふっと、軽く口を開き、白い歯を見せたが、目はあけなかった。

「――このなぞ……解けたよ。直吉は、まだこの家にいるな。なればこそ、召し使いをみんな外出させたんだ。そして、おれを抱き込み、何もいわさず帰らせようとしている」

「あなた……一生、恩に着ます」

城之介は、キッと、あたりへ目を配った。

「――直吉ッ！　出てこいッ。このうえお幸に恥をかかせようっていうのかッ。いま、ここを逃げ出したところで、必ずつかまる。八丁堀の目は、節穴じゃねエぞッ」

サラリッ……と、そばの押し入れのふすまがあいて、若い男が、両手をついた。

――その前に、血にまみれたかみそりが一丁置いてあった。

「――直吉か……お新と太助はどうした？」

「裏の物置きで……」

城之介には、万事の事情がのみこめた。――お幸がことば巧みにふたりを物置きへ連れ込み、直吉に恨《うら》みを晴らさせたにちがいない……

「――わたしは、もうしばらく、直吉を生かせてやりたかった……」

直吉に目くばせして、ソッと座敷を出ていく城之介の耳に、そんな、お幸のむせび泣きが聞こえてきた……。

まぼろし若衆

一

「――さてと……こんどはどこだっけ……」

下谷《したや》御徒町《おかちまち》の藤堂家《とうどうけ》上屋敷を出た千秋城之介《ちあきじようのすけ》は、ピーンとさえ返った夜空を仰いだ。

上野のお山から吹きおろすからっ風が、地面をスーッとはってきて、すそから太腿《ふともも》へジーンと、針のようにつきささってきた。

例年のことだが、十一月もなかばを過ぎると、定町回りの同心たちは、お出入りの大名屋敷へ寒中見舞いのあいさつに行った。

あいさつといっても、殿さまに会うわけではない。お留守居役に会ってくるだけだった。――出入りの大名屋敷からは、月々扶持《ふち》をもらっている。これは、奉行所からもらう俸禄《ほうろく》より、ずっと多かった。

こんな大名屋敷を四、五軒は持っていればこそ、うまい酒も飲めるし、女の世話もできたわけである。

正月が迫っている。——寒中見舞いに行っておけば、暮れにはまた、月々のお扶持のほかに、越年のお手当が出るというわけあいのものであった。

あいさつには、屋敷からもらっている羽織を着ていかねばならなかった。

藤堂家をたずねた城之介は、丸づたの紋をつけた羽織を着ていた。藤堂家の紋どころである。伊勢の津の城主で三十二万三千九百五十石……城之介が出入りしている大名ではいちばん大きな屋敷だった。

「——さいですねエ、藤堂さまのお次は十万石の奥平《おくだいら》さま、次が五万石の安藤さま」

ちょうちんを持った勘弁の勘八《かんぱち》が答えた。

「石高はいいやな。道順にしようぜ」

「じゃ、三《み》ツ俣《また》の安藤さまでしょう」

安藤長門守……奥州平《たいら》の城主であった。

「紋は？」

「下がり藤……奥平さまはおもだかですよ」

「ちょいと見てくれ……」

城之介が背中を向けると、勘八はちょうちんをあげて、城之介の羽織のえりもとから、中をのぞきこんだ。

「下がり藤ですよ」

「そいつア好都合だ」

城之介は羽織を脱ぐと、裏返しにして、着直した。

出入りの屋敷が幾軒かあると、羽織の数も多くなる。一枚ずつ持って歩くのはめんどうだから、二枚を裏表にして着ていく……。

「なんどきだい？」

「六つ半（七時）でしょう」

「門限は五つ（八時）だな。ちょいと急ごうか……」

城之介と勘八は和泉橋を渡った。――北詰めに藤堂和泉守の上屋敷があるので、和泉橋といった。下を流れているのは神田川だ。

橋を渡ると柳原だった。――昼間はにぎやかだが、夜は寂しかった。

「――だんな、ここいらにゃ、タヌキが出ていたずらをするって話ですが、ほんとうですかねエ」

「ちょいと向こうの柳橋にゃ、尾のないキツネが出て男をたぶらかしてらアね」

「へへへ……おしろいをつけて、三味線をひく雌《め》ギツネにゃだまされてみてエですよ。だけど、タヌキはいろけがねエですよね。化けるといやア、大入道だとか、一つ目小僧だとか」

「どっちにしろ、こう寒くっちゃ、タヌキも穴ン中で丸くなってやがることだろうよ」

そのときだった。だしぬけに、からっ風が、女の悲鳴を吹きつけてきた。

「だんなッ！」

「タヌキにしちゃ、やけになまなましい声だったな」

と……バタバタバタッ……と、くらがりの中から足音が聞こえた。やがて、女がひとり、つんのめるようにして、ちょうちんの光の中へ飛び込んできた。

「――助けてッ！」

女は、飛びつくように、城之介へすがりついた。

ぷーンと、湯あがりのにおいが、城之介の鼻をくすぐった。

「――おちつけよ。町方のものだ」

「えッ！」

女は、ハッと顔をあげると、ホーッと、長い息をついて、二、三度、ノドを鳴らした。

「——だんな……ご新さんがッ……」

女は、震える指で、いま飛び出してきたくらやみのほうを指さした。

「勘八ッ！」

「ヘイッ……」

勘八は、ちょうちんをふりかざすようにして、駆けだしていった。

「——だんなッ！　殺しですぜッ！」

その声に、城之介も走った。

柳原土手の下に、若い女が倒れていた。

「——いけませんよ。息がとまってまさア」

勘八が、ちょうちんを、倒れている女の顔へ近づけた。

「——ほう……」

城之介は、思わずなまつばを飲んだ。

若い女だった。——二十歳にはなっていないだろう……。

抜けるように色が白くって、ツンと、鼻が高く、目が、ちょいとくぼんでいる。

――美人といえば、人形も、浮き世絵も、おひなさまのような下っぷくれのノッペリとした顔である。が……殺された女は、それとは正反対に、顔に高低があった。それでいて、すさまじいまでの美しさを持っていた。

「――ご、ご新さん！」

さっきの女が、倒れている女にとりすがって死体をゆすぶった。

「――勘八……」

城之介は、勘八に女を死骸《しがい》から引き離させると、うつぶせになっている死体を、ソッと、あおむけにしてみた。

「――こいつアいけねエ……」

グッショリ、胸のあたりをぬらしている血液を見ると、城之介は、静かに首を振った。――傷は、左の乳下……この急所のひと刺しに、女は声もたてずに死んだにちがいない。

「――おめえたちは、どこのものだ？」

城之介は、勘八にかかえられてワナワナと震えている女にたずねた。

「――この先の、豊島町《としまちょう》裏に住んでいます。こ、このおひとは、おまりさん……

あたしは、雇われ女でお仙というんです」

「身なりかっこう……かみさんでなし、娘でもなし……」

「じ、実は……木挽町《こびきちょう》一丁目の薬種問屋、金具屋さんの……」

「囲いものかい？」

お仙という女は、コックリ、うなずいた。

「——湯の帰りらしいな？」

「はい……今夜はだんながおみえにならないし、ひどく冷え込んでるもんですから、あったまって寝ようと、暗くなってお湯屋へ行ったんです」

「下手人は？」

お仙は、首を横に振った。

「心当たりはございませんけど……」

「おめえ、下手人を見たんだろう？」

「でも……だしぬけだったもんですから……」

「どんなやつだ？」

「若衆姿のようでした。大振りそでで、はかまをはいて……顔には、ほおっかぶりをしてたようでした。目鼻だちは、まるっきしわかりませんよ。暗いし、だしぬけだったんで……あたしは、ご新さんが、うっと苦しげにうめいて、ドスッと前へ倒れるまで、ちっとも気がつかなかったくらいなんです」

「つまり、下手人の足音や、声は聞いていないってわけ?」

お仙は、うなずき返した。

「うそじゃないんです。ほんとうに、足音も、声も聞いてちゃいません」

「おれア、うそだなんていってやしねエよ。それからどうした」

お仙は、また首を横に振った。

「——あたしは夢中で走ったんです。それだけですよ」

城之介は、勘八の手からちょうちんをとって、女の死骸をズーッと見まわした。すそが乱れて、左足が、太腿のあたりから、むき出しになっていた。——その足が、ひどく長いように思われた……。

二

「——柳原か……わしの受け持ち区域というわけだ……」

高瀬儀右衛門《ぎえもん》が、渋い顔でいった。

「柳原には、ときどき飛んだバカ者が現われて困るよ。若いものが涼《すず》みに出て、通りがかりの新造《しんぞ》や娘っ子にいたずらをするものだ」

「しかし、昨夜は冷え込みが強かったですからなア」

「いや、わしの話はもちろん夏場のことだが、冬でもときには、一杯きげんで、女に抱きついたりするやつがあるんだ」

するると、同心年寄りの早水茂太夫《はやみもだゆう》が、ちょっと首をかしげた。

「雇い女は、下手人は若衆姿……といったのだな？」

「大振りそでにはかまをつけていたといっております」

「とすると、つじ切りかな？」

「盗まれたものは何もないようです。ふろ帰りですから、取られるようなものも持っていなかったのでしょう。したがって、切りとり強盗というわけではなさそうです」

「いや……若いうちは、つい腕自慢だの、新身の切れ味を見たいだのといってな、つじ切りは必ずしも物とりとはかぎらぬ」

「傷口をあらためましたが、短刀でえぐったものでした」

茂太夫が、ため息をついた。――腕自慢、新刀のためし切りなら、短刀でえぐるようなことはしないはずだった。

「――恨《うら》みでしょうな……」

由良《ゆら》三九郎が、印籠《いんろう》の根付けに、鼻のあぶらをこすりつけながら、決まりきっている……といわんばかりにいった。

「城之介の話じゃ、すげエようないい女ってことでしょう。しかも、囲い者だ。だんなの金具屋のほかに、情夫《いろ》もあれば、ちょいとしたうわきの相手もあった……と思いますよ。そんないざこざがもつれて、――かわいさあまって憎さが百倍……てなわけになった。そんなことでしょうよ」

「ところが……」

城之介は、だれにともなく口を開いた――。

「お仙の話では、おまりは二カ月ほどまえに、金具屋藤兵衛が上方から連れてもどってきた女ということです」

「二カ月!?」

三九郎がたずね返した。

「さよう……藤兵衛は薬種の仕入れで、年に一度は、九州から上方をひと回りしてくるということです」

「二カ月じゃアなア……どんなしり軽女でも、情夫をつくったり、うわきをしたりはしねエだろうなア」

するると、それまで黙っていた新参の日下《くさか》兵馬《ひょうま》が、城之介にたずねた——

「——物とりでなし、つじ切りでなし、恨みでもなしとなりますと、なぜ、まりという女は殺されたのでしょう」

「そのわけを、あたしも知りたいのだが……」

城之介はそういって茂太夫のほうを見た。

「——あと考えられることは……」

茂太夫は、まゆをしかめていった——

「通り魔だな」

「と申しますと？」

「つまり、下手人は、おまりだけをねらったわけではない。だれでもよかったのじゃよ。ただ女を傷つけたかった。女をおどかし、女に悲鳴をあげさせたかった」

「気違いざたですなア」

「さたではない。いろ気違いだよ。困ったことに、こういう気違いは、ふだんは常人と変わりがない……したがって、下手人の召しとりはかなり困難なことになる」

けっきょく、このできごとは、はじめからかかり合った城之介と、受け持ちの高瀬儀右衛門が取り調べをすすめることになった。

「——なさけねエことになったものだ……」

儀右衛門は、城之介と肩を並べて歩きながら、ふきげんそうにいった。

「下手人があがらなきゃ、お奉行さまからはおこごとをちょうだいするだろう。といって、苦労してとっつかまえても、相手が狂人じゃ、てがらにもならねエ」

「しかし、あたしには気違いと思えないんですが……もし、狂人のしわざなら、いままでにも刺された女があったはずじゃありませんか……」

「オコリのようなものなんだな。突然、女を切ってみたくなる。そして、無我夢中で女を刺すが、あとはケロリとしてしまう」

「では……同じようなことが、これからも起きるかもしれませんな」

「そういうわけだ。広い江戸のことだからな、そんないろ気違いも、ふたりや三人いることだろうよ……」

儀右衛門と城之介は、木挽町の自身番へ行くと、金具屋の藤兵衛を呼んでこさせた。

「——呼び出したわけは、わかってるだろうな？」

藤兵衛がやって来ると、儀右衛門がまず口を切った。

「はい……たぶん、おまりのことで……」

「そのとおりだ。本来なれば、われわれが金具屋へ出向いてもいいが、それじゃおめえもつらかろうと思ってね。女房っ子のてまえもあるだろうし、店の者へのしめしもつかねエからな」

「恐れ入ります……女房は、三年まえから中気《ちゆうき》で寝たっきりでございますし、子どもはございません。いずれ、親戚から養子をするつもりでございます」

「じゃ、おめえが女を囲ってることに、だれも文句はねえのかい？」

「はい……わたくしは、当年五十五で……」

藤兵衛は、てれたように小鬢《こびん》をかいた。

「まだ、老い込んだ年でもなし、よい女があったら囲ったらどうだ……と、親類や番頭たちがすすめてくれましたほどで……」

儀右衛門と城之介は、チラッと、顔を見合わせた。

女殺しの理由は、物とり、つじ切り、恋の恨み、それでなければいろ気違い……と早水茂太夫はいったが、城之介と儀右衛門は、もう一つ考えていた。

木挽町の金具屋といえば、江戸開府以来の薬種問屋であった。その当主が、はるばる上方から女を連れてきた。

――女房はおまりを恨むだろう。むすこや娘は母親に味方するだろう。店のものは、主家の一大事と騒ぐだろう。ここに、おまりの命がねらわれるわけがもう一つある……そう考えていたのだ。

が……事情は、予期に反していた。――藤兵衛がおまりを囲うことに、だれひとり反対してはいなかったらしい……。

「――おまりは、上方から連れてきたんだそうだな？」

「は、はい……さようで……」

城之介がたずねると、藤兵衛は、ふっと、口ごもるような調子で答えた。

「どういう素姓《すじよう》の女だ？」

「それが……実は、瀬戸内の船の中で買いましたので」

「買った⁉」

「はい……女衒《ぜげん》らしい男が連れていました。その男が、胴の間ばくちですっかりとられ、わたくしに、――連れの女を、十五両で買わぬか……と、こう申しました」

「それで、買ったのか？」

「はい……備前の宇野から乗った船でございました。ちょいと目につく女でしたので、わたくしもつい……」

「じゃ、そのまえに、おまりにどんなことがあったか、おめえは知らなかったわけかい？」

「はい……そのうちに、もっと打ちとけたら聞いてみようと思っていましたが、なにもたずねぬうちに、殺されてしまいました。が……だんな。おまりに、悪足《わるあし》や情夫《いろ》はございませんよ。実は……生娘でございました」

藤兵衛を返したあとで、儀右衛門は、まずそうに番茶をすすった。

「——城之介、どうやら重てエお荷物をしょい込んじゃったようだぜ。てんで、手がかりがつかめねエ」

「通り魔なら、また女をねらうでしょう。昨夜のことがうまくいったとなると、次は、案外早いかもしれません。腰をすえて、相手の出方を待ったほうがいいかもしれませんな」

日下兵馬についている針の嘉助《かすけ》が、自身番へ飛び込んできたのは、そのときだった――

「――千秋のだんな！　四谷で、若い女が刺し殺されましたぜッ……」

三

場所は、四谷左門町《さもんちょう》の〝松の湯〟というふろ屋の女湯だった。

「――あ！　千秋さん……」

城之介が、ざくろ口からはいっていくと、日下兵馬が、目顔で、湯ぶねの中を見おろした。

そこに、女の死骸《しがい》が沈んでいたのである。

八つ（二時）まえで、流し場には高窓から日がさしこんでいたが、ざくろ口の中は薄暗かった。

そのため、湯ぶねに沈んだ女の死骸は、いっそうすさまじく、おどろおどろとした姿で、城之介の目にうつった。

湯は、流れ出した血潮のために、紅のとき水のように赤く、その中の女の膚《はだ》は、うす桃色に見えた。

洗い髪が、コンブのように乱れて揺らぎ、左乳下に、パックリ傷口が開いていた。

「――湯にはいってるところを、刺されたのです……」

兵馬が、低い声でいった。

「ちょうど、昼過ぎで、女湯の客は、このおまやひとりだったそうです」

「まった！　じゃ、下手人はどうなんだ。女湯だ。八丁堀の湯屋じゃあるめエし、やたらに男がはいるわけにゃいくめエ」

――八丁堀の湯屋は、女湯の一番ぶろは付近に住んでいる町方同心がはいることになっている……城之介は、そのことをいったのである。

「つまり、下手人は、あとからはいってきた女ってことになるわけだな？」

「それが、紫ぼかしの大振りそでを着た――」

「若衆だっていうのかいッ!?」

兵馬が、大きくうなずいた。

「カマ番の三助が見ているんです。はいるところではありません。ちょいと、カマ場を離れてもどってくると、紫ぼかしの振りそでにはかまをつけ、大きな紫ちりめんの手ぬぐいで、スッポリとほおかぶりをした若衆が、スッと、女湯から出てきたというのです」

「それで、三助はどうした？」

「――もし……と、声をかけたとたんに、パシッと、顔へ目つぶしを投げつけられたといっています。――卵のからに、灰とトウガラシをまぜたものです。やっとのことで目を洗って、中へはいってみると、女が殺されていました」

「この女は？」

「すぐ近くの家を、先月はじめから借りて、ひとり住まいをしているそうです。が、嘉助の聞き込みでは、どうやら、かなりな武家の囲い者――」

「これもおかこかい……が、そういやア……」

城之介は、じっと、湯の中の女を見つめた。

――似ている！　昨夜柳原で殺されたおまりに、よく似た顔だった。彫りの深い目鼻だち……いや、顔ばかりではない、たくましく長い足……豊かな胸と、短い胴、はちきれそうな腰……

「――兵馬……下手人は、昨夜の女殺しと同じようだな」

「困りましたなア。わたしの受け持ち区域に、通り魔が現われようとは、夢にも思いませんでした」

「まず、この女を囲ってる武家というのをさがすことだな……」

それから半とき（一時間）ほどして、城之介は、竹川河岸《がし》のお葉のけいこ所へはいっていった。

「――おや、どうした風の吹きまわしだろう」

「じゃまならけエるぜ」

「いやみだよ、そんなセリフは……」

お葉は、けいこに来ていた小娘をそうそうに帰してしまった。

「――でも、うれしいねエ……おさかなでも買ってこようか？」

「せわしいんだ。ゆっくりしてはいられねエ。ゆうべときょう、続けざまに、わけエ女が刺し殺された。それについて、おめえにちょいと頼みがあるんだ。二階へ来てくれ」

城之介は、お葉をつれて、二階へ上がった。

「――お葉……帯を解けよ」

「あれ！　いやだよ、真っ昼間じゃないか」

お葉は、ポッとほおを染めて、いろっぽくながし目でにらんだ。

「勘違いするなよ。いいから、いうとおりにしてくれ。帯をといて、着物を脱ぐんだ。上から下まで、素っ裸になってくれ」

「どうしてさア……夏場じゃあるまいし、カゼをひいちゃうよ」

「いやなら頼まねエ。ほかの女に頼んでみる」

「ちょいと、あんたッ！」

お葉は、ジッと城之介を見つめていたが、急に、スルスルッと帯を解くと、パッと、着物を脱ぎ捨ててしまった。あとは腰巻きが一枚……。

「——さ……どうせ、おまえさんのものだよ、前からでも横からでも、ゆっくりご覧なね」

そういうと、スッと、腰巻きも落としてしまった。

一間ほど離れて、ピタリとすわった城之介が、腕組みをして、つまさきから頭のテッペンまで、素っ裸のお葉を、見上げ、見おろした。

「——いいからだだぜ」

「なにさ、いまさら……ご覧よ。寒くって、鳥はだだってるじゃないか」

「いや……おれが抱いて寝る女だ。確かに、いいからだだ。しかし……」

「おや、因縁《いんねん》をつける気なのかい？」

城之介は、ゆっくり、首を横に振った。

「――そうではない……ただ、どこか違うのだ。殺された女たちのからだは、ちょいとばかり、からだのかっこうが変わっていた……」

四

「――だんな……おめざめですか……」

城之介がまくらもとのタバコ盆を引き寄せると、台所から勘八の声が聞こえた。ブーンと、みそしるのにおいがする。ちょうほうな男だった。城之介の耳がわり、目がわりになって、受け持ち区域を駆けずりまわるドッ引きが表芸だが、飯もたきます、そうじもします、ちょっとしたほころびくらいなら、けっこう器用につくろいもできた。

「――なんどきだ？」

「障子を見てごらんなさいましよ」

冬にしては、よい天気らしい。カッと照りつけた朝日が、クッキリと、枝ばかりになった庭のカキの木の影を障子にうつしていた。

影は、カキの木だけではなかった。ノッペリとした、馬づらの男の横顔も、黒々と影を落としていた。

「――よう、いろ男。来てたのかい？」

「おはようございます。なにね、いま来たばっかりですよ。どうぞごゆっくり」

「おまえが来てるとすると、五つ（八時）過ぎか。あまりゆっくりもできねエな……」

縁側に腰をおろしていたのは、毎朝回ってくる髪結《かみゆ》いの藤三郎《とうざぶろう》だった。

「――だんな……」

勘八が、手をふきながらはいってきた。

「ゆうべ、またやられたそうですよ」

「また？」

「お囲い切りの通り魔ですよ」

城之介は、ふっとまゆを寄せた。

「どこで⁉」

「深川の松井町……竪川《たてかわ》の河岸っぷちで、刺されたなア、神田小伝馬町《こでんまちょう》に住んでるお町って囲い者ですよ」

城之介は、ムックリからだを起こした。

「縁先のいろ男、きょうは髪はいいぜ。急いで出かけなきゃならなくなった」

「だんな……」

勘八が、城之介を見上げた。

「小伝馬町へ行くんですかい？」

「決まってらアね。弔《とむら》いをしねエうちに死骸《しがい》を見てエんだよ」

「死んじゃいませんよ」

城之介は、思わず勘八を見つめた——

「生きてるのか？」

「刺されたけど、命は助かったんですよ」

「藤三……顔を当たってもらうぜ……」

それから一とき（二時間）ばかりして、城之介が南町奉行所の同心べやへ顔を出すと、同心年寄りの早水茂太夫と高瀬儀右衛門が、渋い顔を並べていた。

その横で、耳あかをかいていた由良三九郎が、やりきれないというように城之介を見上げた。

「なア、城之介、江戸じゅうのめかけどもがおっかながって、夜歩きをしなくなったそうだぜ。町回りをするのがあじけなくなったよ」

「やめんか、三九郎……」

茂太夫が、火ばちのふちを、キセルのガン首でたたいた。

「高瀬さん、お町とやら申す女にお会いになりましたか？」

城之介が、儀右衛門にたずねた。

「うん……日本橋の質屋井筒屋《いづつや》の囲い者なのだ」

「最近、囲われたのでしょうか？」

「いや、三年越しだとよ」

「生まれ故郷は、上方ですか？」

「なんの、湘州《しょうしゅう》藤沢宿だといった」

すると、由良三九郎が、また口を出した。

「フフフ……井筒屋のおやじめ、気がもめることだろうな。相模女になにやらを見せるな……というからな。湘州女のしり軽は、天下ご免だよ」

「三九郎、ここは御用べやだぞ」

茂太夫が、また三九郎をたしなめた。

「わかっております。が、……こうぶっ続けに女切りをやられては、いずれお奉行さまからおしかりがあるでしょう。――定町回り一同不熱心である。以後、出精《しゅっせい》つかまつれ……やり切れませんな。とんでもねエ悪党が出ると、文句をいわれるのはわれわれ定町回りです。せめて、へやにいるときくらい、冗談でもいわせていただきたいものですよ」

「それにしても……」

　儀右衛門が、ため息をついた。

「おしかりを受けても、三九郎や城之介はまだよい。わしはつらいよ。一昨夜のおまり、昨夜のお町、いずれもわしの受け持ち区内に住んでいる女だ」

「高瀬さん……」

　城之介は、儀右衛門の顔を見た。

「けっして、高瀬さんのなわ張りへ手を出すというのではありませんが、ちょいと、お町という女に会ってみたいのですが……」

「けっこうだな。会ってくれ。会って、何か手がかりが握れれば、わしも大助かりだ。城之介、おぬし、何か心当たりがあるのか?」

「いいえ……ただ、その女を見てみたいのです」

「べっぴんじゃねエが、色が浅黒くって、男好きのする顔をしてやがる。三九郎のことばじゃねエが、いかにも相模女って顔さアね」

「小伝馬町の女が、なぜ、深川で刺されたのでしょう」

「深川元町に伯父《おじ》が住んでいる。それをたずねての帰りにやられたといってたよ」

城之介は、勘弁の勘八を連れて、南町奉行所を出た。

お濠の松《まつ》ガ枝《え》越しに、富士が、クッキリとあさぎ色の空に浮かんでいた。

小伝馬町裏の、ちょっとしたしもた家が、井筒屋の妾宅《しょうたく》だった。

「――ごめんよ……」

勘八が、しり上がりなことばで声を掛けたが、だれも出てこなかった。そのかわり、奥から、女の声が聞こえた。

「――だれだい？　用があったら、またにしておくれ。あたしゃケガをして、動けないんだから……」

「けッ！　かんべんならねエ」

「いいってことよ……」

城之介は、勘八を待たせて、無遠慮に上がっていくと、ガラリとからかみをあけた。

「――あら！」

女が、あわててすそを直した。――が、その前に、左の太腿《ふともも》からあけっぴろげているあられもない姿を、城之介に見られてしまった。

「――八丁堀のだんなですね……」

女は、巻き羽織の姿に、町方同心であることを知ったらしい。

「でも、だしぬけにはいってくるなんて、ひどいじゃありませんか」

「もう一度、前をあけろよ」

「だんな……」

「傷の手当をしてたんだろう。その傷口が見たいんだ。薬くらい、塗ってやってもいいぜ」

「でも……いやですよ」

「御用だぜ。いやでも見せてもらわんきゃならねエ」

「だんな……ないしょですよ……」

女は、ソーッと、前づまを開いて、クリクリとした肉づきのいい左足を出してみせた。

足の付け根に、ペッタリと、膏薬《こうやく》がはりつけてあった。

「――ふーむ……」

膏薬をはがして、城之介は、お町の顔と傷口を見比べて、ニヤリッと笑った。

――傷口のすぐ近くに、ガブリッとかみついた歯形が残っているのだ！

「――お町……おめえ、深川の伯父さんに、太腿のあたりをしゃぶってもらうのかい？」

五

昼近くだった。

お町の家を出た城之介は、東へつまさきを向けていた。

「勘の字……やっぱり、相模女はしりが軽いようだな」

「あの女のことですか？」

「ゆうべ、深川の船宿で、男芸人を買ったんだとよ。両国の広小路に出ている南京《ナンキン》軽わざの太夫《たゆう》をさ。関々斎小鉄って野郎だ」

「知ってますよ。唐子《からこ》みてエなかっこうをして、綱渡りをする男でしょう。やつはまだ、子どもじゃねエですか」

「十八なんだそうだ。しかし、さすがは芸人、女をこなすわざは心得てやがるようだ。お町の内股《うちまた》にゃ、野郎の歯形が残ってた」

「けッ、かんべんならねエ。きたならしいッ……」

「うらやましい……といえ」

「だれが、くそッ……両国へ行くんですか？」

城之介は、うなずき返した。

「お町は、男とふざけたあとで、ソッと船宿を出た。お高祖《こそ》ずきんをかぶって、
堅川沿いに松井町へ出た」

「あのあたりはくれエですよ」

「そうらしいな……だしぬけに、お町さん……と呼ばれた。えッ？　と振り返っ
たとたん、ダーンと、ぶっつかった男があった」

「まちがいなく男なんですね？」

「大振りそでに、はかまをはいた若衆姿だったそうだ」

「やっぱり……」

勘八が、いまいましげに舌打ちをした。

「でも、殺されなくって、よかったですねエ」

「下手人に、殺す気がなかったのさ」

「えッ⁉」

「おまりも、おまやも、胸をえぐられている。ところが、お町は、太腿の付け根を、ちょいと刺されただけだ。足だぜ、勘の字……かりに、片足なくなっても、手当が早けりゃ、命は助かる」

「わからねエなア……なぜ、そんなところを刺したんでしょう」

「わかるような気がするんだ。お町が、平ぺったい顔の相模女だったからだろう」

両国広小路には、見せ物の掛け小屋が並んでいた。

城之介は、南京軽わざの楽屋へはいっていった。

「――えッ！　あ、あのおかみさんが⁉」

お町が刺されたと聞くと、関々斎小鉄は、まっさおになって震えだした。

「だんな……あたしは芸人なんです。ごひいきから呼ばれりゃ、お座敷をつとめなきゃならないんですよ」

「そのごひいきが、ひとさまの囲い者だったんだ」

「知ってましたよ。でも、別にお町さんにほれていたわけじゃないんです。ご祝儀《しゅうぎ》の分だけお相手しただけですよ。もし、お町さんのだんながあたしを憎んでいなさるなら、そ、そりゃア、見当違いというものですよ」

「どれくらい祝儀をはずみゃ、女の内股をしゃぶり、歯形まで残すお相手をするんだい？」

「だんな……かんべんしてくださいよ……」

小鉄は、頭《こうべ》をたれてしまった。

そのとき、若い女が三人、舞台を終わって、にぎやかに楽屋へ駆け込んできた。

「――ヘエー！」

勘八が、すっとんきょうな声をあげた。――三人とも、奇妙な異国の装束を身につけていた。キュッと胴がしまり、薄物を重ねたすそが、花びらのように腰を包み、フワリッとふくらんでいた。頭には、赤い髪のカツラをつけ、花笠のようなものをかぶっているのだ。

「たまげたねエ。なんてかっこうだい⁉」

勘八が、小鉄にたずねた。

「ヘエ、一座の呼びものですよ。異国の女のかっこうで、関々踊りってのをやってるんで」

「関々踊り……あ、そうか。関々斎小鉄。おめえが考えた踊りか」

「いいえ。オランダ船のカピタンからおそわったんですよ。すそを持って、パッと足を上げたり、うしろ向きになって、クルリッとしりを出すんです。客にゃ大受けなんで……」

女たちは鏡の前で化粧をなおすと、後ろ向きになって異国の装束《しようぞく》を脱ぎ、こんどは、はなやかな着物に紫繻子《じゆす》の裃《かみしも》をつけ始めた。

「――あの娘たちはこれから、白刃渡りや、まくら返しの曲芸をするんです……」

小鉄が、そんな説明をした。

「――ところで、お町のことだが……」

城之介は、話をもとにもどした。

「――おめえはお町と深川の船宿で会うことを、だれかに話したかい？」

「そんなキザなことはしませんよ。でも、楽屋のものはたいてい知ってるでしょう。お町さんはここ五、六ン日《ち》、楽屋へ入りびたりだったんですから……」

「邪魔アしたたな……女どものお相手は、ほどほどにしたほうがいいぜ……」

城之介は立ち上がると、衣装を着替えている女たちのそばに近づき、だしぬけに、ひとりのすそを、ヒョイとまくりあげた。

「――あれ……」

「うん、この足だ……」

　城之介は、彫りの深い女の顔を見つめた。

「異国女の衣装が、ピッタリ板についていたなアおめぇだけだ。胴が短く、足がなげエせいだろう……どっかで見た顔だよ」

「いいえ、はじめてですよ」

「そのとおりだ。ただ、似かよった顔だちを、近ごろ見ているのさ。おめえの名は？」

「関々斎紅梅……ほんとうの名はお三《みつ》です」

「顔に似ず古風な名だ。生まれは？」

「長崎です。この一座は、長崎のものばかりですから……」

「今夜、ひまかい？」

「え!?」

「ご祝儀だけのお相手をしなきゃならねエお客はねエのか……と、きいてるのさ」

「あたしは、そんなお座敷はつとめません」

「そいつア好都合だ……」

城之介は、紅梅の耳へささやいた――

「――今夜五つ半(九時)……茅場町《かやばちょう》の大番屋へ来てくれ。御用筋で頼みがある。夜中できのどくだが、ひとりで来てくれ。ないしょだぜ……」

六

江戸の町々には、自身番があった。――町内のことは、自身番でとりしまっているのだ。定町回り同心の役目は、この自身番を回って歩くことであった。

「――番人! 町内に変わりはないか?」

同心は声をかけると、次々に回っていく。自身番は九尺二間のきまりであった。

武家町には、自身番にかわって、つじ番所があったが、ここには同心は回らない。

変事があれば、同心は町内の自身番へかかわり合いのものを呼び出して事情を聞く。が……大きなできごとや、関係者がおおぜいの場合は、九尺二間の自身番では狭くてつごうが悪い。そういう場合には、大番屋を使った。――大番屋とは、大きな自身番という意味で、建物も大きく、仮牢《かりろう》もついていた。ご府内に、こんな大番屋が六カ所ほどあったのである。

　茅場町の大番屋は、日本橋の下流、鎧《よろい》の渡しに近い茅場町河岸の中ほどにあった。

「――どうするおつもりです？　関々斎紅梅という女に、なぜ目をつけたんです」

　大番屋のいろりばたで、日下兵馬が城之介にたずねた。

「――出たとこ勝負だ。あたしゃどうにも、あの女を離す気になれなかった。湯屋で殺されたおまやの顔を覚えてるかい？」

「はア、美しい顔でした」

「美しいにもいろいろあるぜ。江戸まえのキリッとした受け口の女。おっとりとしたうりざね顔の上方ふうの女。一枚絵から抜け出したようとか、おひなさまのようとか」

「いや……あの女の美しさは、別のものでした。そうです……いつか、キリシタン屋敷で見た、ご禁制のマリヤ観音像に似た、彫りの深い顔でした」

「そうなんだ。おまやだけではない。柳原で殺されたおまりもそうだった。それから、関々斎紅梅ことお三も同じなんだ」

「では……紅梅も刺し殺されるかもしれぬとおっしゃるのですか？」

「そこが問題だ。おまりも、おまやも、ケガをしたお町も囲い者だ。ところが、紅梅は違う」

「千秋さん……そのお町という女、どんな顔なのです？」

「うん……」

城之介は、ニヤリッと笑った。

「鼻っペシャだ。ちょいとつまんでやりてエような、かわいい鼻だ」

「おまやたちとは違いますね」

「味があるじゃねエか、そのお町だけは、殺されなかった。いや、下手人は、殺す気はなかったんだ」

「わからなくなってきました」

「あたしにゃ、わかるような気がするんだ。お町は、お添えものなんだ。町方役人の目をくらますためのね。下手人は、おまり、おまやのような顔だちの女をねらっているのさ」

そのとき、勘弁の勘八が、つんのめるようなかっこうで、大番屋へ飛びこんできた。

「——だんな……もうすぐ、紅梅がやって来ますぜ。両国の小屋を出るのを見とどけて、あっしゃ、近道をすっ飛んできたんでさ」

「紅梅は、どの道をとっている？」

「両国の広小路から横山町へはいりましたよ。通り旅籠町《はたごちょう》から堀留《ほりどめ》へ出て、江戸橋を渡り、海賊橋から茅場町河岸へ出るって道順じゃねエでしょうかねエ」

「たぶん、そうだろう」

するると、兵馬が、気づかわしげに立ち上がった。

「千秋さん……あなたは、紅梅をおとりに使うつもりですか⁉」

「うん……紅梅が、怪しい若衆にねらわれてくれればいいと思っている」

「それはむちゃだ！　参りましょう。紅梅を守ってやらねば……」

すると、勘八が、まアまアまアと兵馬を押えた。

「——だいじょうぶですよ、日下のだんな。紅梅のうしろにゃ、針の嘉助とっつあんが食いさがってますから」

ところが、そのとき、ダーンと、大番屋の油障子にぶっつかったものがあった。

「——だ、だんなッ……」

苦しげな女の声であった。

「千秋さん!」

兵馬が、飛びつくようにして、油障子をあけた。

ドスッ……と、女がころがり込んだ。——関々斎紅梅こと、お三だった。

「あ! やられてるッ……」

兵馬が叫んだ。——紅梅が押えた左の太腿《ふともも》のあたりから、ポタポタとまっかな血潮がしたたり落ちていたのだ。

「——若衆が……大振りそでの若衆が……」

「出たかッ。どこで!?」

「か、海賊橋を、渡ったときッ」

「えーいッ。嘉助は、なにをしているのかッ」

兵馬が、くやしげに舌打ちをしたとき、年をとった嘉助が、あえぎながら駆け込んできた。

「嘉助ッ! なぜ女を守らぬッ」

「そ、それが……この女、めっぽう足が早くて」

「それで御用が勤まるかッ! 医者だッ。早く手当をしてやらねば——」

と、そのときまで、ジッと紅梅の様子を見ていた城之介が、たたきつけるようにいった――

「――医者の必要はあるまい。勘八ッ。紅梅を縛《しば》り上げろッ」

一同が、ぽかんと城之介をながめた。

「な、なにをおっしゃいます！　だんなに呼ばれたばっかりに、こんな大ケガを――」

「たいしたこたアねエよ。どうせ自分で切ったんだ。急所は避けていらアね」

「だんなッ！」

「おめえが今夜五つ半（九時）にここへ来るこたア、だれも知らねエはずだ。それに、おめえは囲い者じゃねエ。若衆からねらわれるなァおかしいぜ」

城之介は、紅梅の横にしゃがみこんだ。

「ゆうべ、お町が刺された。おめえは、お町が堅川の船宿で、小鉄と会うのを知っていた。下手人はおめえさ」

「じょ、冗談じゃありませんよ。あたしゃ、お町さんに、なんの恨《うら》みもありません」

「だから、刺しただけで、命はとらなかったのさ。同じような顔だちの女ばかりが殺されたんじゃ、まずいからなア……」

次の日、紅梅を大伝馬町の女牢《おんなろう》へ送った城之介は、昼過ぎに同心べやへもどってきた。

「――すっかり白状しましたよ……」

城之介は、同心年寄りの早水茂太夫に報告した――

「紅梅とおまり、おまや三人の父親は、オランダの船乗りでした。あの顔だち、からだつきは、異国人の血を受けていたからですよ」

「三人は、姉妹《きょうだい》だったのかい！」

「いや、父親も、母親も別です。ところで、あの女たちは、オランダ船に乗っていた医者から、不思議なことを聞かされたのです。――いまのおまえたちには、オランダ人の目色、髪の毛、顔形はあまり現われておらぬが、男を持てば、必ず、オランダ人そっくりの子が生まれる……というんです」

「ほんとうかな？」

「わかりません。が……両親にも似ておらぬが、祖父、祖母に生きうつしということは間々あることです。とにかく、女たちは、赤毛人を産むことを恐れました。そして、一生、男を持つまいと誓い合い、三人で女だけでできる淫楽《いんらく》にふけっていたそうです」

「三人とも、長崎の女だったのか？」

「上方というのはうそでしたよ。三人のうち、まず、誓いを破ったのがおまりです。長崎へ薬を買いに来た薬種問屋金具屋藤兵衛に身をまかせて江戸へ……次に、おまやが、江戸へ帰る長崎奉行所の用人のめかけになって江戸へ……紅梅のお三だけがとり残されました」

茂太夫が、ため息をついた。

「それでわざわざ、女芸人になって、小鉄一座に加わり、誓いを破った復讐《ふくしゅう》にやって来たのか……」

「それが、わたしには理解できませんが……」

城之介は、首をかしげていった――

「――嫉妬《しっと》なのですな。自分と、女だけの悦楽を共にしたおまり、おまやが、男に抱かれるのは、不義密通と同じだ。がまんならない……と申しています。――おわかりでしょうか、この気持ちが……」

女敵討《めがたき》たれ

一

「——では、お先に……」

七ツ半（五時）になると、由良《ゆら》三九郎は、さっさと同心べやを出ていった。

「——はっきりしてやがる……」

年寄り次席の三保木《みほき》佐十郎《さじゆうろう》が舌打ちをした。——佐十郎は、入牢《にゆうろう》証文の請求状をつくっていたのである。

定町回り同心が怪しい者を召しとった場合、さっさと伝馬町《でんまちよう》のお牢へほうり込んだかというと、そうではなかった。

まず、自身番で調べた。——これは簡単な調べで、町内預けにするか、今後をいましめて返してやるか、〝送り〟にするか、それを決めるためであった。——

〝送り〟とは、つまり〝お牢送り〟のことである。

さて、だいたい〝送り〟と決めると、大番屋へ連れていって、詳しく調べた。調べがいちおう終わると、同心は、科人《とがにん》を大番屋の仮牢《かりろう》へつなぎ、自分は書類を持って奉行所へ帰った。そして、書類を整理し、入牢証文の請求状をつけて、町奉行直属の御用べやへ差し出した。

御用べやには、昼夜を問わず、奉行手付けの同心が詰めていて、書類を吟味方の同心へ回す。吟味方では書類に目を通したうえ、入牢取り調べを必要と認めると、御用べやへこの旨を伝える。それによって、御用べやの同心が、入牢証文を伝馬町の牢屋へとどける。こうしてはじめて、大番屋につながれている科人が伝馬町へ入牢することになるのであった。

定町回りの同心――八丁堀のだんながたは、町々ではたいそう恐れられた。お上《かみ》のご威光が同心のうしろでピカピカと光っていたからである。が……

「――あの野郎、気に入らねエ……」

などと、同心の気持ちしだいで、罪とがのないものまで牢屋へほうりこまれる、そのようなことは、まず不可能であった。

その入牢証文の請求状を、佐十郎はこしらえていたのである。

「――あのはっきりしてるところが、三九郎の値うちさ……」

――高瀬儀右衛門《ぎえもん》が、苦笑いをしながらいった。

「お奉行所の勤めは、朝の四つ（十時）から、夕がたの七つ半（五時）まで……勤めの間は、身を粉《こ》にしてもいいが、それ以外は自分のからだ……好きなようにさせていただきますよ……と、三九郎は考えてるのさ」

「しかし、おれたちのお役はそんなものじゃねエと思うな」

佐十郎は、筆を置いて、儀右衛門へ顔を向けた。

「ぬすっと、火つけ、人殺し……その下手人をとっつかまえるのに、七つ半だ、詮議《せんぎ》はあすの四つまで中休み……てわけにはいかねエだろう」

「そりゃア、三九郎が夜の夜中まで駆けずりまわってることもある。が……三保木さん、あんた、三九郎が、ちゃーんと埋め合わせをつけてるのを知ってるかい？」

「埋め合わせ!?」

「そうなんだな……三九郎がかりに、真夜中まで働いたとする。その後六、七日は、必ず帰っていくのが半とき（一時間）ほど早い」

「あきれた男だなア！　気がつかなかったよ」

「あいつは、何かにつけて、はっきりしてるんだ。銭のことでも、女のことでも……」

「銭につましいってことは知ってる。同心仲間で、三九郎の地代がいちばん高いそうだな」

同心は、およそ百坪の町屋敷をいただいていた。つまり、一般町人と雑居していた。そして、表通りに面した土地を幾人かの町人に貸し、自分は、その裏にひっそりと住んでいたのであった。

佐十郎がいった地代とは、この町屋敷の貸し賃のことである。

「そうなんだ。三九郎のところは、地代が二割方高い。その理由は、同心屋敷を借りていれば用心がよい。つまり、すぐ裏へ用心棒がいる。その用心棒が勘定にはいってる」

「たいした考えだよ。ところで、女のほうは？」

「これがまた三九郎らしいやり方さ。ちょいとなめてみたい女ができる……さて、その女の世話をするときに、女のほうから、月三両くれというと、二両二分にしろと値切る」

「男の恥っさらしだなア」

「ところが、値切っといて、女へ手当をやるときには、ちゃんと三両やる。女は大喜びだ。モテ方が違う」

「考えやがったなア」

「もう一つ先がある。さて、女に飽きがくると、プイッと行かなくなる。それっきり手を切るわけだよ」

「手切れ金をやらねエのか？」

「そのため、月々二分ずつ余分にやってある……これが三九郎の言いぶんさ」

「けっ！　モテただけ得かア！」

佐十郎と儀右衛門は大笑いをした。——千秋城之介《ちあきじようのすけ》と日下《くさか》兵馬《ひようま》は、黙って、ふたりの話を聞いていた。佐十郎、儀右衛門、共に定町回り十幾年の足ダコを持っている。城之介はまだ三年、兵馬は昨今の駆けだしだ。同心べやでの格が違った。

「——にぎやかだなア……」

同心年寄りの早水茂太夫《はやみもだゆう》が、町回りからもどってきた。——さっそく、兵馬が熱いお茶をいれて、茂太夫のところへ持っていった。

「——すまんな、兵馬……」

茂太夫は、音をたてて番茶をすすると、思い出したようにいった。

「――雪だぜ。ぼたん雪だ。積もるだろうな、今夜は……」

そのころ、三九郎は、芝の愛宕下《あたごした》を、南へ向かっていた。俗に、愛宕下の大名小路といわれている通りである。米津《よねつ》相模守、秋田安房守、田村右京太夫《うきょうだゆう》、遠山美濃守、一柳兵部少輔《ひとつやなぎひょうぶしょうゆう》などの上屋敷が、左右にズラリと並んでいた。

大きな雪が、あとからあとから舞い落ちてきた。それこそ、つきたてのもちのように、ベタベタと、からみついてくる雪だった。

「――くそったれめ……」

三九郎は、いまいましげに舌打ちした。

傘の雪が、グッと、手にこたえたのだ。いくど払っても、すぐ重くなった。それに、高足駄《たかあしだ》の歯に雪がはさまって、歩きにくかった。

――こんなことなら、まんじゅう笠《がさ》に、合羽《かっぱ》でも着てくればよかった……。

三九郎は、なまじっかきどったかっこうで出てきたことを、いまさらながら後悔した。

もう一つ……小者《こもの》の半助を連れてくればよかった。

――あの野郎、口が軽いからなア……

三九郎は、下駄の雪をたたきながら、半助の顔を思い浮かべた。——鯉《こい》のぼりの半助……と呼ばれている、とにかく、ばかでかい口だった。それも、口がでかいだけならまだいいのだが、その口をパクパクと動かして、年がら年じゅう、しわがれ声でしゃべりまくるのだ。

——こいのぼりの半助……こいのぼりは、口がでかく、軽いというわけであった。

「——が……今夜は、半助はつれていけねエなア……」

三九郎がつぶやいた。

つまり、供を連れず、二段はじきの蛇《じゃ》の目の傘に高足駄なんてかっこうで出かけたのには、こいのぼりの半助に見せたり聞かせたりしたくない、ないしょのお楽しみがあったのである。

「——今宵《こよい》、六つ半（七時）ごろから、神明の青柳《あおやぎ》……ご存じでしょう、矢場の青柳ですよ。ちょいとお遊びにいらっしゃいませんか……へへへ……おもしろい趣向がございますよ……」

きょうの昼間、町回りのとき、浜松町の自身番で、袈裟屋浄念堂《けさやじょうねんどう》の主人加兵衛《かへえ》からささやかれたのだった。

「おもしろい趣向⁉」

「へへへ……まんざら、おいやではござんすまい……」

浄念堂の加兵衛は、首をすくめて、みだらな笑い方をした。

町々の顔役は、定町回りに金を握らせ、酒を飲ませ、女を抱かせる機会をつかむ……それが役目の一つだった。

されば、由良三九郎は、この雪の中を、芝神明前へ急いでいたわけであった。

「――もし……」

だしぬけに、三九郎を呼びとめた女があった。――増上寺学寮《ぞうじょうじ》のへい外である。

すでに、とっぷりと暮れた雪の中に、雪にまみれた女がしゃがんでいたのであった。

「――どうした？　腹でもいたむのか？」

女は、広げた傘を横におき、お高祖《こそ》ずきんで顔を包み、窮屈《きゅうくつ》なかっこうで、足駄をそろえていた。

「――鼻緒を切らしました」

「それは困ったな。どこまで行くのだ？」

「神明前まで……」

「あと二、三町だな」

「なにか、鼻緒をすげるものを、お持ちではございますまいか？」

——武家女だな……と、三九郎は考えた。物腰、ことばづかいが、町家育ちとは違っていた。

「あっても、このくらがりではつごうが悪かろう」

「困りました……」

「女が雪の中をはだしというわけにもいかんな。とすると、あとは二つしか手段がない。わしの足駄を貸して、わしがはだしで行くか、そなたをわしがおぶっていくかだ」

「とんでもない！」

女は、鼻にかかった声でいった。

「——そんなことはできませぬ。はだしで、お歩かせするなど……」

「では、おぶっていくかな」

三九郎は、女の前に、背中を向けた。

「でも……」

「いやいや、わしはかまわぬ。ハハハ……悪党をふん縛《じば》るばかりが町方ではない」

「えッ⁉　お町の方⁉」

ギョッと顔をあげた女が、ダッと、三九郎を突き飛ばした。

「――わッ！　な、なにをッ……」

降り積もった雪の中から三九郎が顔をあげたとき、もう、女の姿は消えていた。

二

「――では……、そろそろ始めてもらいましょうかな……」

浄念堂の加兵衛が、そういって立ち上がった。――神明前の矢場青柳の奥のへやであった。矢場は、七間《けん》ばかり離れた的を、小弓で射て遊ぶ場所……ということにはなっていたが、内実は、かなりいかがわしいものであった。

たいていの家に、看板女がおり、矢返しという若い女が二、三人いた。

店構えはあけっぱなしで、弓を楽しむようになっていたが、必ず、その奥に小座敷があって、裏か横の路地から出はいりができた。

三九郎は、四、五人の町人といっしょに、その小座敷にいたのである。――町人たちは、いずれも浜松町の大店《おおだな》の主人であった。

「——なにが始まるのだな？」

三九郎は、おっとりと、町人たちを見まわした。

「——だんな……今夜は、ちょいと変わっていますぜ」

そういったのは、呉服屋の佐平次だった。

「それは、浄念堂から聞いたが、矢返し女に裸踊りでもさせようというのか？」

「いやいや、そんなありふれたものではございませぬ。つじ講釈でございますよ」

「つじ講釈⁉」

「だんな……」

佐平次は、三九郎の顔をながめて、ニヤリとした。

「ま、その講釈を聞いてごらんなさいませ……さ……浄念堂さん……」

浄念堂の加兵衛は、笑いながら小座敷を出ていったが、すぐ、こいきな女を連れてもどってきた。

三九郎は、その女を知っていた。——青柳の女主人お幸だった。

「——師匠のしたくは、とっくにできておりますよ……おや、由良のだんな……」

お幸は、ペタリッと、三九郎の前にすわった。

「だんな……あまり、ジロジロ店の中をにらまないでくださいましよ。お客たちが、おっかながって、寄りつかなくなっちゃいますよ」

「フフフ……そうはいかんぞ」

「あら……うちじゃ、八丁堀のだんなからおしかりを受けるようなことはしていませんよ」

「まアまア、よかろう……」

三九郎は苦笑いをした。

どうせ、こんなだんな遊びに呼び出すからには、何かの場合、大目に見てもらおうとの下心であることはよくわかっていた。

――浄念堂をはじめ、集まっている町人たちは、表向きの商売だけではなく、何か、うしろ暗いかせぎをしているにちがいない……ご法度《はっと》の高利貸しか、米のおもわく買いか……青柳のお幸が、矢返しの女たちに色を売らせていることもまちがいなかった。

――が……まア、それくらいなら、見のがしてやってもよかろう……

三九郎が、そう考えたとき、境のからみが、スルスルッとあいた。

となり座敷には、四十匁《もんめ》のローソクが一本ともされ、その光の中に、女がひとりすわっていた。
二十七、八であろう……髪は、しいたけ髱《たぼ》で、金糸銀糸のうちかけを羽織っていた。貫録もじゅうぶん……まず、奥勤めのご老女、お中﨟《ちゅうろう》という押し出しだった。
「――さても、時はいつのまにやありけん、はるかに隔てし離れ小島魔《ま》多《だ》羅《ら》国《こく》に、常犯どのと聞こえしは、いとやんごとなきいろ好みの君にておわしけり……」

女は、甘ったるい含み声で語り始めた。

――常犯どのには、あととりの子がなかった。それで、忠臣好之助《すきのすけ》のすすめで、国じゅうの美女を集め、いちいちその女体《にょたい》を検査して、最高のからだとわざを持ったものを側室にして、子孫の繁栄をはかることになった……。

そんな意味のことを、女は、もっともらしく語り続けた。

「――かくいえば、好色なり、淫奔《いんぽん》なりとか思うものあれども、ゆめゆめもってさにあらず、陰陽まったく義にかないてこそ、和合栄えていともめでたきものと知るべし。もし、からだ豊かならざる女、わざつたなき女の気をうけて、すこやかならざる世継ぎを得なば、家を傾け、先祖を汚すの不孝というべし……」

三九郎は、女の話を聞きながら、ニンマリほくそ笑んだ。

——あの女だった。増上寺学寮のへい外で、三九郎を突き飛ばして逃げた女だった。三九郎には、その声に聞き覚えがあったのだ……。

——女め！　こんな渡世だったので、逃げやがったんだ……それにしても、どう考えてもこのキリッとした姿は武家育ちだぜ。もっとも、たいそうなおいろけだが……。

三九郎が、ひとり、そんなことを考えているうちに、女の話は進んでいった。

「さて……常犯どののお居間には、白昼ながら床敷きのべさせ、びょうぶくるりと立て回し、はよう、はようと声高《こわだか》に呼びたてらる。ははっと答えしは、お試みの一番手に当たりたる玉水となん申す色娘、はや十七の盛りの花なり……」

とたんに、スッと女が立ち上がった。と……どんな仕掛けになっていたのか、うちかけの下の衣装が、ハラリ……と、音もなく解け落ちて、女のからだがローソクの灯《ひ》に照らし出された。

「——ふーむ！」

三九郎が、思わず乗り出した。みごとな乳ぶさだった。豊かな腰と、深い谷間だった。

「――あれ、わが君さま……玉水は、いっそせつのうございます……」

女は、常犯どのにためされる十七娘玉水になり、身をよじらせ、あえぎながら、みだらな物語をしかたばなしで進めていった。

「――もし、だんな……」

いつか、青柳のお幸が、ピッタリと三九郎に胸を寄せ、汗ばんだ手を重ねていた。

「おい……あまり、気をもたせるなよ、しかし、あの女、たいした講釈師だぜ……」

三九郎が、お幸の耳へ、そんなことをささやいたとき、ダッと、浪人姿の男が、小座敷へ飛びこんできた。

「――あ！　続木《つづき》さまッ！」

叫んだのは、浄念堂の加兵衛だった。

が、男の耳へは、加兵衛の声は聞こえなかったようであった。

男は、三九郎たちがいるへやを突っ切って、はだか講釈の女のそばへ飛んでいった。

「――露《つゆ》ッ！」

「あッ！」

女が、ギョッと、目をみはった。

「恥を知れッ！」

次の瞬間、男は、はだかの女の肩から胸へ、一刀を浴びせかけていた！

三

「――ついていねエよ、まったく……」

千秋城之介の顔を見ると、三九郎は情けなさそうに、まゆをしかめた。――呉服屋の佐平次を八丁堀に飛ばせ、城之介を矢場の青柳へ呼んでこさせたのであった。

「あらかたの様子は、佐平次から聞きましたが……」

「さんざんさ。いかになんでも、この人殺しは、あたしの手じゃ調べにくいやね」

「そうでしょうとも。由良さんは、調べるほうではなく、お調べを受ける側です」

「はっきりいうなよ。ないしょに頼むぜ、その場にあたしがいたってことは……」

「しようがねエでしょうな……死骸《しがい》を見ましょうか……案内してくれ、浄念堂……」

城之介は、そばでウロウロしている呉服屋の佐平次を振り返った。

死骸のかたわらには、若い女が、うなだれていた。――着ているものは、いかにも貧しかったが、明らかに武士の娘であった。

殺された女は、切られたときのまま、素っ裸で倒れていたが、その上に、フワリッと、うちかけがかぶせてあった。

「――おめえは、だれだい？」

「お妹でございますよ」

娘より先に、加兵衛が答えた。

「なんてエ名だい？」

「槙《まき》……と申します」

「殺されたのは？」

「姉でございます」

すると、浄念堂が、また口を出した。

「つまりでございますな、お槇さんの兄ごが続木さまで……そして、この切られた女講釈師は、そのウ、二年まえまで続木さまのご新造《しんぞ》だったらしいんで……」

「そうかな？」

城之介は、槇という女の悲しげな横顔を見つめた。

「——百人一首の一枚札じゃねエかな？」

「え？」

「——むら雨の、露もまだひぬまきの葉に、霧たちのぼる秋の夕暮れ……」

すると、娘がコックリとうなずいた。

「はい……わたしたちは、ほんとうの姉と妹。続木大三郎は、姉婿《あねむこ》でございました」

「ところが、おめえは続木といっしょに住んでいた……わけがありそうだな」

「女敵《めがたき》討ちでございます……続木の兄は、六郷兵庫頭《ろくごうひょうごのかみ》さまの家来で、ご近習頭《きんじゅうがしら》を勤めておりました」

六郷兵庫頭は、江戸から百四十余里、羽州本庄《うしゅうほんじょう》の城主だった。二万二十一石という、はんぱな禄高《ろくだか》である。

「姉は、心得違いをいたしました。相手は、召し使いの六助という渡り中間《ちゅうげん》でございます」

「それで、続木どのは女敵討ちに出府……おめえさんは、その義理の兄の助太刀《すけだち》についてきたのかい？」

「表向きは……」

「そうだろうな……」

「できることなら、続木の兄より先に姉をみつけ、逃がしとうございました」

「それだけかい？」

「え？」

「姉のかわり、続木の女房になる。そうすりゃ、続木も女敵討ちはあきらめる……」

「でも……兄は、わたしなど、見向きもいたしませなんだ。浄念堂さんの長屋を借りておりましたが、いつも、浄念堂さんへ参ってはお酒をよばれておりました」

城之介は、ホッとため息をついた。

「続木どのも、おまえさんが好きだったかもしれねエな。それを、酒でごまかしていた」

「そうでしょうか？」

「でなきゃ、酒などくらわず、憎い男と女をさがしまわっただろうじゃねエか……」

それから、城之介は、佐平次を振り返った。

「どうして、続木はここへ飛び出したんだろう？」

「それは……ま、だんなだからすっかり申し上げますが、今夜、あたくしたちが、つまらない遊びをしましたんで……」

「それが女のはだか講釈かい？」

「そういうわけで……続木さまは、つまり、浄念堂から頼まれて、用心棒で来てくだすってたんで……」

「妙なまわり合わせだなア……それにしても、はだか講釈とは、えげつねエものを考えたもんだ」

槙が、うつむいたままいった――

「――たぶん、六助との暮らしが苦しかったのでございましょう……」

「ふたりは、どこで所帯を持ってやがったのかな……」

と、そのとき、勘弁の勘八《かんぱち》が、泳ぐようなかっこうで、小座敷へ飛び込んできた。

「——なんでエ、おめえもやって来たのか」

「湯から帰ってみると、だんながいねエでしょう。表で聞くと、浜松町から迎えが来たってんでね、飛んできたんですよ。そしたら——、あ！　いけねエ、こいつを先にいうんだった！　だんなッ……」

勘八は、ゴクリと一度、なまつばを飲みこんだ。

「続木って浪人者が、自身番で自殺しましたぜ、毒を飲んで……」

四

続木大三郎は、自身番の土間へ突《つ》っ伏《ぷ》していた。

「——お侍さんのことですから、上におあげしといたんですよ。自分で、苦しんで、ころげ落ちなすったんで……」

店番《たなばん》が、そんなふうに言いわけをした。

自身番には、昼夜を問わず幾人かが詰めていた。大きな町内では五人、小さい町では三人……家主がふたり、店番がふたり、雇い人ひとり、あるいは、家主・

店番・雇い人おのおのひとりずつ、これを五人番、三人番といった。

店番とは、土地を借りて、店を構えているもののことである。

「おめえは、大三郎が毒を飲むのを見ていたのかい？」

城之介が、店番にたずねた。

「いいえ、あたしは、書き役を呼びに行っておりました」

書き役とは、自身番の記録係のことである。――だいたい書き役が自身番に詰めるのは、昼間だけのことであった。

「今夜の当番家主は？」

「あいすみません。あたくしなんで……」

恐縮して頭をかいたのは、袈裟屋《けさや》の浄念堂加兵衛だった。

「当番の夜、はだか講釈の太夫元《たゆうもと》を勤めてたってわけかい？」

「困りましたなア。どうかお目こぼしのほどを……」

城之介は、いまいましかった。――おまえさんの仲間の三九郎さんもいっしょに楽しんでいたんですよ……浄念堂の態度には、そんな押しつけがましいふてぶてしさが感じられたからである。

自身番にいる幾人かの気持ちは、ちぐはぐだった。

由良三九郎は、炉ばたにすわって、灰をいじっていた。——お露殺し、それに引き続いた下手人続木大三郎の毒死よりは、定町回り同心としての自分の立場だけを考えているようであった。

お露の妹お槙は気抜けしたような顔で、自身番のすみにつっ立っていた。——姉と義兄の突然の変死に、流す涙もかれはてた……という顔つきである。

浄念堂の呉服屋の佐平次は、こそこそとささやいては、たもとの中で、互いの手を握り合っていた。——なんとかうまくこの場を納めるには、いくらくらい金を使えばよいか、金額を相談しているようである。

店番や雇い人は、ただうろうろとするばかりだった。

「——おめえの名は？」

城之介が雇い人にたずねた。

「久蔵と申しますんで……」

「大三郎が死ぬときの様子を、詳しく話してみろ」

「それが……もどってきてみると、続木さんが倒れておいでなすったんで……」

「出かけていたのか？」

「続木さんが、妹を呼んできてくれ……とおっしゃいましたので……」

「いつのことだい？」

「店番さんが、書き役さんを呼びに行くと、すぐでした」

「じゃ、番屋にゃ、下手人の続木ひとりだったのか？　女殺しの下手人ひとりを残して、出ていったのか⁉」

「それが……これは女敵討ちだ。ただのひと殺しではないから心配するな……と、続木さんがおっしゃったんで」

「ベラボウめ！　お調べが済むまでは、かたき討ちであろうが、上意討ちであろうが、ひとを殺しゃ下手人だッ。番屋勤めでそんなことがわからねエのか」

「続木さんも、そうおっしゃいました。――調べが済むまでは下手人扱いだ。早くても三、四日は帰れまい。るす中のことを妹に言い残しておきたいから呼んできてくれ……って」

「それから？」

「浄念堂さんの長屋へ行ってみると、たいへんな騒ぎなんで……続木さんが矢場の青柳で人殺しをした。いまお槙さんがすっとんでいった……ってわけで。あたしは、すぐ自身番へ引き返したんです。すると……」

　雇い人の久蔵は、ゴクリとなまつばを飲んで大三郎の死骸を見た。

「このまんまなんです。おっかなくって、手などつけることはできませんでした」

城之介は、死骸の横にころがっている貧乏どくりをとり上げると、まずにおいをかいだ。

「この酒は？　番屋にあったのか？」

「いいえ、高田伴内さんがお持ちになったんで……続木、女敵討ちならりっぱなものだ。心配せず、酒でも飲んで元気をつけろ……そんなことをおっしゃっていました」

「何者だい、その男は？」

すると、浄念堂が、前へ出た。

「やはり、わたくしの長屋においでのご浪人で……実は、まあ、用心棒……というようなわけで、今夜、続木さんといっしょに、青柳へ来ていただいておりました」

城之介は、とくりに残った酒を二、三滴、手のひらへたらしてなめたが、すぐ、ペッとつばを吐いた。

「――勘八……こいつをソッとしまっときな……」

　すると、三九郎が、ゆっくり城之介を見上げた。

「どうしたんだい？」

「毒がはいってるようですよ」

「本来、女敵討ちなんて、名誉なことじゃねエからなア。女房に間男《まおとこ》されたのは拙者でござると触れ歩くようなものさ。といって、男の意地だ。ことに、侍ともなれば、面目にかけても、姦夫姦婦《かんぷ》をほっとくわけにゃいかねエやね。殿さまにおいとまをいただいて、国表《くにおもて》を出立《しゅったつ》ってことになる。ところが、憎い男と女はなかなかみつからねエ」

「浪人暮らしの果ては、町内で幅をきかせてる町人の用心棒ってわけですか」

　城之介は、ジロッと浄念堂を見た。が……浄念堂の加兵衛は、聞こえぬふりをしていた。

「そんなわけだ。だんだん世の中がおもしろくなくなる。焼けっぱちになる。酒におぼれるようになる。そんなときに、突然、裏切った女に出会った。――おのれッ……と、討ち果たしたが、考えてみれば、女敵を討っても、殿さまからは帰参を許されるわけじゃねエ。しりっ軽な女房を持った男は一生沈みっぱなしだ。

――死にたくもならアね」

「そんなもんですかねエ」

「死人に口なしだ。大三郎の気持ちを聞くわけにゃいかねエ。が……どっちにしたって、たいした違いはねエだろう」

三九郎は、ジッと城之介を見つめた。

「なア、千秋……浜松町浄念堂店子《たなこ》、浪人続木大三郎儀、不貞の妻露を討ち果たし、その後自身番において服毒自害して相果てた……ってわけだ」

「それが、お帳づけの文句ですか？」

「気にいらねエかね……」

三九郎が、ニヤリッと笑った。——ま、そんなところで目をつむってくれ……そう頼んでいる卑《いや》しげな笑いだった。

「——もともと、わたしの受け持ちの場所ではないのですから……」

城之介は、そういって、ゆっくり自身番を出た。

自身番の入り口には、大きなちょうちんが左右にかけてあった。——一つには〝自身番〟、片一方には〝浜松町〟と書いてある。

ちょうちんは二つともすすけていて、薄暗かった。その心細いあかりの中に、大きなぼたん雪が、あとからあとから、とめどもなく舞い降りては積もっていった……。

五

「——だんな……」

湯屋ののれんをくぐった城之介の前へ、勘弁の勘八が、横っ飛びに駆け寄ってきた。

「おっと！　静かにしねエか。ハネが飛んでるじゃねエか……」

夜明けまえに雪はあがり、通りは、コンニャク桶《おけ》のようにぬかるんでいた。

勘八は、しりっからげで、げたばき……鼻緒がグッショリぬれて、首筋までハネがあがっていた。

「わかったかい、六助の家は？」

「南のお奉行所の鼻っ先、数寄屋河岸《すきやかし》の谷底長屋ですよ。かんべんならねエでしよう、ふざけやがって」

「むきになっておこるにゃあたるめエ」

「だって、お奉行所から一町と離れていねエところに、はだか講釈の女が住んでたなんて、かんべんできませんよ」

「世の中なんて、そんなものさ。行ってみよう」

数寄屋河岸に、ちょいと名の知れた老舗が二軒あった。質屋の山城屋と、酒問屋の山形屋……その間の路地をはいったところに長屋がある。山と山の間の長屋だから谷底長屋とよばれていた。

「——六助……いるか……」

勘八が指さした一軒へ、城之介がズイッとはいった。

「——あ……おめえは……」

こざっぱりとかたづいた座敷に、お槇がすわっていたのだ。

「六助は……逃げました」

「逃がしてやったのか?」

「い、いいえ……あたしが来たときには、もう、逃げたあとでした」

「おかしいじゃねエか。なぜ逃げたのだろう」

「それは……つかまれば、獄門になりますもの……」

公儀のご定書百カ条に、こう書いてある、——主人の妻と密通いたし候《そうろう》者、男は引きまわしのうえ獄門、女は死罪……。

たとえば、〝大経師昔暦《だいきょうじむかしごよみ》〟のおさんは磔《はりつけ》、茂兵衛《もへえ》は獄門になっている。

「が……それは本夫から訴えがあったときのことだ。続木大三郎は死んだ。訴えは出せねエ。六助は、大手を振って歩けるわけだ」

「でも……きっと、気がとがめたのでしょう」

「笑わしちゃいけねエ。いまさら気がとがめるような男が、ご主人の女房と間男《まおとこ》をするものか」

「いいえ……六助は気の弱い男。ねえさまが……」

お槙は、ふっとことばを切ると、ピリピリとくちびるを震わせた。

城之介は、お露の死骸《しがい》を思い出した。――生きていたときは、さぞなまめかしい女だったろう……死骸を見たとき、そう思ったものだった。

それに引きかえ、続木大三郎は、あごがはった盤広な顔で、背が低かった……。

「――六助は、どんな男だった？」

「どんな……とは……」

「いい男だったかい？」

お槙が、ポッと、ほおを赤くした。

「――だんな……」

家の中をひっかきまわしていた勘八が、振り返ってニヤリと笑った。

「――けッ！　どうしたんだ、これは？」

城之介は、勘八の手もとをのぞきこんで苦笑いをした。――勘八は、書きかけのまくら絵を六、七枚持っていたのである。

「六助かお露が書いていたんですよ」

「はだかで、おいろけたっぷりな講釈をしたり、まくら絵をかいたり……こんなことで暮らしをたてていたのかい。が……こいつアしろうとにしては、なかなかのできだぜ」

その笑い絵は、――女と武士、女と坊主、女と若衆など、いろいろと変わった姿がかいてあった。

「が……相手変われど主《あるじ》変わらず、女はみんな似てるようじゃねエか」

「しーッ……」

勘八は、城之介のことばを押えて、前の壁を指さした。

壁に、小さな穴があいていた。

「――なるほど……」

穴に目を寄せた城之介がつぶやいた。――壁の向こうに、まくら絵の生き手本がいた。雪あがりのさえ返った寒い朝だというのに、女はもろはだぬぎで鏡台の前にすわり、ツンと飛び出した鉄砲乳のあたりへまでおしろいを塗りたくっていた。

「――なにものだい？」

「さしずめ、夜になったら新橋あたりへ出かけるひっぱり女でしょうよ。女が男をくわえ込む。その一件を壁の穴からのぞいて絵に写してたんでしょうよ」

「向こうの女は、気づいてねエようだな」

「知ってりゃ、あんなかっこうはしませんよ。いいえ、穴をふさいじゃいますよ。けッ、六助って野郎、かんべんならねエ男ですぜ」

するとじっとうつむいていたお槙が、ふっと顔をあげた。

「それは、六助ではございますまい。ねえさまは、娘のころ、絵を習《なろ》うていました……」

城之介は、からだを伸ばした。

「――行こうぜ、勘八。おれは、カン違いをしてたようだぜ……」

勘八がいったように、南町奉行所は、目と鼻の先だった。

「――やア、千秋。早いなア……」

同心べやへはいると、三九郎が、寒そうな顔で、墨をすっていた。——ほかには、まだだれも出仕《しゅっし》していなかった。

まだ、五つ半（九時）を過ぎたばかりである。

「ちょっと、谷底長屋をのぞいてきました」

「おい……お露の家へ行ったのか⁉」

「ご存じでしたか？」

「知ってるよ。が……ゆうべの一件は女敵《めがたき》討ちで、しかも、姦婦《かんぷ》を切った男は自害した。もうケリはついてるんだ。あたしゃこれから、御用帳へ詳しく書くつもりなんだよ。あまり、つつかないでもらいてエなア」

「ご迷惑になるようなことはしないつもりですよ。ただ、あたしには、ちょいとふにおちないことがあるんですが……」

「そりゃア、あたしにだって、何から何まではっきりしてるわけじゃねエ。が、しようがねエやね、お露も、大三郎も死んじまったんだから……」

城之介は、ちょっと口ごもった。——四つ（十時）から七ツ半（五時）までが勤めと考えている由良三九郎が、五つ半（九時）まえから出仕している。昨夜のことを、こっそりかたづけたかったからにちがいない。その苦労をたたきつぶすのはきのどくだが……。

「由良さん、武士たるものが自害するのに、毒をあおりますかなア」

「武士は、腹を切るものたア決まっていねエだろう。舌をかみ切ることもあるしなア」

「では、毒を飲むとして、とくりへ毒を入れるでしょうか？　口に含んで酒で流し込むか、湯飲みについだ酒に浮かすんじゃないでしょうか？」

「そりゃア、そのときの気の持ち方だろう。人を切り、自分が死のうという。そんなときにゃ、なかば気が狂ってるんだよ。なにをするかわからねエ」

「その毒を、続木大三郎は、どこから手に入れたのでしょう？　昨夜、青柳へ行くまで、大三郎はお露にめぐりあうとは、夢にも考えていなかった。とすると、あらかじめ毒薬を用意していたとは考えられないでしょう」

「千秋……おまえさん、大三郎は自害じゃねエというのかい？」

城之介は、三九郎の顔を見つめた。

「――もう一つ聞いてくれませんか。元来、女敵討ちとは、姦夫をたたき切ることではないのでしょうか？」

三九郎は、すり続けていた墨を置いた。

「――千秋、おまえさんにまかせるぜ、なるほど、こいつアおかしいや……」

六

「――いけねエ。てんで当たらねエな……」

城之介は、持っていた弓を、ドッと、横へ置いた。――矢場青柳で、かれこれ一とき（二時間）近く遊んでいたのである。

とっぷり暮れて、神明前の茶屋や矢場の赤いちょうちんには灯《ひ》がはいっていた。

「当たらないように、弓に細工がしてあるんですよ」

女主人のお幸が、クスリッと笑った。

「それじゃ客がおこるだろう」

「おこるもんですか……だいいちねエ、だんな、的に当たるようなまっとうな弓だったら、娘たちがたまりませんよ」

お幸は、ちらばっている矢を拾い集めている矢返しの女をながめた。

けっきょく、矢場へ遊びに来る男たちは、的へ当てることなどは、どうでもよかったのである。――客へ背を向けて、矢を拾う矢返しの女のしりをねらったものだった。

　矢返しの女は、それをヒョイヒョイとよける。——そこに、客と女の遊びがあったのだ。だから、当たらぬように細工をした弓でも、客は文句をいわなかった。

「——しかし、ひまだなア……」

　城之介は、いまさらのように、店の中を見まわした。——この一とき（二時間）近く、弓を引くのは城之介ひとりだった。

「——そりゃアだんな、客が来るはずありませんよ」

「ゆうべ、人殺しがあったからか？」

「おかしなもんでねエ、そんなことがあると、物好きなお客がドッと押し寄せてくるもんなんですよ。でもねエ、巻き羽織に、いきな小いちょう髷《まげ》のだんながすわってらしちゃアねエ」

「ほう……商売のじゃまをしていたのか」

「いいんですよ。どうせ今夜は早じまいにするつもりなんです。昼間っから、くさくさしてるんですよ」

「それは困ったな。実は、ここで待ち合わせることになっているんだ」

　そのとき、ガラリッと、表の障子戸をあけて、冷たい北風といっしょに、勘八

ました」

「わかりません。が、本芝一丁目、かご虎のかごが、浄念堂の使いだといってき
「どこへ？」

「——だんな！　お槙が出かけましたぜッ」

が飛び込んできた。


とたんに、お幸が、キリリッとまゆをつりあげた。

「——ちくしょうッ！　やっぱりだましゃがったッ」

「どうしたんだ、おかみ？」

「あんな小娘、なんとも思ってやしないなんていいやがって、抜け荷買いめッ！」

「抜け荷買い!?」

「そうなんですよ、だんな！　浄念堂が扱ってる袈裟《けさ》の金襴《きんらん》は、天竺《てんじく》やルソンの抜け荷なんですよ。そのため、海に近い本芝一丁目に別宅を持っているんです」

「勘八！　由良さんへ伝えろッ。——当番与力へ、捕物出役《とりものしゆつやく》をお願いいたしますッ……てな」


それからしばらくして、城之介は、お幸から教えられた浄念堂の別宅の裏庭へ忍びこんだ。

「――ほう……」

城之介は、黒い影を三つ認めた。――二つは座敷の中……障子にうつる影は、浄念堂の加兵衛とお槇であった。もう一つの影は、座敷外の縁側にうずくまっていた。

「――返事を聞こう……」

浄念堂の声が聞こえてきた。

「わしは、大三郎さんから何もかも聞いとるんだ。六助という渡り中間《ちゆうげん》と、最初にいい仲になったのは、お露でなくて、おまえさんだった。ところが、はじめてのあいびきの晩、いろ好みのお露が、おまえさんをだしぬき、自分が六助に抱かれた。ま、それも無理ではないようだな。聞くところによると、六助はいい男だし、大三郎さんは、あんな顔だからなア」

――やっぱり、そうだったのか……城之介は、くらがりの中でうなずいた。

ゆうべは、お槇が姉を助けるために、大三郎の女敵討《めがたき》らに同行しているのだと思った。ところが、けさ谷底長屋では、お槇は六助に会いたくて大三郎について いたことを知ったのだ。だから、勘八に、――思い違いをしていた…… といったのである。

「――お槙さん……」

浄念堂の影が、お槙の影へ近づいていった。

「わしは、大三郎さんが書いた、お露、六助密通の訴人状《そにんじょう》を持っている」

「知っています」

「これがあれば、大三郎さんは死んでも、六助はお召しとりになり、獄門首にされてしまう。いくらおまえさんがかくまっても、むだなことだよ。どうだ、返答してもらおうかね」

「覚悟して、ここへ参りました」

「そうかい。では、わしのいうとおりになってくれるのかい？」

「でも、心はあなたのものにはなりませぬ」

「フフフ……わしは、心なんかいらんよ。ほしいのは、そのからだだけさ。では、立ってもらおうかね」

浄念堂のことばに、お槙の影が、スーッと立ち上がった。浄念堂の手が、女の帯にかかった。

「――わしゃ、女を裸にするときが、いちばん楽しいのだよ……」

ハラリとお槙の帯がほどけた。クルクルクルクルと、帯をとり、幾本かの腰ひもをとり、着物をぬがせる。――いかにも、浄念堂は、楽しそうだ。お槇は、ジッと、人形のように立っている。

　やがて、長じゅばんがはぎとられ、乳ぶさの影が障子にうつった。

「――お槇さまッ！」

　縁側の影が、ダッと、障子を押し開いて座敷へころげこんだ。

「――六助ッ！」

「わたしを討ってくださいませッ！　大三郎さまに代わって、女敵討ちをッ！」

「この野郎ッ！」

　浄念堂が、六助を突き飛ばした。

「――高田さん！　伴内さん！」

　次のへやから、浪人髷《まげ》の大きな男が飛び出した。が……ギョッと、息をのんだ。

　ぬっと、城之介が縁側から座敷へはいったのだ。

「――おぬし、続木に毒酒を飲ませたな？」

「なにッ！」

「続木がヘタなことをしゃべれば、浄念堂一味の抜け荷買いがバレるからなア」

「おのれッ！」

が、城之介の十手のほうが、ちょいとばかり早く、伴内は虚空《こくう》をつかんで悶絶《もんぜつ》した。

「――浄念堂、覚悟しろよ。ご出役で、いまごろ店のものはひっくくられてらア」

それから、城之介はお槇を振り返った――

「カゼをひくぜ。早く着物を着て、六助といっしょに消えちまいな……」

口紅の矢

一

「――うーッ、冷てエ！　水の上より、河岸《かし》のほうが寒いぜ」

屋形船をあがった由良《ゆら》三九郎が、おおげさにくしゃみをした。

南新堀《みなみしんぼり》の船宿市松の船着き場だった。

師走も二十日《はつか》を過ぎ、世の中はそろそろせわしくなっていた。

「――が、例年のしきたりを破るわけにはいかぬ……」

同心年寄りの早水茂太夫《はやみもだゆう》が、若手の三人、由良三九郎、千秋城之介《ちあきじようのすけ》、日下兵馬《くさかひようま》の顔を見渡して、ニヤリと笑ったのが三日ほどまえのことだった。

兵馬は、茂太夫が笑ったわけがわからなかったが、三九郎と城之介にはわかっていた。――年忘れの酒宴のことである。

そして、今夜、川向こうの深川で定町回りの同心六人だけの水入らずの集まりが開かれた。

だが、水入らずではあっても、若手三人には、茂太夫をはじめ次席の三保木《みほき》佐十郎《さじゆうろう》、高瀬儀右衛門《ぎえもん》の先輩はけむたい。

「——あとはおれにまかせろよ……」

三九郎はそういって、城之介と兵馬を船宿の市松へ連れてきたのであった。

冬の川舟……といえば、聞いただけでも鳥はだたちそうな趣向だが、乗ってみると、案外楽しいものである。

締めきった鳥ノ子障子は風を通さないし、酒の燗《かん》もできるように火の用意がしてある。いわんや、日本橋の色町から呼んだ若い芸者が三人、男たちの間にはさまってこたつを囲もうというしくみだ。寒かろうはずもなかった。

「——さアさア、ひっぱり上げてやる。女ども、手を出せ、お手々を出せ……」

三九郎は、ひどくごきげんだ。

「——お静かに……おつかれさまで……」

船頭の声に送られて、男三人、女三人は、ひとかたまりになって、裏口から市松へはいっていった。とたんに——

「――あ……」

三九郎、城之介、兵馬の三人が、ちょいと驚きの声をあげた。――上がりかまちに腰をかけ、船のしたくを待っていたのが、南町奉行の吟味方与力諏訪十郎太《すわじゅうろうた》だったからである。

「――ほう……珍しいところで会うな」

十郎太は、ニコリともせずに、三人を見まわした。

「貴公たちも、おさしみの講中か？」

「とんでもない！」

三九郎が、太鼓持ちのように、ピシャリと額をたたいた。

「今宵《こよい》は、年忘れの流れでして……ご覧のとおり女どもを連れております。おさしみなど、いただけましょうか……ところで、そうおっしゃる諏訪さまは、いかがで」

「バカなことをいうな。拙者は風流だ」

「は？」

「俳諧じゃよ。冬の大川で、一句、ものしようと思うてな」

「なるほど……これはご風流！　われわれごとき俗物は、そうそうに消えてなくなりますかな。では、失礼を……」

三九郎がひとりでしゃべり、城之介と兵馬は、軽く頭を下げて、ひと足さきに表へ出た。

「——千秋さん、いまの話、おわかりですか?」

兵馬が、城之介にたずねた。

「おさしみがわからないのかい?」

「おさしみくらい知っています」

「どうだかな」

「はばかりながら、毎日食しております」

「そうだろうとも、貴公は女房持ちだからなア。あたしなんか、そうはいかない」

「そんなことはありますまい。現に今夜も、深川の料亭で出したではありませんか」

「ハハハ……やっぱりわかっちゃいねエ」

城之介は、ちょいと、市松の中をあごでしゃくった。

「おさしみが、もうすぐ出てくるから、よく見るんだな」

「わかりました！　なにかの異名ですね？」

「それほどおおげさなものじゃないね。この船宿は、お市、お松の姉妹《きょうだい》でやっている。店のあるじは、妹のお松の方だ。姉妹の父親が二年あとに死んで、お松が病身のおふくろをかかえて困ってるところへ、嫁に行ってたお市が亭主と別れて帰ってきた」

「詳しくご存じですなア」

「こういうくだらねエことは、いくらでも知ってる。何一ツ、自分のためになることはねエが、定町回りというお役はこんなくだらねエうわさも聞きのがすことはできない……ところで、帰ってきた姉のお市は、お松を後見して、この船宿を開いた。ところが、大繁盛さ。なぜだかわかるかい？」

「姉妹とも、美しいからですか？」

「美しい女は、ほかにもいらアね。美しいうえに、お市がおさしみだからさ」

「それがわかりませんよ」

「じれってエなア。お市が、来る客来る客に、自由にくちびるをしゃぶらせるんだよ」

「えーッ⁉」

若い兵馬が、けがらわしそうにまゆをしかめたとき、もつれるようにして、三九郎とひとりの女が出てきた。――すっきりした江戸まえのいい女……お市だった。

「ありがとうございました。お近いうちに、またどうぞ……」

「来るとも！　そのかわり……」

三九郎は、城之介と兵馬の目の前でお市を抱き寄せると、音をさせて女のくちびるを吸った。

「諏訪どのにはいうなよ」

「いいませんよ。ご心配なく」

「諏訪どのも、この口を吸うのかい？」

「いいえ……一度も……ホホホ、あちらさまはご風流ですからねエ」

「けッ！　たかが二百石の吟味与力が……キザな野郎さ、まったく……」

三九郎は、もう一度お市のくちびるをしゃぶると、残り惜しそうに女を離した。

「――すまねエ。待たせちゃったなア」

「いやいや、どうぞごゆっくり」

「よせやい……さア行こうぜ。芸者たちにゃ、花をやってきたからな」

　三九郎は、城之介と兵馬を促して歩きだしたが、四、五間《けん》行くと振り返った。

だが、お市の姿は、もう消えていた。

「ちぇッ！　あじけねエ女だ」

「由良さん、くちびるをふいとくほうがいいでしょう。奥方に口紅がみつかると大ごとですからな」

「心配ご無用。お市の方がちゃーんと心得てらアね。あの女は、口紅をつけねエんだよ」

　三人は、新堀河岸に沿って歩いた。五つ半（九時）を過ぎて、師走の夜風がひとしお冷たくなっていた。

「――やれやれ……」

　三九郎が、思い出したようにため息をついた。

「兵馬……今夜は、お内儀をかわいがってやれよ？」

「は？」

「おれはね、夜遊びをしたときは、必ず女房を抱くことにしている。女房が安心するんだ。――外でうわきをしてこなかったんだな……とね。女なんて、あめエものさ。わかったかい？」

「はア……よくわかりました」

「しかしなア、義理で女房をかわいがるなアつれエぜ、まったく……ひとり者の城之介がうらやましいよ……」

城之介がにが笑いをした。

――ひとり者だからって、ひざっ小僧を抱いて寝るとはかぎらないぜ。あたしゃ今夜、お葉のところへ行ってやろう……。

腹の中で、城之介は、そんなことを考えた。

だが……城之介は、お葉の家へは行けなかった。

ちょうど亀島橋《かめしまばし》を渡ろうとしたときだった。ピュッと、風を切る音が響いたかと思うと――

「アッ！」

タタタッとよろめいた城之介が、やっとのことで、欄干《らんかん》でからだをささえた。

「――どうした⁉」

駆け寄った三九郎が、ハッと、息をのんだ。――城之介の左腕の付け根に、白羽の矢が、グサリと突きささっていたのである！

二

早水茂太夫はいつものとおり、自分専用の茶つぼから秘蔵の玉露をいれて、ゆっくりさわやかな茶の香に目を閉じた。

同心べやにおける茂太夫の動きは、この一服の茶から始まるといってよかった。が……けさの茂太夫は、いつもよりはずっと早く茶わんをおいた。

「――重大なことだ……」

茂太夫は、一同を見まわしてから、最後に、城之介と、ひざの前にある白羽の矢とを見比べた。

――城之介は、傷ついた左腕を、首からつっていた。

「第一に考えねばならぬことは、下手人が、城之介をねらったのか町方同心をねらったのかということだ」

茂太夫は、矢をとりあげた。その白い矢羽根が一カ所、ポッチリ、赤くなっていた。――明らかに、口紅のあとだった。矢羽根の裏表に、クッキリ、くちびるのあとがついていたのである。

「城之介、だれかに命をねらわれるおぼえはあるか？」

「心当たりがありませんが、あるいは、恨《うら》まれているかもしれません。年がら年じゅう、悪党どもをおっかけているのですから……しかし……」

城之介は、ちょっと首をかしげた。

「昨夜は、月がなかったのです」

「うん……二十三夜だな」

「由良さんと、兵馬と三人で歩いていたのです。くらがりで、わたしをねらって弓が引けたでしょうか？」

茂太夫は一同を見まわした。

「ご一同は、どう思われる？」

「毎日悪党を追っかけてるのは、城之介だけではないからな……」

そういったのは、次席の三保木佐十郎だった。

「かりに、城之介がそんなことでねらわれたとすると、これはわれわれ同心一同の問題ではないか」

「そうですよ。それは、カッタイのカサ恨み……下衆《げす》のさか恨みというものですな。そんなことで命をねらわれては、おちおちとお役が勤められませんよ」

由良三九郎が、そう答えた。

「それに、城之介がいうように、昨夜は月あかりではなかった。三人のうちのひとりをねらうことはできなかったでしょう。なア、兵馬」

「はア……ちょうど、亀島橋を渡るところでした。河岸から橋のほうへ曲がったときで、下手人のほうから見ると、三人の位置は、重なり合っていたと考えられます」

茂太夫が、うなずき返した。

「では……下手人は、三九郎、城之介、兵馬、だれが倒れてもよかったわけだな？」

「つまり、町方同心を殺すつもりだったのでしょう」

ねらわれた三人を代表するように、三九郎が返事をした。

そのとき、南町奉行岩瀬伊予守の公用人が、茂太夫を呼びに来た。

「――たぶん、城之介の一件でお呼びなのだろう……」

茂太夫は、そういって公用人といっしょに出ていったが、しばらくすると、下くちびるをつき出すような、苦っぽい表情でもどってきた。

「やっぱりそうだった。――下手人を、そうそうにひっとらえろ……とのおことばだ」

それから、ふたたび白羽の矢を手にとった。

「――手がかりは、この一本の矢だけだ。ご一同の考えを聞かせてもらおう」

ほかのものは、顔を見合わせた。

「では、わしからたずねよう……まず、下手人は、弓術を心得たものかな？」

「いや……」

高瀬儀右衛門が首を横に振った。

「やみ夜に鉄砲ということがある。これは、やみ夜に弓だ。心得のあるものなら、こんなバカなことはしないだろうな」

「しかし……」

佐十郎が首をひねった。

「やみ夜に鉄砲とは、当たらぬというたとえのことばだ。ところが矢は城之介に当たっている。かなり、心得があるからではないかな。どうだ、城之介？」

「弓勢《ゆんぜい》は、それほど強かったとは思いません。心得のあるものが射かけたのならば、もっと深く突きささったのではありますまいか」

「それは、一概にはいえぬことだ。遠く離れておれば、弓勢も弱くなる」

これは、どうやら水かけ論であった。

「次に移ろう……」

茂太夫が、矢羽根の紅を指さした。

「この口紅のあとをどう思う」

「下手人は、女ということになるのかな？」

儀右衛門が、つぶやくようにいった。と、三九郎が、ひとひざ乗り出した。

「そうじゃねエでしょう。わざわざ、自分の身証を残すバカはありませんよ。いかにも女と見せかける。こいつア男だと思いますが、いかがでしょう」

けっきょく、これも、どちらとも決まらなかった。下手人を知っているのは、この一本の矢だけであった。だが……六人の同心は、この矢から、何も読みとることができなかったわけである。

「――おもしろくねエな……」

兵馬といっしょに奉行所を出た城之介が、吐き出すようにいった。

「どっかの野郎か女郎《めろう》か、町方役人を恨んでいる。ふん……悪党なんてもなアね、ふん縛《じば》られると、自分のやった悪事は忘れて、縛ったおれたちを恨むんだ。もし、その野郎が死罪にでもなってみろ。殺された女房や子どもまで、おれたちを恨みやがる。だからといって、なぜおれが射られなきゃならないんだ？」

「運が悪かったのですよ」

「冗談じゃねエ。もう五、六寸右へ切れていてみろ。首筋だ。あたしゃゆうべのうちに、三途《さんず》の川を越えてたんだぜ」

「その意味では、不幸中のしあわせでした」

「よせよ。これで、下手人があがらなかったら、おれはとんだ貧乏くじを引くことになるんだぜ。――千秋城之介って男、案外あくどいことをしてるんじゃないか……そんなうわさが、必ず奉行所の中で立ち始める。不幸中のしあわせだなんていってられるかよ……が、できたことだ。兵馬にかみついたって始まらねエ」

城之介は、うしろを振り返った。――勘弁の勘八《かんぱち》と、兵馬の小者針の嘉助《かすけ》がついてきていた。

「――勘の字……」

城之介は、勘八を呼んだ。

「おれはきょう、持ち場へは行かねエ。おめえ、ひと回りして、様子を見てきてくんな」

「へエ……そのほうがいいですよ。だんなは帰って、おやすみになっておくんなさい」

「バカ野郎！　寝てなんかいられるか。お奉行さまは、そうそうに下手人をひっとらえろ……とおっしゃる。おれだって、おれの腕へ矢を立ててくれた野郎の顔を、早く見てエやな」

「心当たりがあるんですか？」

「あるもんか……が、心当たりがあってもなくても、行かなきゃならねエ。それが定町回り同心てエもんなんだ」

城之介は、兵馬を見た。

「あたしゃ、振り出しから歩いてみるぜ」

「振り出し？」

城之介は、大きくうなずき返した。

「――振り出しは、船宿の市松さ……さて、さいころは、どんな目を出すかな……」

三

「——あら、だんな！」

船宿市松の入り口で、城之介は、バッタリお市と妹のお松に出会った。——女ふたりは、湯から帰ってきたところだった。

鬢《びん》を上げ、はんてんを抜き衣紋《えもん》にしたお市は、ぬか袋の糸をくわえ、なまめかしかった。それに比べると、お松は寒そうに肩をすぼめ、陰気な顔をしていた。

「どうなすったんです、そのお手は？」

「ケガさ。だらしのねエ話さ。きょうは休みだ。船を出してもらえるかい？」

「そりゃア、商売ですもの……でも、とんだ災難でしたねエ。痛みますか？」

「いてエよ。だれかになめてもらいてエ」

「おや……そんなことがおっしゃれるんなら安心……どっかのきれいなひとを呼びましょうか？」

「いや……まっ昼間からそうもなるめエ」

城之介は、ひとりで船に乗った。

「——どちらへ参りましょう」

船頭がたずねた。

「うん……深川へ行って、帰ってくれ」

「大川を、行って帰るだけですか？」

「そうなんだ……」

船頭はけげんな顔をしたが、城之介には考えがあった。——昨夜、船遊びをした。そこから調べをしてみる考えだったのである。

南新堀から深川は、ほんのひとまたぎだった。

「——おや……」

市松へもどっていくと、お市が、驚いて城之介を見た。

「やっぱり、ひとりじゃつまらねエやな……」

——ゆうべは、ここで吟味与力の諏訪十郎太に出会った。それから外へ出た。あとから出てきた三九郎が、お市の口を吸った。

城之介は、じっと、お市のくちびるを見つめた。——口紅はつけていなかった……。

「フフフ……いやですよ、だんな、そんなに見つめちゃ……」

お市が、わかってますよ……という顔で、ニンマリ笑った。——ヌメヌメとした、うまそうなくちびるだった。なるほど、おさしみだ。トロの味がするかもしれない……。

が……城之介は、お市を抱かなかった。

「——このあたりに、弓を扱うところはないかい？」

「え!? 弓ですか？」

お市が、はぐらかされたように、奇妙な顔をした。

「そうですねエ、このあたりには、矢場もないし……」

「いや、ほんものの弓だ」

お市は首をかしげた。

「いいんだ……じゃまをしたな」

城之介は遊びの代金を置いて市松を出た。——新堀河岸に沿っておよそ二町……そこで左へ曲がって三町ばかり行くと亀島橋である。

「——あ……そうだ」

亀島橋へ近づいた城之介が、左へ回ると、急ぎ足になった。

橋のたもとから二十間《けん》ばかり狭い道をはいった突き当たりに、橋ノ木八幡の社《やしろ》があった。

「――やっぱり！」

城之介は、じっと、社の軒下を見上げた。――幾枚かの額が奉納されている……ヌエ退治だの、山姥《やまうば》と金太郎だの、八幡さまだけに武張ったものばかりだった。そのなかに一面だけ、絵のない額があった。

この額はまっさらだった。――書き込まれた日づけは半月ほどまえである。奉納したのは、金六町《きんろくちょう》の伊勢《いせ》政《まさ》と書いてあった。金六町は、亀島橋を渡って、一町余りのところだ。

城之介は、きびすを返して、亀島橋を渡った。――金六町の伊勢政は、伊勢屋政五郎という三間間口の染め物屋だった。

「――あたくしが、あるじのお常でございます」

通された奥の座敷へ出てきたのは、二十六、七の女だった。――まゆのあとが青く、しっとりとうるんだような目をしていた。

「政五郎というのは？」

「なくなった亭主でございます」

「いつ死んだんだい？」

「二年になります」

「橋ノ木八幡へ半月ほどまえに、額を奉納したな……政五郎の名になってるなアどういうわけだ？」

「あれは、ひとり子の政吉が弱いもんですから、無事に育つように奉納しました。伊勢政と書いたのは、政五郎ではなく、政吉のつもりでございますよ」

女のことばは筋が通っていた。

「政五郎は、病死か？」

「はい……お調べになれば、はっきりするでしょう」

そういって、女は、ふっと顔をそむけた。

——おかしなことばだ。なんか、わけがあるな……。

が……城之介は、先を急いだ。

「奉納した額は、どんなものだい？」

「だんなは、ご覧になったのとちがうんですか？　弓でございますよ」

「そうだと思ったよ」

「え？」

「弓だけかい？　矢は？」

「弓と矢でございます」

「矢羽根の色は？」

「白……八幡さまは源氏で白旗でございましょ。それで、白い矢羽根にしました」

染め物屋らしいことばだった。

「それで、矢は幾本だ？　一本かい？」

「いいえ、三本でございます」

「じゃ、あと二本残ってるな」

「どういうことでございましょう？」

「おれの手を見ろよ」

城之介は、つった腕を、ソッと押えた。

「その三本のうちの一本が、ここへ突き刺さったのさ」

「えっ⁉」

「口紅をつけてるね、お内儀？」

「は、はい……」

城之介は、懐紙を出して、グイッと女へつきつけた。

「これで、口紅をぬぐってくれ。矢羽根についていた口紅と比べてみるんだ」

「まア！　矢羽根に紅が？」

「そうなのさ……二本残ってるとなると、ゆだんはならねエ。口紅つきの矢が、いつどこで、町方御用の者の命をねらうかわからねエのさ」

——その夜……南新堀町に近い茅場町《かやばちょう》の大番屋の前で、由良三九郎がしりっぺたへ、紅つきの白羽の矢を射込まれた……。

四

「——痛くって、歩けねエんだ……」

由良三九郎は、ふとんをひかせて腹ンばいになっていた。

「とんだことでございますね……でも、千秋さまはお腕で、まだようございます。宅のケガなどは、ひと聞きが悪くって……」

「うるせエ！　お役のことに、女が口を出すんじゃねエッ」

「はい……ご名誉なおケガでございます」

三九郎の妻里江は、フフッと、含み笑いをすると、城之介の前にお茶を置いてへやから出ていった。

　――侍のご新造《しんぞ》にしては、なかなかいろっぽいな……。

　城之介は、里江の赤いくちびるが妙に気になった。――白羽の矢に残された口紅のせいなのかもしれない……。

「ふん……女房は喜んでやがるのさ」

「由良さんがケガをなすったことをですか？」

「どうやら、足の筋へふれているらしんだ。いま無理をすると、びっこになると医者はいいやがった。あたしゃ、びっこはいやだよ。だいいち、びっこじゃ、定町回りは勤まらねエ。いやでも、当分家にいなきゃならねエ。それが女房にはうれしいのさ」

「けっこうですな、おむつまじくって」

「そうじゃねエ。あたしがうわきをできねエからなのさ」

　三九郎は、ちょいとからだを動かそうとしたが、すぐ顔をしかめてやめてしまった。

「あたしより、傷が深いようですなア」

「それでも、いいところへ射込んでくれたよ。ここなら命に別条はねエからねエ……」

「茅場町河岸を、どちらからどちらへ歩いていたんです？」

「東から南へさ」

「永代橋《えいたいばし》を背にして日本橋のほうへ向かってたわけですね？」

「ま、そういうわけさ」

「途中に、南新堀河岸がありますなア」

三九郎が、クスッと笑って、声をひそめた。

「女房にゃないしょだぜ。ゆうべも、ちょいと市松へ寄ってみたんだ」

「おさしみの味が忘れられなかったんでしょう」

それから三九郎は、年がいもなく、夢を見るような顔をした。

「——いい女だぜ、お市は……あのツルリッとしたくちびるは、こたえられねエよ、まったく」

——昨夜三九郎は、お市のくちびるをしゃぶってから、ニヤニヤと、ひとり悦《えつ》に入って茅場町河岸へ出たにちがいない。そこへ、口紅つきの白い矢が、ピュッと飛んできた……という段どりであろう……。

「——だれかに、恨《うら》まれるおぼえは？」

「あるさ。おまえさんと同じ定町回り同心だぜ、あたしゃ」

「由良さん。金六町の伊勢政って染め物屋を知ってますか？」

「え⁉　伊勢政がどうかしたのかい？」

「知っておいでなんですね？」

三九郎は、苦っぽい顔でうなずいた。

「先代の政五郎って男、二年まえに死んだそうですな」

「山王下《さんのうした》の丹羽《にわ》左京太夫《さきょうだゆう》さまの屋敷牢《やしきろう》で、首をつったんだよ」

「後家のお常は、病死だといってましたが……」

「ということにして、丹羽家では事を内々で済ませたのさ。丹羽家は、あたしの出入り屋敷さ。わかるだろ？」

城之介は、うなずいた。丹羽家の公用人に頼まれ、伊勢屋政五郎を召しとって屋敷へ引き渡したのは由良三九郎なのだ。

「政五郎にゃ、どんな罪があったんです？」

「染め物御用で丹羽家へ出入りしてるうちに、奥女中に頼まれて役者買いの世話をしたというんだ」

「なるほど、大名屋敷としては、おおっぴらにできないできごとですなア」

した。

「ところが、これがとんだぬれぎぬでねエ。政五郎はくやしがって、首つりのまねを

三九郎は、あごの下へ人さし指をあて、ペロンと舌を出して、首つりのまねを

「後家のお常は、橋ノ木八幡へ弓を奉納してますよ、白羽の矢を三本添えてね。ところが、その弓と矢が盗まれたのか、なくなってるんです」

「ほんとうかい、千秋⁉」

さすがの三九郎も、ギョッとしたようであった。

「ところで、その役者買いの世話をしたというやつは、みつかったのですか？」

「いや……政五郎が首をつるとね、座敷牢へ入れられてたお側頭《そばがしら》の楓《かえで》って女――これが、宿さがりのとき役者と遊んだんだが、かんざしでのどを突いて自害しちゃった。――政五郎はなにも知らない。だが、自分のためにこのうえ迷惑をかけるのは心苦しいから、世話をしてくれた人の名はいえない……そんな書き置きがあった。それで何もかも終わりさ」

それから三九郎は、ため息をついた。

「まずいやね、こいつア。あのできごとが、いまごろたたってくるなんて……」

「いや、はっきりしたわけじゃありませんよ」

「そうでねエよ。場所といい、奉納の弓といい、ずぼしだよ、こりゃア。悪くすると、お役召し上げになるかもしれねエぞ」

「上役《うわやく》のほうは、どなたも、そのことをご存じないのですか？」

「いや、早水さんには話しといたよ」

「では、だいじょうぶでしょう」

奉行所で、早水茂太夫に話をすると、茂太夫も驚いた。

「聞いているよ、確かに……では、伊勢屋政五郎身寄りの者が、三九郎をねらい、一昨夜は的が狂って貴公に当たった……というわけなのか？」

「あるいは、そうかもしれません。と同時に、まだ疑わしい点が、いろいろとあります」

「いや、話の筋は通ってるようだな」

「わたしがおかしいと思うのは、由良さんが船宿の市松へ遊びに行くのを、下手人が、どのような手段で知ったかという点ですよ」

「なるほど……」

「一昨夜、年忘れの流れで市松へ行ったのは、深川の料亭を出てからの思いつきです。また、昨夜、由良さんが市松へ行ったのは、だれにもないしょで、お市の顔を見に行ったのです」

「困った男だよ、三九郎は……おさしみお市の名はわしも聞いている。そんな女にのぼせるとはなア」

「しかし、いい女ですからなア」

「――万人まくらす白玉の腕《かいな》、千客きたり舐《な》む紅のくちびる……こりゃア吉原の女郎ン坊のことだが、あとの文句はお市にもピタリだな」

「とにかく、由良さんがお市のところへ行くのをふた晩も知っていたというのは……」

「三九郎のあとをつけていやがった……そうとしか考えられんなア」

「そうでしょうか……」

城之介は、茂太夫の前にある二本の矢をながめた。――一本は城之介の腕を傷つけ、もう一本は、三九郎のしりにささった矢である。そして、二本とも、白い矢羽根には、くっきりと口紅のあとがついていた。

「――まだ、もう一本、矢が残っているはずです」

「三九郎は、寝込んでるよ」

「が、死んではいません。ほんとうに由良さんを恨《うら》んでるんなら、三本めの矢で、もう一度由良さんをねらうでしょう。もし、奉行所役人を憎んでいるのなら、どこかで、今夜も同心が射かけられるかもしれません」

「どうしようというのだ？」

「今夜、伊勢政の家を見張ってみます」

城之介は、暗くなると、金六町の伊勢屋の店へ張り込んだ。――城之介が表を、勘弁の勘八が裏口を見張ったのである。

城之介は、この奇怪な射手が、三九郎をつけていたとは考えなかった。――たとえ夜とはいえ、弓と矢を持って江戸の町中を歩けるはずはない……そう考えたのであった。

夜ふけの張り込みは、楽ではなかった。師走の夜風は、ピリリッと、骨にこたえ、まだ口のふさがらぬ肩の傷が痛んだ。

そして、真夜中過ぎ……。

――今夜はシケだ……。

そう考えて八丁堀へ引き揚げた城之介を、とんでもないできごとが待っていた。

――吟味与力諏訪十郎太が殺されたのだ！　鉄砲洲《てっぽうず》の波よけ稲荷の百本杭《ぐい》にひっかかった十郎太の死骸《しがい》の口には、深々と白羽の矢がつきささっていた。

五

城之介が矢傷を受けたのが二十三夜のやみの中……そして、きょうは二十六日だった。

二十四日の夜は三九郎がねらわれ、二十五日は与力の諏訪十郎太が殺され、このところ、三日続けて白羽の矢が飛んだわけであった。

しかも、大川の水に洗われてはいたが、十郎太の口中にささった白羽の矢にも、うっすらと口紅のあとが残っていた。

「どうするつもりだ、茂太夫ッ⁉」

気の短い南町奉行岩瀬伊予守は、早水茂太夫をどなりつけてから、キリキリッと奥歯をかみ鳴らした。

「三人めだぞッ。与力同心が毎夜ねらわれる。奉行所の面目はまるつぶれだッ」

「橋ノ木八幡から盗まれた矢は三本でございます」

「バカを申せッ。矢など、いくらでも手にはいるッ。下手人のあてはないのかッ」

「いまのところ、はっきりとした目あてはございません」

「ないで済むかッ」

「わたくしどもも命がけで調べております」

伊予守は、いらだたしげに舌打ちをした。

「命がけか……そのとおりだ。今夜あたり、おまえがねらわれ、明夜はわしの番かもしれぬのだからな」

そのころ、同心べやでも、同心次席の三保木佐十郎が同じようなことをいっていた。

「気ちがいだぜ、この下手人は……若い女を見ると、ムラムラッとしてしりを切りたくなる野郎がいる。あれと同じで、町方役人を見ると弓でねらいたくなるってやつだ。今夜あたり、おれの番かもしれねエ」

「だからといって、ほうっておくわけにはいくまい」

そういったのは高瀬儀右衛門だった。

「城之介を恨み、三九郎を恨み、諏訪さんを恨んでるやつを洗い出してみちゃアどうだろう」

「そいつア無理だ。その三人は、なんのつながりもありゃアしない。ただ一つ、つながりらしいものといえば、南町奉行所のお役を勤めているってことだけなんだ。だから、役人ぎらい、与力や同心だけをねらう気ちがいだと考えにゃなるまい」

「与力、同心は北町奉行所にもいる。南のものだけがねらわれるなアどういうわけだい？　あたしゃ、何かわけがあって、城之介、三九郎、諏訪さんの三人はねらわれたと思うね」

城之介は、佐十郎と儀右衛門の議論から逃げるように、ソッと同心べやを出た。

「――だんな、どちらへ？」

飼い主のあとを追う犬のように、ちゃんと勘八がついてきていた。

「あてはねエよ……」

数寄屋橋《すきやばし》を渡った城之介は、左へ折れ、外濠に沿って鍛冶橋《かじばし》のほうへ歩いた。

――お濠の水は青く、小じわのようなさざ波が、いかにも冷たそうだった。

「――だんな、伊勢政の後家は、下手人じゃねエようですね。けさ、あすこの下女に当たってみますとね、ゆうべは四つ半（十一時）ごろまで、女どもを集めて春着の手入れなんかしてたそうですよ」

城之介は黙ってうなずいた。――伊勢政の後家お常が家を出なかったことは、張り込んでいた城之介と勘八がいちばんよく知っているわけである。

「それにね、矢羽根についていたなア駒形の紅勘の口紅だが、お常がつかってるなア玉屋の紅ですよ」

「まちがいねエのかい？」

「ヘエ、だんながふところ紙に移したお常の紅と、矢羽根を持って紅問屋をたずねて歩いたんです」

「ご苦労だったな……」

そのころ、江戸の紅屋といえば、日本橋に、玉屋、柳屋、小紅屋の三軒、それに神田の笹屋、駒形の紅勘《べにかん》、この五軒が大店《おおだな》だった。

「それにしても……」

城之介は、歩きながら首をかしげた。

――まるで、矢をくわえるようにして死んでいた諏訪十郎太の姿は奇怪だった。矢は、口から右耳下のうしろへ抜けていたのである。

大きな口をあけて眠っているところを射られたのならば別だが、生きているかぎり、口の中へ矢を射込むことは、まず不可能だろう。

死骸は、羽織はかまで、ごていねいに宗十郎ずきんまでかぶっていた。――こんなかっこうで、天下の吟味与力が眠るとは考えられない……

「――待てよ……」

城之介は、濠端《ほりばた》に立って、弓を引くまねをした。――左腕はつっているから、右手だけをうしろへ引いたのである。

「――勘の字、弓の高さは？」

「ちょうど、目のあたりでやしょう」

「そうなんだ。それが普通の高さだが、諏訪さんは背の高いほうだった」

「五尺七、八寸でしょうね」

「しかも、矢は左斜めの上から、諏訪さんの口へ射込まれていた。下手人は、身のたけ一丈余りでなければ、そんなぐあいにはいかねエ」

「化けものだねエ……だんな、二階からねらうってテもありますぜ」

「二階からか……よっぽど弓がうめエんだな、そいつは……」

城之介は、そのまま濠沿いに行って、比丘尼橋《びくにばし》を渡ると、右へ曲がった。こんどは京橋川に沿って東へ向かっているわけである。

「――あ……そんなわけですかい、だんな？」

「何が？」

城之介が振り返ると、勘八が困ったように首筋へ手をやった。

比丘尼橋を右へ曲がると、槇《まき》河岸、大根河岸、そして竹川河岸……。その竹川河岸の中ほどに、富本節の師匠お葉の家があったのである。

「――だんな、あっしゃ、ちょいとほかを回ってきますよ」

「そうかい……じゃ、半とき（一時間）もしたら来てもいいぜ」

「かなわねエなア、そうはっきりいわれちゃ……だんな、あまり血をあばれさすと、傷のなおりが遅れますぜ」

「バカ野郎……それほどウブじゃねエや」

城之介は苦笑いをして勘八と別れた。

お葉の家のすじ向かいの炭屋でもちをついていた。――ふだんはまっくろな顔をしている店の者が、手や顔に白い粉をくっつけてたいへんな騒ぎである。

それにひきかえ、お葉の家は静かだった。格子戸《こうしど》をあけて中へはいっても、だれも出てこない……年の瀬がこう押し迫っては、富本などのけいこに来るものもないのであろう。

下は二間続きのけいこ場……人影はなかった。

城之介は、二階へ上がっていった。

からかみが細めにあいて、お葉の姿をながめることができた。――お葉は、もろはだぬぎで首筋から胸のあたりへおしろいを塗っていた。

もちつきの騒ぎが大きいので、格子戸があいたのも、城之介が階段を上がってきたのも、気がつかないらしい。

――バカ野郎、ひまなもんだから、くそ寒いのに塗りたくってやがらア……

城之介は苦笑いをして、足のおや指を働かせ、ガラリとからかみをあけた。

「――あッ！」

お葉が、口を開き、ギョッと振り返った。

「まア、おまえさん！　いけ好かないよ。びっくりするじゃないか……」

が……城之介は笑わなかった。じっと、お葉の顔を見つめていたが、やがて、フーッとため息をついた。

「――ありがてエ！　どうやらわかりかけてきたぜ……」

六

その夜五つ（八時）近く、城之介は、船宿の市松へはいっていった。

「――だんな……」

　ハッと顔をあげたお市が、ゴクリッと、なまつばを飲んで城之介を見た。

「——諏訪さまが……、とんだことでござんしたねエ……」

　そういうお市のくちびるは、あいかわらず、なめらかで美しかった。

「お話にもならねエ。町方役人が次々にねらわれる。腕の傷だけで済んだおれなんか、運のいいほうさ」

「うわさを聞いてびっくりしましたよ。いいおかたでしたのに……」

「ここへは、よく来ていたようだな？」

「ええ……船の中は気が散らなくていいとおっしゃいましてね。俳句をおつくりになるんです。ときどき、妹のお松がお相手をするって船に乗ったりしましてねエ」

「人間なんて、どこでどんな災難にでくわすかわからねエものさ。——船はあるかい？」

　お市が、クスリッと笑った。

「また川向こうまで行っておもどりになるんですか？」

「いや、今夜はちょいとなげエかもしれねエ。風流なんでね」

「——風流？」

「諏訪さんのまねさ。おれも一句ものにしてみたくなったのさ。生前、諏訪さんにはいろいろと世話になった。その礼心さ。そうだ、お松もつきあってもらいてエなア」

「妹と船に……ですか？」

「水の上で、諏訪さんの思い出ばなしがしてエのさ」

「じゃ、ちょっとお待ちになって……いま、二階なんですよ。おなじみさんのお酒の相手をしてるんです。うまく抜けさしますから……だんなは、先に船へどうぞ……」

お市は城之介を屋形船へ案内すると、すぐ酒をはこんできた。

お松が、ソッとはいってきたのは、しばらくしてからであった。

「──すみませんでした。しつこいお客なんですよ」

「いいやね。客はだいじにしなきゃいけねエ」

「あら……だんなもお客さまですよ……」

お松はニッコリ笑って、締めた障子の外へ声をかけた。

「──六さん、出しておくれ……」

「へエ……」

ゆらりっと、舟が船着き場を離れた。

「――だんな……俳諧は、もうお長く……」

「いや、俳句どころか、戯《ざ》れ歌も作ったこたアねエ」

「まア……ほんとうですか？」

また、お松が笑った。――お市より、三つ四つ年下だろう。女っぷりはお市のほうが上だったが、お松には若々しさがあった。

「ほんとうなのさ。諏訪さんと同じだ」

「えッ⁉」

「河岸へ来るまえに、諏訪さんの屋敷へ寄ってきた。――俳諧どころか、戯れ歌をこしらえたこともございません……と、諏訪の奥方が涙ながらの物語さ」

「で……でも……あたしは、諏訪さんの俳諧のお相手を――」

「うそをつきやがれ！」

「えッ！」

城之介は、グイッと、人さし指をお松の口もとへつきつけた。

「――駒形の紅勘がひいきだってな？」

「え⁉　い、いいえ……」

「かぶとを脱ぎなよ。紅勘の番頭は、——市松の若おかみは、うちのおとくいだ……といってるぜ」

城之介は、ふっとことばの調子を変えた。

「——諏訪さんは、おめえを相手に、なにをしたんだ？　ま、お南の与力だ。店の側に立ってニヤリと笑えば、黙ってこづかいをたもとへ入れる商人《あきんど》が多い。女だって与力衆から相手をしろといわれれば、あとのたたりがこわいから、観念して帯を解く」

「だんなッ！　あたしは……あたしはそんな女じゃ——」

「ねエというのかい？」

城之介はだしぬけに、自由のきく右手にお松の肩を抱き締めた。

「あッ！　だんなッ……」

「いやかい？　おれは南の同心だ。矢羽根についていたのは紅勘の紅、おめえが使ってるのも紅勘の紅。それをネタに、おめえを女牢《おんなろう》へぶちこむこともできるんだぜ。そこで、相談だ。魚心あればなんとやらってことになる」

「だんな！　か、かんにんしておくんなさい」

「いやだッ。なめさせろッ。おれは、おめえのおさしみの味をみてエ」

とたんに、ピシャッと、障子があいた。

「――おっと、待ってたぜッ」

城之介は、障子のほうへ、グッと、お松のからだを押し出して楯《たて》にした。

「――あッ……ちくしょうッ……」

弓に白羽の矢をつがえた船頭が、くやしげに叫んだ。その声は女だ！

「――お市ッ、ゆうべもこのとおりだったな。諏訪さんが、大きな口をあけて
ハッと振り返る。おめえが上からピュッと切って離す。矢が口の中へ突き刺さっ
て右耳のうしろへ抜ける」

「死ねッ！　死ねッ、お松！　あたしゃ先に行くよッ」

次の瞬間、ザンブと、水しぶきがあがった。

「――ねえさん！」

お松が、身をもんで泣き叫んだ。が……城之介が、お松を抱いた手をゆるめな
かった。

次の日、城之介は三九郎を見舞った。

「ふーん、あのおさしみがなア……」

三九郎がため息をついた。

「ふた月ほど、市松で、客がだんなばくちをやったんです。それを知った諏訪さんが、こわ面《もて》でお松をくどいた。お松は泣く泣く帯を解いたが、気の強いお市はがまんできなかった」

「それで、町奉行所へ恨《うら》みのあるもののしわざとみせかけるために、まず、貴公とおれを傷つけたってわけか……」

「とんだ巻き添えですよ、あたしたちは」

「そういや、諏訪さん、女癖が悪かったよ」

城之介は、あやうく吹き出しそうになった。——女癖の悪いのは、三九郎のほうが一枚上なのである……。

おんな絵だこ

一

「――もう寝ようぜ……」

南町奉行所定町回り同心千秋城之介《ちあきじようのすけ》は、酒さかなをのせた膳を押しのけた。

――竹川河岸《がし》の富本けいこ所、お葉の家の二階である。

「――だって、今夜は……」

「おおみそかだ。まだ借金とりがやって来るって寸法かい？」

「そんなもの来やアしませんよ」

「といって、貸し金をとりに行くあてもあるまい。寝ようぜ。おれは、暗いうちに初詣でに行かんきゃならねエ」

「じゃ、あたしもいっしょに……」

「よしなよ。巻き羽織に小いちょうの髷《まげ》は、町方同心の一枚看板だ。おれなんかといっしょに歩いてると、番屋へしょびかれる隠し売女《ばいた》だと思われるぜ」

「どうせあたしゃ、それくらいにしきゃ見えないでしょうよ。憎らしい」

「おっと、つねっちゃいけねエ……」

伸びたお葉の手をつかんだ城之介は、そのまま抱き寄せると口を合わせた。

いつもは寂しい竹川河岸だが、今夜はまだせわしげな足音が絶えない。——おおみそか浮き世の旅の峠なり……というわけである。

やがて、除夜……百八の鐘が聞こえるころ、お葉は城之介にしがみついて、喜びの声をあげていた。

「——もう、春だぜ……」

満ち足りて、ホッと目を閉じているお葉にほおを重ねた城之介が、ソッとささやいた。

「おめえは、去年からことしへ、二年越しおれに抱きついていたってわけさ」

「いけすかない！」

が、お葉はまた城之介の首へ腕を回した。

そのころ、勘弁の勘八《かんぱち》も、女のふとんの中にいた。

八丁堀代地の岡場所《おかばしょ》弾正橋《だんじょうばし》ぎわの菊の家《や》で、線香代二朱の女を買っていたのだ。

このあたりは、八丁堀の同心屋敷に住み込んでいる小者《こもの》や、同心手付きの岡《おか》っ引《ぴ》きのなわ張りである。勘八にしても、この色里では顔が通っていたし、相手の女も夏からのなじみだった。

菊の家のお浜……このあたりではお職《しき》であった。

そのお浜の、盛り上がった乳ぶさを、勘八はさっきからくちびるで楽しんでいた。

「くすぐったいよ、勘さん」

「たまにしきゃ会えねエんだ。たっぷりおっぱいを飲ませてくんな」

「ウフフ……困った赤ン坊だよ。二朱分吸うつもりなんだろう……坊やはいくつになりだえ？」

「鐘は鳴ったか、除夜の鐘は？」

「耳を澄ませてごらんな。いま七十番めか八十番めが鳴ってるよ。もう元日さ」

「そいじゃ坊やは六つになった」

「三十と六つかえ？」

「この女《あま》！　十も水増ししやがった」

勘八とお浜は、からみあって笑った。

そのまくらもとの障子の外を、ソッと通っていく女があった。――お浜の妹分のおみね……とって十九のいい女だった。

「――おかみさん……」

二階から降りると、おみねは、おかみへ障子の外から声を掛けた。

「だれだい？」

「おみねです。ちょっと、波よけ八幡さまへお参りに行ってきます」

「初詣でかい？　お客は？」

「いっしょに行くんですよ」

「そうかい……」

おかみはちょっと考えたが、すぐ返事をした――

「行っといで……でも、早く帰ってくるんだよ。いまから夜明けまでがいちばん冷えるからね。春そうそう、カゼなんかひかないでおくれ」

このやりとりは、二階の勘八とお浜にも聞こえた。

「――ね、勘さん……あたしたちもお参りに行こうか？」

「よせよ、つまらねエ」

「まア、このひとったら！　ばちがあたるよ」

「あたるもんか。こちらはお祭りのさいちゅうだ」

とたんに、勘八が悲鳴をあげた。――お浜の指が、勘八の太腿《ふともも》をつねったのだった。

おみねは、ひとり河岸っぷちを急いだ。――おかみに、客といっしょといったのはうそだった。客は、どっかの屋敷の中間《ちゅうげん》らしい男だったが、いま、おみねのへやでよく眠っている。かなり酔っているうえに、相当しつこくおみねのからだにいどんだ疲れで、女がへやを出ていったのにさえ気がつかないのだ……。

代地から波よけ八幡へ行くには、本八丁堀の河岸を三つ股《また》まで降りて、稲荷橋を渡らなければならない。

除夜の鐘は、まだ鳴り続けていた。――もうそろそろ百番めを越えるころかもしれない。

ちょうちんを持った番頭ふうや手代ふうの男が、寒そうに背を丸めて、ひっきりなしに歩いていた。――鐘が鳴ってもちょうちんが使える間は貸し金の取りたてができる。正月は明るくなってから……というわけである。

おみねは、持ってきた手ぬぐいをかぶって、端を口にくわえた。――大川から吹きつける風がほおにつめたかったからである。

稲荷橋を渡ると、もう、波よけ八幡の境内だった。

「――おや……」

おみねは、ちょいと立ち止まった。――人影はなかったし、かがり火もたいてなかったからである。

が……これはおみねが知らなかったのだ。川一つ向こうには富ガ岡八幡がある。初詣でをするひとびとは、みんな永代橋《えいたいばし》を渡って深川へ行ってしまうのである。

「――いやだよ。こんな暗いところへ呼び出して……」

おみねは、ひとりごとをいいながら、ほの白い道を社《やしろ》のほうへ近づいていった。

「――おみねかい？」

「えッ⁉」

だしぬけに名まえを呼ばれて、おみねは、ハッと振り返った。と同時に、おみねは、うッ……と、うめき声をあげた。

いつの間にかうしろへ近づいていた男の大きな手が、キューッと、古手ぬぐいをしぼるように、おみねの首を絞めあげていたのだ！

おみねは、男の指をもぎとろうとした。だが、頭の中を、スーッと、風が吹き抜けるような気がすると、カクン……と、ひざを折ってしまった。

やっと夜があけたばかりの波よけ八幡の境内に、南の定町回り同心六人が顔をそろえていた。

二

「――元日そうそう、バカにしやがって！　ここアあたしたち町方同心のおひざもとじゃねエか……」

由良《ゆら》三九郎が、どうにもがまんができないというようにつぶやいた。

まったく、八丁堀といえば、同心町と考えられている。――大名小路をあらしまわる大どろぼうでも、八丁堀だけはよけて通る……同心たちは、そう考えていたのであった。

その目と鼻の先、波よけ八幡の境内で、菊の家のおみねがくびり殺されたのだから、同心たちはがまんできなかった。

「――ここへやって来たのは、城之介が一番だったな？」

同心年寄りの早水《はやみ》茂太夫《もだゆう》が、城之介にたずねた。

「お役のものでは、あたしが一番でした。が……そのまえに、あたしンとこの小者《こもの》勘八が来ています」

「勘八は、どうして、おみね殺しを知ったんだい？」

「富ガ岡八幡へ初詣でに行こうとここを通りがかると、二、三人の男が、人殺しだと騒いでたそうです」

これはもちろんうそだった。――八幡さまの境内を通り抜けようとしたそば屋の出前持ちが、女の死骸《しがい》をみつけて騒ぎになり、集まったやじうまのなかにおみねを知っているものがあって、急ぎ菊の家へ知らされたのである。

実は、そのとき、ひと汗かいた勘八とお浜は、仲よく年越しそばをすすっていたのだ。

話に驚いた勘八が、――かんべんならねエ……と、竹川河岸のお葉の家へすっ飛んでいった。竹川河岸は、波よけ八幡とは反対の方角である。つまり、勘八は城之介といっしょに、はじめておみねの死骸を見たのである。

「――早水さん……」

次席同心の三保木《みほき》佐十郎《さじゅうろう》が茂太夫を見た。

「ここいらは、あたしの持ち場だ。この下手人は、佐十郎、どんなことがあっても御用にします」

「そうしてもらいたいな。われわれも、できるだけの手助はする」

「あたしは、いまからすぐ聞き込みを始めたいが、したがって、年頭の顔合わせは欠席させていただきます」

「いや、みんな出なくていいだろう……わしがご一同になり代わって顔を出しておく。さっそく手わけして詮議《せんぎ》にかかってもらおう」

おみねの死骸を町役人に預けると、早水茂太夫は南町奉行所へ、あとの五人は近くの自身番へ引き揚げた。

自身番には、ふつか酔いのむくんだ顔をした中間《ちゅうげん》が、ぶすっとした顔でうずくまっていた。

「――こいつア、ゆうべおそく、おみねの客になった男ですよ……」

勘八が、一同に男のことを話した。

「とりあえず、あっしがここへひっぱってきたんで」

「そりゃア大てがらだな、勘八……」

佐十郎にほめられて、勘八はくすぐったい顔をした。

「――なんて名だい、おめえは?」

高瀬儀右衛門《ぎえもん》が中間にたずねた。

「お屋敷じゃ友平ですよ。だけど、おやじからもらった名まえは六之助《ろくのすけ》なんで……」

「なぜ、二つも名まえがあるんだ？」

「あたしのせいじゃねエでさア。お屋敷じゃ代々の中間が友平ってことになってるんですよ」

「屋敷は？」

「いわなきゃいけませんか？　あっしゃ、正月そうそうお払い箱になりたくねエですよ」

「ふん……おめえが抱いて寝た女が殺されたんだぜ」

「あっしが殺したんじゃありませんよ」

「屋敷の名をいえよ」

「本所南割り下水のお旗本、依田《よだ》八郎さまなんで……でも、ないしょにしてくださいよ。あっしが殺したんじゃねエんですから」

こんどは佐十郎がたずねた——

「——おみねとは、古なじみかい？」

「女房にしてくれ……なんていったこともありますよ。だけど、だれが本気にするもんですか。あんな商売の女の決まり文句でさア」

「おみねにゃ、ほかにもなじみはあったようかい？」

「ちょいといい女でしょ。なじみの五人や七人はあったはずですよ」

「ヤケたろう、ほかの男と深間になっていると思うと」

「だんな……あっしが、ヤケねエといえば、うそつけッ……とおっしゃるでしょ？」

「よく知ってるじゃねエか」

「だけど、ほんとうに、やいたことなんか一度もありませんよ。あっしゃ、ジクジ谷に、かわいい女がいるんです。所帯持つならその女と決めてますからね。おみねなんかにやきもしなきゃ、殺す気にもなりませんよ。だいいちね……」

　中間は、横に立っている勘八を見上げた。

「あっしが殺したんでねエことは、こちらの兄イさんがよーくご存じのはずですよ。あっしゃ、ここへ連れてこられるまで、菊の家の二階で眠ってたんですからねエ」

　勘八がうなずいた。

「――野郎、フンドシをまくらもとにおっぽり出して眠ってましたよ」

「酔ってたんだよ。あっしゃ。それほど酔ってたんだ。わかってもらえねエかなア、だんながたにゃ……」

そのとき、四十二、三の女が、おそるおそる番所へ顔を出した。

「ちょいと……勘さん……」

「あ……」

勘八は、がらになく赤くなって、女を同心たちにひき合わせた――

「――菊の家のおかみですよ」

「こっち、はいんな……」

由良三九郎が、おかみを中へ呼んで、中間をあごでさした――

「この野郎、知ってるかい？」

「ええ……おなじみさんですから……」

「ゆうべ、おみねに上がったんだな？　酔ってたかい？」

「素面《すめん》の六さんは、見たことがありませんよ」

中間が、大喜びで手をすり合わせた。

「ね、だんな……あっしゃうそをつかねエでしょ」

「おめえは黙ってな」

三九郎は、三角の目で中間をにらんでから、ふたたびおかみへ顔を向けた。

「おみねと深間の客てエと、どんな男がいるんだい？」

「困っちゃいましたねエ。お客に迷惑はかけたくありませんから……」

「菊の家へ巣くってる女たちをひとりひとりしょっぴいて調べてもいいんだぜ。が、きょうは元日だ。やぼはいわねエ、おめえの店が困るようにゃしねエよ」

「お願いしますよ、だんな……」

おかみは、ちょっと首をかしげた――

「――おみねちゃんと深いお客といえば、四谷見付の瀬戸屋のご隠居。ずいぶんみねちゃんにもお金を使ってますよ。それから、錦町河岸のさかな屋の久さん。柳原の古着屋の若だんな……そんなとこですかねエ」

「この男は？」

「いまいった三人にはかないませんねエ。みねちゃんのほうじゃ、別になんとも思っていなかったんじゃありませんか？」

中間が、ペッとつばを吐いた。

「べらぼうめ！　もうてめえンとこなんか、遊びに行かねエぞ！」

「おめえは黙ってろといったはずだぜ……」

三九郎は、佐十郎へ顔を向けた。

「さしあたって、いまの三人を洗ってみますか？」

「そういうことだな……」

こんどは、佐十郎がおかみにたずねた。

「瀬戸屋の隠居てなア、どんな男だ？」

「六十四、五でしょうねエ」

「それが、明けて十九のおみねに熱をあげていたのかい⁉」

「男って、そんなもんらしいですよ、だんな。年をとると、孫のような女をかわいがりたくなるんじゃありませんか？」

もう一度正月を迎えると六十になる佐十郎が渋い顔をした。

「魚久ってのは若いのか？」

「丑《うし》年生まれといってましたから、この春で四十二……厄《やく》ですねエ、ことしは」

「もうひとり……柳原の古着屋だったな？」

「ええ、奈良屋の若だんな……新吉さんていうんですけどね、いま、向島の寮に若隠居させられてるんですよ」

「病気かい？」

「いいえ……養子さんなんですよ。そのお嫁さん――つまり、家付きの娘さんと折り合いが悪いとかで……」

　だしぬけに、儀右衛門がたずねた――

「おかみ、この六之助って男、騒ぎが起こるまで、ずっと菊の家に寝ていたのかい？」

「さア……みねちゃんは、お客といっしょに初詣でに行くといいましたからね、あたしゃ六さんとお手々をつないで行ったと――」

「と、と、と、とんでもねエ。おらア、なんにも知らねエよ、おかみ」

　手を振りながら、あわてて言いわけをする中間の肩を、ソッと勘八が押えた。

「――高瀬のだんな……この野郎のいうとおりですよ。おみねは、おかみにうそをついて出ていったんでしょう」

「勘八、どうして、そんなことがいえるんだ」

「へへへ、実は、あたしはこの野郎のとなりのへやで寝ていたんで……出ていくおみねの足音を聞きましたよ。確かにひとりでした。女が出ていったあとでも、この野郎のバカでけエいびきが聞こえましたよ」

「兄貴！　かっちけねエ。恩に着るぜッ」

そういう中間へ、勘八は、なさけなさそうな顔を向けた。

「けッ！　てめえのおかげで、とんだ恥をかいちまった。が、恩になんか着ていられねエよ。おれはただ、知っているのに、知らん顔をしてはいられなかっただけさ」

それから勘八は、城之介に、ペコリと頭を下げた。――城之介は、ニヤリッ……と笑っただけだった。

三

「――どうも驚きましたなア……」

永代橋を渡りながら、日下《くさか》兵馬《ひょうま》が城之介に話しかけた。

橋の上は、深川富ガ岡の初詣でで、すさまじい人出だった。

「なアに、毎年のことさ」

「え!?　毎年、人殺しが？」

「あたしゃ、この人の波のことをいってるんだがね」

「波よけ八幡の女殺しですよ」

「驚くほどのことじゃねエやね。岡場所《おかばしょ》の女がやられていちいち驚いてちゃ、焼きハマグリは食えねエ」

うぶな兵馬はあわててあたりを見まわした。

「気にしなさんな。みんなとそきげんだ。聞こえやしねエよ」

「千秋さん……そのたいしたことのない人殺しに、早水さんはじめ、なんだってみんな目の色を変えて力んでるんです？」

「縁起さ……だれだって、正月そうそう、ケチをつけたくねエやね」

「わかりました。この人殺しで下手人をあげなきゃ、ことし一年、しくじりが続くっていうんですね？」

「そういうわけだ。三保木さんは持ち場だ。是が非でも下手人を縛《しば》りてエ。早水さんは、定町回りのしょっぱなに黒星をとりたくねエ」

「迷惑な話ですなア、元日の人殺しとは……」

城之介は、クスリッと笑った。

「そう思うかい？」

「ちがいますか？」

「あれで、みんなはけっこううれしがってるのさ。――ことしはツイてるぜ……とね」

「そんなもんですかねエ」

「そんなものさ……」

永代を渡ってお船蔵河岸からお竹蔵前へ、深川から本所の大川端をたどって城之介が、ふっと空を見上げた。

あさぎ色に晴れた空に、無数のたこが浮かんでいた。

「――のどかなもんだなア……絵だこに、字だこか……おや⁉」

城之介が、ジーッと、空を見つめた。

「――兵馬……ふざけたたこがあがってるぜ。ほれ……あのいちばん高いやつの次……かなり大きなたこだが、女の裸絵がかいてあるぜ」

「あー、あれですか……」

兵馬がうなずいた。

「あのたこなら、きのうもあがってましたよ」

「きのう⁉　おおみそかにかい」

「ええ……子どもには、正月が待ちきれないんですよ。きのうもたくさんあがっていました」

「おやーッ？」

城之介が、苦笑いをした。

「あの裸女は、どうやらおいらんらしいぜ。立て兵庫《ひょうご》の髷《まげ》をゆってやがらア」

「きのうは、同じような裸女の絵だこが二つあがっていました」

「ヘエー、二つねエ……」

話しながら歩いているうちに、ふたりは向島へはいっていた。

「――おい、わけエの！」

突然城之介が、すれ違った若い男を呼び止めた。――手ぬぐいを吉原かぶりにして、はんてんをひっかけたこいきな男だった。

「――あっしですか？」

「おめえ、確か読み売り屋だったな」

「ヘエ……亀吉というんで……」

「ふところのものを出してみな」

若い男は、ハッとした。

「だ、だんな！　初春なんです。ひとつ、お見のがしを……」

「いいから出してみな……」

男は、ウジウジと、ふところから一枚刷りの木版ものの束をとり出した。——題して、〝色里三十三所むすこ巡礼〟……三十三にくぎったひとこまひとこまに、男女のあやしげな絵姿と文句を刷りこんである。江戸のおもな色町を、巡礼三十三カ所に見たてたものだった。

たとえば、——札所一番は吉原五丁山おいらん寺、ご身体うつく島弁才天、ご詠歌は、——春風においらん蛇体《じゃたい》くねらせて花のうえ木の中の道中……。札所十番は、市谷山たに寺、本尊は飯盛りの杓子如来《しゃくしにょらい》。ご詠歌——じくじくと水のわき出る谷合いのあなへまいれば銭のいる穴。——市ガ谷たに町の岡場所を、俗にジク谷と呼んだのである。

札所二十一番は、八丁堀代地院、本尊は線香大師。ご詠歌が、——来る人のそでひきとめてすすめこみ飯のたかれぬ釜の安売り……。

「——こいつアおもしれエや。一枚もらっとくぜ」

「だんな……どういうことになるんで?」

城之介は、キッと形をあらためた——

「このたびだけは大目に見てやらア……松の内過ぎにこんなもの売ってやがると、

ふん縛っちゃうぞ」

「ヘエ……すんません。じゃ……」

「おっと、待った。このあたりに、浅草の古着屋の寮があるんだが、知らねエか？」

「奈良屋の寮ですかい？」

「知ってるようだな」

「すぐ近くですよ。だけど、寮にはいま、だれもいませんぜ」

「はてね。養子の新吉というのがいるはずだが……」

「その新吉さんなら、子どもみてエな女中といっしょに、この先の土手でたこをあげていますよ」

「え？　たこを⁉」

　読み売り屋は、空の絵だこを指さした――

「あの素っ裸の女の絵だこ、あれをあげてるのが新吉さんですよ……」

四

城之介と兵馬は、向島の土手を降りて、はだか女の絵だこをあげている新吉に近づいていった。

「変わったたこをあげてるじゃねエか……」

「あたしが、自分でこしらえたんですよ。あの絵も、自分で書いたんです」

新吉は、ジッと大空に浮かんだたこを見つめたまま、振り向きもせずに答えた。

そばに、十五、六の女の子がしゃがんでいた。——その手に、赤いふさのついたヒョウタンを持っていた。酒がはいっているのだろう。

「——おめえ、奈良屋の新吉だなア」

「え?」

新吉は、はじめて、城之介と兵馬を振り返った。

「あ……町方のだんなですね」

「巻き羽織の金看板よ……絵だこにもいろいろあらアね、八幡太郎だの、花和尚《かおしよう》だの、金時だのってね。だが、おいらんの裸絵たアはじめてだぜ」

「たこは、武者絵じゃないと、いけないいんでしょうか？」

「なぜ、そんな絵をかいたか、わけが聞きてエのさ」

「わけなんかありませんよ。八幡太郎を知ってたら、八幡太郎をかいたでしょう。花和尚を知ってたら、花和尚をかいたかもしれません。でも、知らないんです」

「素っ裸のおいらんを知ってたから、あの絵をかいたってわけかい」

「いいえ……この女を、裸にして、生き手本にしたんです。頭だけは、おいらんふうにしましたけどね」

新吉のことばに、城之介は、かたわらの女の子と、たこのはだか女とを見比べた。

一見十五、六だが、ジッと、城之介を見上げる目もとには、とても子どもとは思えぬいろけがあった。

「新吉……八丁堀代地の菊の家って店知ってるかい？」

「ええ……ときどき、遊びに行きます」

「相手の女は、なんて名だい？」

「おみねですよ。もう長いなじみなんです」

「近ごろ、いつ会った？」

「そうですねエ……暮れの二十九日の夜。帰ったのは、三十日の朝でした」

新吉は、なんのよどみもなく、スラスラと答えた。

「そのおみねが、殺されたぜ」

「え⁉　まさかア……」

スルスルッと、新吉の手から、糸がのびた。

「あ……若だんなのたこが、一番になりましたよ」

かたわらの女が、新吉に声をかけた。

「あ……そうかい……」

新吉は、急いで手を手繰《たぐ》ると、また、上から二番めの位置に、ピタリとたこを止めた。

「だんな……ほんとうですか？」

「ほんとうさ。波よけ八幡の境内で、くびり殺されてたんだ」

「いつです？　あたしはまだ、ほんとうのような気がしないんですけど……」

「けさだよ。百八ツの鐘がなってかららしいな」

「どうしてでしょう。おみねには、あまり悪い客はついていませんよ。四谷の隠居と、魚久と……あ——、割り下水の旗本屋敷にいる六之助……あの中間《ちゅうげん》だけは、おみねもきらっていましたよ」

「いやに詳しいじゃねエか」

「あたしが無理をいわず、あっさり遊んで帰るので、おみねも打ちとけて、いろいろ話をしたんでしょう」

かたわらの女が、また叫んだ。

「——若だんな！　たこが三番になりましたよ」

「おっと……」

新吉のあやつる糸に、はだか絵だこが、グーンと上へ上がった。

「新吉、おめえ、ゆうべはどこにいた？」

「寮にいましたよ」

「よーく思い出すんだ。川下のほうへ、初詣でに行きゃしなかったかい？」

「行きませんよ。その女が知ってます」

城之介が女に顔をむけると、コックリうなずき返した。

「若だんなは、朝まで寮にいらっしゃいましたよ」

「どうしてわかる？」

「だって……」

「おめえは女中べやで寝てたんだろ？」

新吉が、口を出した。

「――お春は、あたしに抱かれて寝てたんです」

「おい、この子はいくつだ？」

「明けて、十五ですよ」

「おめえはいくつだ？」

「だんな……それは、いやがらせですか？」

城之介は、ペッと、つばを吐き飛ばした。

「――お呼び出しがあるかもしれねエ。遠っ走りはできねエぜ……」

この間、兵馬はひとことも口を出さなかったが、土手へ上がると、ふーっとため息をついた。

「――いやな気持ちですなア。わたしは、あの新吉とお春という女を見ている間じゅう、男女の秘事をのぞき見してるような気がしましたよ」

「あたしゃもっときたねエものを見てるような気持ちだった。女のしりをひんめくって、しげしげとながめてるようなね」

ふたりは、吾妻橋近くに立って振り返った。――依然として、はだか女の絵だこは上から二番めのところに浮かんでいた。

その夜……市ガ谷のジク谷、つまり谷町の地獄宿に巣くっていたお辰《たつ》という女が、谷町念仏坂横の京月院という寺の墓地で絞め殺された。

お辰は、二十八の大年増《おおどしま》だが、おとめ島田に赤い布ぎれなどをつけて厚化粧をし、十八、九に見せかけていた。

初春らしく、鬢《びん》に、稲穂の髪飾りなどをつけているのも、一段と若々しく見せるためではあったろうが、殺されてみると、それも死出の装いとして哀《あわ》れであった。

だいたい、吉原をはじめ、名代の岡場所《おかばしょ》では、元日は客をあげず、二日を買い初《ぞ》めのしまい日としていた。

が……中以下の岡場所では、そんなことはいっていられなかった。――松の内こそ書き入れと、元日の夜からかせぎまくったものである。

お辰も、一年の事始め、今夜こそはと、縁起をかついで、腕によりをかけ、谷町のくらやみに立って、浮かれ男のそでを引いていたことであろう。

それが……ふつかの朝、京月院の寺男によって見つけられたときには、冷えきった死骸《しがい》になっていたのであった……。

手がかりは、何もなかった。ただ、検死に駆けつけた城之介を驚かせたのは、むざんにも女の首をうしろから絞めあげた殺し方が、おみね殺しとそっくりだったことであった……。

五

「――こいつア一段とやっかいだぜ、城之介……」

谷町の自身番で、由良三九郎が、同情するように城之介を見た。

「おみねのほうにゃ、ともかくなじみ客がある。そいつをたどれば、何かめっかるかもしれねエ。ところが、お辰は、軒下に立って、ひっぱってた。夜鷹みてエなものだ」

「女盛りといっても二十八……店にすわって客を待つという格じゃありませんからな」

「したがって、なじみなんてものもはっきりしねエ。ゆうべだって、京月院の軒下かなんかで、早いとこ男にラチをあけさせて、数をかせぐつもりじゃなかったのかな」

「たぶん、そうでしょう……」

自身番には、同心年寄りの早水茂太夫と高瀬儀右衛門、それから日下兵馬も駆けつけていた。

「――ことしゃ当たり年と思ったが、元日、ふつかと、ぶっ続けに商売女がふたりも殺されちゃ、ちーっと当たりすぎるようだなア」

儀右衛門がそういったが、だれも笑わなかった。

「城之介。見込みはどうなんだ」

茂太夫が、苦い顔でたずねた。

「お辰の首に、両手の指のあとが残ってます。その大きさが、おみねのときと同じように思われますが……」

「下手人はひとりだっていうのかい」

「女を社《やしろ》や寺へおびき出して、うしろから絞め殺す。同じ手口と考えちゃいけないでしょうか」

「とすると、色きちげエのしわざだ……」

三九郎が、口をはさんだ。

「色きちげエなら、まだまだ女が殺されますぜ」

「あたしゃ、それを心配してるんだよ」

茂太夫が、不安そうに一同を見まわした。

「だが、いくら心配しても、こいつア防ぎようがない。江戸の岡場所《おかばしょ》は、いったい、何カ所くらいあるんだろう？」

「おもなところが、三十三カ所」

城之介の答えに、茂太夫は、驚いたような顔をした。

「どうして、知ってるんだい？」

「読み売り屋が、初春の縁起ものに、おかしなものを売っております。〝色里三十三所むすこ巡礼〟てんですが、それによると、おみね殺しの八丁堀代地は二十一番の札所、このジク谷は十番の札所というわけです」

「それにしても、三十三カ所の岡場所を、六人の定町回り同心で、どうやって見張るんだ……さしあたって、土地の御用聞きを動かすよりテはないが、それでも万全とはいかない」

儀右衛門が、うなずいた——

「防ぎきれやしないな。守るほうにゃスキがあるが、ねらうほうにゃスキがねエ……とにかく、なんとかおみねとお辰の筋で、両方にかかわりのあるものを探ってみようじゃないか」

「たった一つ、ありますよ」

　三九郎が、儀右衛門に答えた。

「おみねの深なじみに、四谷の瀬戸屋の隠居がいた。ところで、このジク谷は、四谷からわずか四町ばかり……」

「ありゃアおみね殺しにかかわりはねエよ」

　儀右衛門が首を横に振った——

「きのう、あたしがあの隠居に当たってみた。おみねが殺されたというと、ホロホロ涙をこぼしやがった。いい年をしてさ。そして、おおみそかから元日の朝まで、一歩も瀬戸屋を出なかったといった。店のものも、これを認めてるんだよ」

が……城之介は瀬戸屋の隠居に会ってみることにした。——ジク谷は城之介の持ち場内である。おみね殺しの下手人を追う三保木佐十郎とかち合っても、お辰殺しの下手人を自分の手で上げたかったのである。

　城之介は、暗闇坂《くらやみざか》をのぼって、四谷伝馬町《てんまちょう》の通りへ出た。うしろから、例によって兵馬がついてきた。

「——千秋さん……あの男、きょうも、たこをあげてましたよ」

「向島へ行ったのかい？」

「気になるんですよ、あのたとえようもない陰惨《いんさん》な顔つきが……」

「やっぱり、おいらんのはだか絵の凧《たこ》かい？」

「それが、きょうは二つ上がってるんです。新吉と、あの子どもだかおとなだかわからんお春って女と、ふたり並んでたこをあげてましたよ」

「きのうは、上から二つめにあがってたが……」

「きょうも、新吉のたこは二つめ、お春のたこは四つめでしたよ」

やがて、瀬戸屋の座敷へ通された城之介と兵馬の前に、隠居は、手首に珠数《じゆず》をかけて現われた。

「――そりゃア、おみねの供養のためかい？」

「はい……あたしが代地へ遊びに行くのは、せがれや嫁も承知でしてね。ま、こうやって、おおっぴらにおみねの後生を祈ってやってるわけですよ」

「それにしても、ちょいと年が違いすぎたようだなア」

「だんな……こんなチョンガレ節をご存じですか？　――かむろに売られて十四の春から、みなさんお世話で店へは出たけど、評判ばかりで新造《しんぞ》の悲しさ、身につくお客はひとりもござらぬ、たまたまござればじいさまばっかり……」

「なるほど……」

「年をとりますとね、若い女じゃないといけません。張りきった年増《としま》じゃ、こちらのからだが参っちゃいますよ」

「寝わざのへたな小娘ほどいいわけか」

「さようさよう、女がほしいというより、老い込まないために遊んでるんです」

言いにくいことを、サラッといってのける隠居からは、暗いかげなど少しも感じられなかった。

「ゆうべ、ジク谷でも、女がひとり絞め殺されたんだよ」

「あたしは、ジク谷へは行ったことがありませんよ」

「すぐ近くじゃないか」

「近いから行かないんです。ジク谷の女は、四谷あたりも歩くでしょう。表でパッタリ顔を合わせて、――ちょっとご隠居……なんて声を掛けられちゃ、みっともよくありませんからねエ」

瀬戸屋を出た城之介と兵馬は、四谷ご門のほうへ歩きながら、どっちからともなく笑った。

「いいじいさまだ……」

「はア……昨日以来の、新吉からうけたうっとうしさが吹っ飛びました」

「あの隠居に、人殺しはできねエなア」

「できませんとも……」

「おみねのなじみで、会っていねエのは、魚久だけだが……」

「三保木さんが、調べておいでのでしょう」

城之介は、急にお葉に会いたくなった。——瀬戸屋の隠居のあけすけなことばに、ちょいとあおられたのかもしれない。

六

「——あれ、いやですよ、まっ昼間から……」

引き寄せられたお葉は、あでやかに結いあげた髷《まげ》へ手をやって、鬢《びん》の乱れを気にした。——その手つきが、またすさまじいいろけである。

「きょうは二日だ。姫はじめだ。われわれは、昔からのならわしにそむくわけにはいかねエだろう」

「ええ、そむくもんですか。おまえさんがそむくといっても、あたしが承知しませんよ。でも、それは晩までおあずけ……だってさ。いつお弟子さんがご年始に来るかわからないじゃないか」

「けッ！　かってにしやがれ」

「ま、これでも読んで、ひまつぶしをしてておくんなさい。そのうちに、日が暮れるわね」

　そういって、お葉がとり出したのが、なんと、〝色里三十三所むすこ巡礼〟……。

「いけすかねエ、こんなもの買ったのか？」

「買うもんかね。年始に来た町内の若い衆が、忘れていったんだよ」

「いやなものを見せやがった。せっかく忘れてたのに、きのうのきょうの人殺しを思い出したぜ」

「そういやア、両方とも、この番付にのってる岡場所だねエ」

「ジク谷と八丁堀……十番と二十一番さ。さてこの次はどこだろう？」

「まさか！　そんなに続きゃしないよウ」

「わからねエ。相手はいろ気ちげエらしい」

　城之介は、ジッと、刷り物を見つめた。

　――一番吉原五丁山おいらん寺……。いろっぽいおいらんの絵がかいてある。

ふっと、新吉のたこがまぶたに浮かんだ。——おいらんのはだか絵だった。

——あの野郎、なんだって、あんなたこをあげやがるんだろう……

——それに、きのうは、なぜ上から二番目にこだわってやがったんだろう……

「——だれかに、合い図を送ってるのかな？」

「え⁉　なんのこと？」

「たこだよ……」

そういってから、城之介は、首をかしげた。——合い図だとすると、どういうことになるだろう？　上から二番め……。

〝色里三十三所〟の二番が城之介の目を引きつけた。——二番は、浅草山小塚原《こつかはら》寺。ご詠歌は、名もこわき小塚原にもしおらしき花の色たちならぶかげ店……。

城之介は、首を振った。——たこと小塚原の岡場所と人殺しは、まったく結びつかない。たこと、人殺しと、ジク谷をつながなければ絵解きにならないのだ。

ジク谷は、番付では十番であった。

「——あッ！」

城之介が、ポンとひざをたたいた。

「そろばん玉だ！」

「いやだよ、このひとは……わかんないことばかりいってさ」

「そろばんの玉は、ひと並びいくつだ」

「決まってるじゃないか、上に一つ、下に五つ……」

「合わせて六つ。二番めの玉はいくつのことだ？」

「つまり、下の段の一番上の玉だね？　それは、一か十か百か千か万か、あとは知らないよ」

「けっこうだ、十なのさ。十番はジク谷だ」

城之介は夢中だった。

「――兵馬がいった。きょうはたこが二ツ。二番めと四番めだとね。さ、お葉、そろばんだ。上から二つ目は？」

「いまいったろ、一か十か百か――」

「よし！　上から四つ目は？」

「下の段でいえば三つめだから、三だよ」

「つまり、十三番めだ」

城之介は、番付をとりあげた。

十三番めは赤坂山田町寺……。ご本尊は客より先に寝釈迦如来《ねしやかにょらい》。ご詠歌が、

――さア来なと寝て帯を解きはだとはだゆもじ一重をままにさせけり……。

「――けッ！　ふざけてやがらア！」

その夜、城之介は、田町の岡場所に厳重な手配をした。兵馬を総大将に、針の嘉助《きすけ》と勘弁の勘八が副将格で、土地の御用聞きや下っ引きを伏せたのである。

そして、自分は向島の奈良屋の寮へ忍び込んだ。

「――ううん、いや……お酒はいやですよウ、若だんな……」

お春の声が聞こえた。――十五の小娘とは思われぬいろっぽい声だった。

城之介は、ソッと、からかみのすきまへ目を寄せた。

予期したことだったから格別驚かなかった。――ふとんの中で新吉が、裸にしたお春を抱きしめ、口移しに酒を飲ませていたのだ。そのまくらもとには、はだか女の絵だこが二つ並べてあった……。

と……、急に、お春がおとなしくなった。昏々《こんこん》と、深い眠りにおちたらしい。

新吉は、お春をソッと横たえると、静かにふとんを出て、帯を締め直し、忍び足でへやを出ていった。

数呼吸してから、城之介は、お春のそばへ寄ってみた。――いくらか盛り上がりかけた乳ぶさのあたりをつついてみても、お春は目を開かなかった。

「——魔酒だ！　野郎、眠り薬入りの酒を女に飲ませやがった……」

やがて女は目をさますだろう。そのときには、新吉はもどって、女の横で寝ている。女は、ひと晩じゅう、新吉が家にいたと信じていることだろう……。

城之介は、小柄《こづか》を抜いて、お春の内股《うちまた》をちょっと突くと、その小さな傷に矢立ての墨を入れた。

——のちのちの証拠にするためである。

城之介が表へ出たときには、もう、新吉の姿は見えなかった。

が……それから四半とき（三十分）ののち、かごで赤坂の田町岡場所へ駆けつけた城之介を、勘八が待ち受けていた。

「——やって来ましたぜ、野郎」

「どこへ行った？」

「麦飯をひとりくどいて、一ツ木《ひとつぎ》稲荷のほうへ連れてったようですよ」

女郎は、ヨネと呼ばれたことがある。——夜寝……であろう。ヨネとは、また米のことである。田町の女は、女郎より一段落ちた。つまり、米より格が下だから麦飯というわけだ。

「——行こう……」

城之介は、勘八を連れて、一ツ木稲荷へ急いだ。

と……、くらがりの中から、おおぜいの足音と、わめき声が聞こえた。

「――あッ！」

だしぬけに、黒い影が、城之介の前で立ち止まった。

「――新吉かッ！」

城之介が叫んだ。とたんに、黒い影が、奇怪な声をあげて、城之介にぶっつかってきた。

「バカ者ッ！」

城之介のこぶしが、影の横っつらをなぐりつけていた。

「――千秋さん！」

兵馬と嘉助が駆け寄ってきた。

「やっぱり、新吉でした！　もう少しで、あやうく女が、絞め殺されるところでしたよ」

竹川河岸のお葉の家に、眠そうな顔をした城之介が現われたのは、翌日の昼近くだった。

「――まあ、おまえさんたら！　昔からのならわしを忘れちゃったんだねッ」

「忘れるもんかい！　ウズウズしながら、女殺しのふてエ野郎を吟味してたんだ」

「じゃ、いろ気違いを捕えたの!?」

「それが、いろ気違いじゃなかったのさ……」

新吉は、女房と話がついて、この春、ふたたび奈良屋へもどることになった。ところが、菊の家のおみねと深く言いかわし、夫婦約束までしていたのだった。

「新吉はおみねにほれてやがった。が、奈良屋の財産は逃がしたくねエ」

「お金と女をてんびんにかけて、殺したんだね。なんて畜生だろうッ」

「そのうえ、二、三人、同じ手口で女を殺し、いろ気違いのしわざに見せかけようとした。野郎は、うぬぼれてやがったのさ、——みつかりっこねエ……とね。だから、はだか女の絵だこなんかあげて、町方役人をからかいやがった」

お葉は、ホッとため息をついた。

「ねエ、そんなことをするなんて、やっぱりいろ気違いなんだよ、その男」

「そうかな……ひと寝入りしてから、ゆっくり考えよう」

城之介は、お葉の手を握って、引き寄せた。

やぶ入り女房

一

「——おっといけねッ！」

目をひらいたとたんに、由良《ゆら》三九郎は、ピシャリッと横っつらをひっぱたかれるような気がして、眠けが一気に吹っ飛んでしまった。

雨戸のすきまを漏れる朝の光が、クッキリと、障子に明るい縞《しま》を描き出している。——日あしの様子から判断すると、とっくに六つ半（七時）を過ぎているようだ。

だのに……なんということだろう。女房の里江が、まくらを並べ、まだ一つふとんの中にいるではないか！

——武士たるものが、なんということだ！　女などというものは、必要なときにだけ呼び入れ、用が済めば、次の間の冷えきった寝床へ追い返してしまうべきものなのである。

それを、日が高く上るまで抱き寝しているなんて……まったく、とんでもない大失敗であった。

「――これ、里江……起きろ起きろ……」

三九郎は、小声ながらかみつくようにいうと、じゃけんに女房の腕をゆすぶった。

「あれ……どうなさいました？」

パッチリ目を開いた里江が、いろっぽい目もとで、ニッコリ笑った。

「どうなさいましたではないぞッ。夜が明けている、夜がッ」

「まア、ほんとうに……あれ、ごらんあそばせ」

里江は、子どものようにはしゃいで、障子にうつる光を目で追った。

「節穴からはいった光に、外のものが、さかさに写っております……ホホホ……あの赤いのは、庭先のナンテンの実でございますよ」

「くだらんことをいうなッ。みっともないぞッ。早く向こうへ行けッ」

「なにがでございます？」

「わしは武士じゃ。おまえは武士の妻じゃ。それがいつまでも一つふとんに――」

「よいではございませぬか、夫婦ですもの」

「バカ者ッ！　女中などは口さがないもの。こんなことが、となり近所へ聞こえてみいッ」

「まア……オホホホ……」

里江は、含み笑いをすると、三九郎の胸へソッと手を回した。

「お春は、おりませぬ」

「なに⁉」

「まア、お忘れでございますか？　きょうは十六日、やぶ入りでございます」

「あ！　そうか……」

三九郎は、ホーッと、ため息をついた。

「こいつ……それを承知で、わしにしがみついていたのだな」

「でも……朝まで抱かれていられるのは、春秋二度のやぶ入りの日だけではございませんか……」

「いやいや、いかんぞ。お春は出ていっても、小者《こもの》の六助がウロウロしてるかもしれん」

「ご心配には及びません。お春は明け六ツまえに出ていきました。女ひとり、物騒でございましょ。それで、渋谷村まで、六助をつけてやりました」

「この家にはわたしたちふたりだけというわけか？」

「お気にいりませぬか？」

三九郎は、左腕を里江の首の下へ押し込むと、荒々しく抱き寄せ、右手で女の寝巻きの前をかきわけた。

まったく、こんなことは、めったにできなかった。里江のいうとおり、さしあたって、春秋二度くらいのものかもしれない。

正月十六日と、七月十六日はやぶ入り……奉公人が一日の休みをもらって、親もと宿もとへ半年ぶりに帰る日であった。

本来、やぶ入りは町家の習慣で、武家では宿さがりというべきで、必ずしも、正月、七月の十六日とは決まっていなかった。

が……八百八町の町人の暮らしの中にとけ込んでいた町奉行所の同心たちは、いつか町家の習慣をとり入れるようになっていた。

「――こちらも朝っぱらから、とんだやぶ入りだぜ……」

そういって起き上がる三九郎を、乱れ髪をなまめかしくなでつけながら、里江が満ち足りたような、うるんだ目もとで見上げた。

それから小半とき（一時間）……。

「——ごきげんよう、行っておいでなさりませ……」

三ツ指をついて送り出す里江の澄まし顔に、三九郎は、ふん……と、鼻を鳴らした。

「——こういう日は、ドジを踏むかもしれねエぜ」

「おや、なぜでございましょう？」

「足もとに力《りき》がはいらねエからよ」

「あなた！」

三九郎は、ちょいと肩先で笑って家を出た。

が……まったくこの日はツイていなかった。

三九郎の持ち場は、日本橋北側から、内神田、両国、浜町かいわいである。その町内町内の自身番へ声を掛けていくのが役目だ。

「——番人……町内にかわったことはないか……」

そういうと、中から当番の町役人が飛び出してくる。

「——ご苦労さまでございます……町内変わりはございません」

「そうか……なおこのうえとも、火の用心など怠るなよ……」

というようなあんばいで、ズンズン次へ回り、持ち場をひとまわりしてしまうと、あとは、適当になじみの師匠のところなどで時間をつぶしておればよかったのである。

ところが、この日の三九郎は、持ち場へはいるなり、くらい酔った中僧のけんかにぶっつかったのだ。

これもやぶ入りのせいだろう。お店から一日のひまをもらって外へ出たお店者《たなもの》ふたりが、つい飲みすぎてハメをはずしたうえの、たわいもないけんかだった。

このふたりを堀留町《ほりどめちょう》の自身番にほうり込んだあとで、鉄砲町の裏長屋で、古女房ふたりのつかみ合いにでっくわした。

やぶ入りでもどってきた娘の衣装をおふくろが自慢すると、となりの女房が、

——まともな奉公であんな着物ができるもんか……といったのがけんかの始まりだった。

三九郎は、女ふたりを引き分けてしかりつけたが、心の中では腐っていた。

——けッ！　やっぱりきょうはいけねエ……里江のやつ、朝から持ちかけたりしやがって……。

三九郎は、雨戸のすきまをもれる明るさの中で取り乱した里江の白い四肢《しし》を思い出し、思わず口もとがくずれそうになるのを押しこらえながら、浜町河岸《かし》の富沢町へはいった。

そこに、三つめのくだらないできごとがまっていた。

「——あ！　だんな……ちょうどよいところへ……」

三九郎が声をかけると、飛び出してきた定番の町役人が、手をとるようにして、自身番の中へ連れ込んだのであった。

中には、近所のあくたれ小僧らしい子ども四、五人と、十七、八の気の強そうな町娘とが、にらみ合っていた。

「——どうしたのだ、いったい？」

「へエ、それが……」

町役人は、自身番の隣にころがっている三毛ネコを指さした。

「子どもたちは、あのネコは殺されたといい、この娘は、ネコを殺した覚えはないといって、いがみ合っているのでございますよ」

「たわけがッ」

三九郎は、腹の中の毒気を一度に吐き出すように、子どもをどなりつけた。

「——自身番へくだらぬことを持ち込むと、お奉行所へしょっぴいていくぞッ」

それから、がらになく優しい声で娘にいった——

「——どうしたんだな、いい娘っこが……春そうそう、ガキどもとけんかなどして、みっともねエじゃねエか……」

二

「——というようなわけだ。やぶ入りの日は、女房に気をつけなきゃいけねエぜ……」

南町奉行所の定町回り同心べやで、三九郎が若い日下《くさか》兵馬《ひょうま》に、けさからのできごとを物語って聞かせた。

同心年寄りの早水《はやみ》茂太夫《もだゆう》はじめ、年かさの三保木《みほき》佐十郎《さじゅうろう》、高瀬儀右衛門《ぎえもん》は外回りに出かけ、へやにいるのは、ほかに、千秋《ちあき》城之介《じょうのすけ》だけだった。

「は……ご教訓、ありがとうございます」

若い兵馬は、困ったように、赤くなって頭を下げた。

「ま……兵馬なんか、婚礼したばかりだから、奥方もおつつましやかだろうが、うちの女房くらいになると、なかなかたくましくなる。その手綱《たづな》をあやつる呼吸がなかなかむずかしい」

「ことに、お宅の奥方はごりっぱなおからだですからなア……」

そういう城之介を、三九郎が、憎々しげににらんだ。

「ふん……ひとり者に、この心持ちはわからぬ。いまはそのように、ノウノウとして、——お宅の奥方はごりっぱなおからだ……などというておるが、城之介、女房をもらってから、ベソをかくなよ」

「それより、由良さん、三毛ネコの一件はどうなりました?」

「いや、どうもこうも、バカバカしい話でなア。わしはお京——、自身番にいた娘は町医者甘利《あまり》道安《どうあん》のかかり人《うど》でお京というのだ、そのお京から詳しく話を聞いた。つまり、四つ半(十一時)過ぎに、道安が飯を食うているところへ、どこからか、三毛ネコがチョロチョロと出てきた。たまたま、膳の上に、かつぶしをかけた菜があったので、道安がネコにやった」

「ネコが、菜を食いますかな?」

「わしにネコの気持ちはわからんよ……ところが、庭から、へいの破れめを通って外へ出たネコが、コロリとひっくり返って、動かなくなった……と、子どもたちはいう。三毛ネコは、富沢町のさかな屋金五郎の家の飼いネコだったのだ。ガキどものうちで、いちばん口をとんがらせていたのが、金五郎のせがれで、六太郎という小僧だった。

「つまり、子どもたちは、道安がネコを殺したというのですね？」

「そういうわけだが、三毛ネコは死んでいなかった」

「え？」

「双方の話を聞いているうちに、ヒョコッと顔を持ちあげた三毛が、ニャオーッと鳴きやがった。もっとも、神武このかた、ネコはワンとは鳴かねエがね」

「お調べは、まずそれまで……というわけですか？」

「ネコが生きていたとなりゃ、もう調べることもねエ。――このバカ者どもッ！ネコは、犬にでも追われて、目をまわしていたのだッ。この後、ふたたびこのような人騒がせなことをいたせば、子どもといえども許さぬぞッ……というようなわけさ。やっぱりきょうは、ツイていねエやね……」

三九郎は、そういって、苦笑いをした。

が……このできごとは、そのままかたづいたのではなかった。

その夜、三九郎に誘われた城之介が、薬研堀《やげんぼり》の小料理屋で一杯やっているところへ、勘弁の勘八《かんぱち》が飛び込んできたのである。

「――だんな！　富沢町の道安てエ町医者が、毒殺されましたぜ！」

三九郎の手から、ポロリと杯が落ちた。

「い、いつのことだ!?」

「いましがた、弟子の直七って男が、富沢町の自身番へ飛び込んできたんです。いまは、五つ（八時）ちょいとまえですよ」

「城之介……いっしょに行くか？」

城之介は、うなずいて立ち上がった。

道安の家は、富沢町の中ほど、浜町河岸に向かって、かなり大きな玄関を構えていた。

その奥の間のふとんの上で、道安が血ヘドを吐いていたのである。――ガブッと、口もとから胸へかけて吐き出したおびただしい血のドス黒さは、明らかに毒を飲まされたことを物語っていた。

年のころはおよそ五十二、三……茶筅《ちゃせん》に結った髷《まげ》はなかば白くなっていたが、からだは、年に似合わずガッシリとしていた。

まくらもとに膳が置いてあり、その上には、酒と、二品三品、さかなが並べてあった。――道安は、寝酒を楽しんでいたらしい……。

へやのすみには、若い女がふたりと、男がひとり、恐ろしそうに、からだをかたくしていた。

男は弟子の直七……女のひとりは、お京で、もうひとりは、お京の姉のお浅……その身なりかっこうはどうみても人妻だが、年は二十一、二……道安の妻というには若すぎた。

「――なにもかも、はっきり申し上げちゃいなさいよ、ねえさん……」

お京が、歯切れのいい声でいった。

「ねえさんの口からいいにくかったら、あたしがいってもいい」

「そのほうが、てっとり早そうだな……」

三九郎が、道安の死骸《しがい》のそばから振り返った。

「――はい……ねえさんは、道安さんのおめかけでした」

「なるほど……しかし、本妻はいねエようだな」

「十年もまえに、なくなったんだそうです。あたしたちは、この裏の長屋に、おっかさんと三人で暮らしていました。そのおっかさんが病気になって、道安さんにみてもらって、そして死んじまったんです。あとに、薬代が十両近く残っていました」

「その十両を払えねエんで、お浅がめかけになったってわけかい?」

「ねえさんは、吉原へ身売りするつもりだったんです。でも、道安さんが、吉原でお女郎になって、幾十人もの見知らぬ男へはだを許す覚悟があるなら、自分のめかけにならんかといったんです」

「道理だな……千客まくらす白玉の腕《かいな》……というからな」

「だから、ねえさんも決心して、この家へ来ました。あたしを連れて」

「しかし、女郎にゃ年期というものがあるぜ。証文どおり働いていれば、いつかは自由のからだになる。めかけはそうはいくめエ」

「いいえ、年四両の約束で、十両の薬代を返すに、二年半という約束でした」

三九郎と城之介が、思わず顔を見合わせた。——年四両は、女中の給金の通り相場である。女中並みの金で、若い女をひとり自由にしようとは、甘利道安という男も、相当なやつだったようである。

「その約束は、いつ切れる?」

三九郎がたずねた。

「この四月いっぱいで……あと、三カ月余りだったんです。それだけしんぼうすればよかったんです。だから、道安さんを殺したのは、あたしたちじゃありません」

三九郎は、スーッと息を吸いこんで、城之介を見た。

「――そうは決められねエよ……」

城之介が、めんどうくささそうにいった。

「――伝馬町《でんまちよう》のお牢《ろう》を破ろうとするバカ者がときどきいる。驚いたことに、あとひと月か、ひと月半もすりゃ、ご赦免になって、牢を出られるやつが牢破りを企てるんだ。なにごとによらず、期限が近づくと、いらいらして、どうにもならなくなるのが人情らしいぜ」

「でも、ねえさんはけっして……」

「いいってことよ。これから吟味をすりゃ、万事はわかってくらアね……まず、三毛ネコのことから始めようか」

そういう城之介のことばに、お浅が、ギョッと顔をあげた。

三

「――お京ちゃん、直七さん……しばらく、あっちへ行っていてちょうだい……」

お浅は、ふたりを座敷から遠ざけると、スッと立ち上がるなり、クルクルクルと、帯をとき始めた。

やがて、ハラリと帯が落ちると、つづいて、しごきや、腰ひもまでとってしまった。

「――だんな……お恥ずかしいからだですけど、これを見ておくんなさいまし……」

そういうと、お浅は、スルッ……と、肩から着物を落として、腰巻き一枚になった。

――あ……三九郎と城之介は、ほとんど同時に、ゴクリッと、なまつばをのんだ。

みずみずしくあぶらののった女のはだに、縦横無数の赤アザは、まさしくむちでなぐりつけた跡であった。

「——お浅……道安は、そんな男だったのかい？」

「この家へ来て二年余り、アザのない日は一日もなかったんです」

「が……道安は、おめえが憎くて責めたわけじゃねエんだろ？」

「ええ……ピシッ、ピシッと、むちでたたいたあとで……」

「かわいい、かわいいと、そのはだをなめまわしたろ？」

お浅は、一月中ばの寒さの中で、ポッとからだを赤くしてうなずいた。

「でも、ふだんの日は、まだいいんです。直七さんや妹がいますから……それが、やぶ入りの日は……」

「ふたりっきりになるのかい？」

「ええ……直七さんは、実家へ帰るし、妹はこづかいを持たせて遊びに行かせるんです。そのあとで……」

「うん……わかる」

そういってから、三九郎は、ハッとしたように城之介を見た。

城之介が、ニヤリと笑った。

「あたしにゃ、よくわからねエよ。そのあとは……どうなんだ？」

「はい……雨戸を締めきって、あたしを素っ裸にして、家の中、むちを持って追っかけまわすんです。あたしは、死ぬようなめにあわねばなりません。おととしの春秋、去年の正月十六日も、盆の十六日も……あたしは、きょうという日が、こわかったんです」

「しかし、きょうは、お京も直七も家にいたじゃねエか」

「ふたりとも、お昼ごろから出かけることになっていたんです。ところが、急な病人があって……それが、小伝馬町の大店《おおだな》のだんなだったものですから、直七さんを連れていかんわけにはいかなくなったんです」

「着物を着なよ。カゼをひくぜ……」

城之介は、それから、ズバリといった――

「つまり、おめえは、早まって、道安へ毒薬を盛ったわけだ」

「いいえッ！」

着物をからだにまきつけたお浅が、必死の目で城之介を見つめながら首を横に振った。

「毒薬ではありません。眠り薬です、菜に振りかけたかつぶしに、眠り薬を混ぜておいたんです。それを、あのひとがネコに……」

「おめえのいっていることを信用するぜ。――ネコは、死ななかった……毒薬でなくて、眠り薬だったんだろう。幸か不幸か、ここにゃいろんな薬があるからな」

「あたしも、いろいろとてつだいをさせられているうちに、薬のことを覚えました」

「もう一つ聞きてエ……かつぶしに眠り薬を混ぜたこたア、お京も知ってるのかい？」

「いいえ……知らないはずです。——やぶ入りの日がこわいから、あのひとを眠らせよう……なんて、恥ずかしくて、妹にだって相談できなかったんです」

「——お京を呼んできてくれ……」

お浅が出ていくと、城之介は三九郎を見た。

「どう思います？」

「お浅はほんとうのことをいってると思うね」

「お京はどうです？　自身番で、子どもたちと三毛ネコのことでいがみ合ったのは、お浅ではなくて、お京でしたな」

「あ！　じゃ、お京は、お浅のやったことを知っていたってわけか……」

城之介がうなずいたとき、お浅がはいってきた。

「――お京は、裏の左近《さこん》先生のところへ行ったそうですから、いま直七さんに呼びに行ってもらいました」

「なんだい、その左近先生てなア」

「裏の長屋で手習いの師匠をしておいでのご浪人ですけど、以前あたしたちと隣どうしでしたので、何かと相談相手になってくださいます」

そのときまで、腕組みをして考えていた三九郎が、ふっと顔をあげた――

「道安の酒肴《しゆこう》のしたくはだれがする？」

「あたしです……でも、お酒に毒を入れるのは、この家のものなら、だれでもできます」

「お京もかい？」

「できるはずです。でも、妹が、そんなことするはずがありません」

「じゃ、直七だというのかい？」

「そうは申しません。でも、道安さんは小伝馬町のお店《たな》から帰ってくると、直七さんをへやに呼び込み、いつまでもお小言をいっておいででした」

「どんな小言だ？」

「よくわかりませんけど……五十両ということばが、幾度も聞こえました」

そこへ、お京がソッとはいってきたので、お浅をへやから出した。

「――お京……」

三九郎が、じっとお京の目を見た。

「はい……」

お京が、ふっと、目をそむけた。――さっきまでの向こうっ気の強そうな様子とは、ちょいと違ったしおらしさだった。

「きょうの昼間、自身番で会ったな。おめえ、どうして、町のガキどもと、あんなに、ムキになって言い争ったのだ？」

「そ、それは、うちで毒を飲ましたといったからなんです」

「つまり、お浅が、菜へかけたかつぶしに眠り薬をまぜたことがバレちゃまずいと思ったからだな？」

「だんな！」

お京は、ハッとしたように顔をあげた。

そのとき……勘弁の勘八が、ソーッと、困ったような顔を突き出した――

「――だんながた……裏木戸ンところで、直七がわき腹を……死んでますぜ……」

四

由良三九郎は、死骸《しがい》の傷口へ指を入れてからまゆを寄せた。——自分の持ち場の人殺しだから、しかたなく傷を調べたのだ。

三九郎は、抜いた指をふところ紙でふき、さらに、ペッとつばを吐きかけて、しみこんだ血潮を、ゴシゴシとこすった。

「——深い……ひと突きで、それも、声もたてず息が切れたろうな」

「刃物は?」

千秋城之介がたずねた。

「刃が上に向いていたようだ。刀ではない。匕首《あいくち》か、小型の出刃——ま、アジ切りあたりかもしれんな」

三九郎と城之介は、勘八のさし出すちょうちんの光に照らされた直七の死に顔を見おろした。——直七のからだは、上半身がくぐり戸の内側、下半身が、戸口の外にあった。

「くぐり戸をあけ、中へはいろうとした瞬間、刺されたというわけですな」

「とすると、どういうことになるんだい？」

「直七のゆだんを見すまして刺した……女でも、やれそうですな」

「困ったことに、そういうわけだ。この殺しは、男にも、女にもやれる……」

ふたりは、死体の処置を勘八に命じて、座敷へもどった。

家の中にも、死骸があった。——毒死した甘利道安のなきがらである。

そのかたわらに、お浅、お京の姉妹と、二十六、七の浪人者がすわっていた。

「——左近先生だね……？」

城之介が、浪人者へ、きさくに話しかけた。

「狭山《さやま》左近です」

「よろしければ、大小を拝見したいが……」

「どうぞ……じゅうぶんにご覧ください……」

左近は、ひざわきの大刀をとりあげ、それに、差していた小刀を添えて出した。

刀には、血ノリのくもりも、あぶらも浮いていなかった。

城之介が刀を返すと、三九郎が、左近へ声をかけた。

「少々、ものをうかがいたいが……」

「なんなりとも……」

その間に、城之介はお京の案内で、直七のへやへ行った。――納戸《なんど》に続く薄暗いへやで、甘ずっぱいにおいがたちこめていた。

「このにおいの中で、直七は寝ていたのかい？」

「ここは、半分が直七さんのへや、半分が薬草の置き場だったのです」

つまり、直七は、薬草の中で寝ていたわけである。

押し入れの中に、柳行李《やなぎごうり》が一つはいっていた。それが、直七の荷物の全部だった。

「立ち会ってもらおうか……」

城之介は、お京にてつだわせて、行李の中の品物を一つ一つとり出した。――品物といっても、着替えが五、六枚、そして……。

「――あら！」

お京が驚きの声をあげた。――いちばん下から、色あせた女の長じゅばんが一枚出てきたのである。

「これに覚えがあるのかい？」

「はい……」

「おめえのじゅばんかい？」

「いいえ……ねえさんの……いつでしたか、見当たらないので、どこへまぎれ込んだのだろうといって、捜したんですけど……」

「直七が、隠してたってわけか……」

が……その長じゅばんをとりあげたとたん、さらに驚くべきものが現われた。

――長じゅばんの間から、チャリンチャリンチャリンと、幾枚かの小判が落ちて散らばったのであった。

「数えてみな……」

「三十両です」

「直七の給金はいくらだった？」

「年七両でした」

「年七両の薬籠《やくろう》持ちが、三十両ためるにゃ幾年かかる？」

「直七さんがここにいたのは三年足らずです」

「勘定が合わねエなア……」

城之介は、散らばっている小判をかき集めて、一枚一枚をていねいに見た。

「――こいつア一枚あずかっとくぜ……」

城之介は、小判を一枚ふところへ入れると、さらに行李の底をかきまわした。

「――なんでエ、こりゃア……」

　そういって、二、三冊の絵草紙をひっぱり出した。

「――あれ！　それは……」

　お京が、ポッと、ほおを赤くした。――三冊とも、怪しげな絵を色刷りにした春情本だった。

「おめえ、これにも見覚えがあるようだな」

「いいえ……そうじゃないんです」

　お京は、スーッと息を吸いこむと、おこったような顔を城之介へ向けた。

「いつだったか、このへやへおそうじに来ると、畳の上に、その本が伏せてあったんです。なにげなく手にとってハッとしたところへ、直七さんがはいってきました。そして……」

「そして？」

「それだけですよ。――あ……お京さんか……そういって、困ったように笑いながら、その本をわたしからとり上げました」

「いつのことだい？」

「ついせんだって。暮れのことでした」

「これも、おれが預かっとくぜ……」

城之介は三冊の春本をふところへ入れてへやを出ると、三九郎やお浅がいるところへもどった。

「――きょう、道安が直七を連れて見舞った小伝馬町の大店ってエのはどこだい？」

「はい……二丁目の大和屋さんですけど……」

お浅は、いぶかしそうに城之介を見上げた。

「商売は？」

「呉服問屋さんです。尾州《びしゅう》さまの御用達ということでした」

御用達とは、公儀や諸大名屋敷へのお出入り商人のことであった。

城之介は、三九郎を呼ぶと、ソッと、小判を出してみせた。

「直七が、これと同じものを三十枚持っていました。丸に〝お〟の字の刻印が打ってありますよ」

「丸に〝お〟？」

「尾張……つまり、尾州家の刻印小判です」

「ああ、そうか……小伝馬町の大和屋とやらは、尾州家の御用達といったッけ」

「あたしはちょいと、小伝馬町へ当たってみます」

「じゃ、あたしゃ、狭山左近てエ浪人者を絞め上げてみる」

「左近を？」

「野郎、どうやらお浅と、ただの仲ではないらしい……」

そういって、三九郎は、ニヤリと笑った。

五

小伝馬町の大和屋は、もとより、大戸を降ろしていた。——すでに、五つ半（九時）を過ぎていたのである。

「——手代の和助でございます。どのようなご用でございましょう……」

そういう若い男を、城之介は、ジロリとにらんだ。

「たいした見識だなア。この家じゃ、お上御用の定町回り同心に、手代が応対するのかい？」

「いえ……けっして……」

男は、卑《いや》しげな笑いを浮かべてもみ手をした。

「番頭は通いで、六つ半（七時）には帰りますので」

「おれは、番頭に会いに来たのじゃねエ」

「存じております。が……主人大和屋三右衛門《さんえもん》は、病気でして……」

「知ってるよ。富沢町の道安が見舞ってるんだってな……当年いくつだい？」

「明けて、六十六歳でございます」

「むすこは？」

「三年まえになくなりました」

「女房は？」

「若ご新造《しんぞ》でございますか？」

「あ……むすこの嫁がいるんかい。それに会おうじゃねエか……」

城之介は、しばらくのあいだ待たされた。——一月の中ばだというのに、火ばちには火のけがなく、茶も出されなかった。

「——お待たせいたしました……梶《かじ》でございます……」

やっとのことで、女がはいってきた。——二十六、七……まゆのあとの青い、しもっぷくれで受け口の、いい女だった。

「さっそくだが、おかみ……あたしゃ、頭の中までつむじ風が吹き抜けてるようで、寒くってかなわねエ」

「あ……あいすみません。あいにくきょうはやぶ入りで、召し使いのものがいないものですから……」

「あー、そうだった。すっかり忘れていたよ」

「よろしかったら、わたしの居間へ。おこたがはいっておりますから」

「悪いが、そうさせてもらいてエな……」

お梶のへやへはいったとたん、城之介は、フッとまゆを動かした。——かすかだが、酒のにおいが漂っていたのである。

「あー、生き返ったような気がするぜ……」

城之介は、こたつに手足を入れて、かたわらにキチンとすわっている女を見た。

——ひざがもり上がり、胸が豊かで、暖かそうな女である。

「富沢町の道安には、ずっとかかっているのかい?」

「はい……でも、きょうはひと月ぶりで来ていただきました」

「三右衛門の病気はなんだい?」

「痛風とかで、立ち居ふるまいが自由でございません」

「道安への支払いは、どれくらいだい?」

「は？」

「尾州家の刻印金で支払ったことがあるかい？」

「は？」

「甘利道安と薬籠《やくろう》持ちの直七が殺されたぜ」

「えッ⁉」

矢つぎばやに、ポンポンと口から飛び出す城之介のことばに、目を白黒させていたお梶が、サッと青ざめた。

「道安先生が⁉」

「道安は毒殺だ。直七はわき腹をえぐられていた」

「では……では、道安先生が直七さんを殺して、ご自分は――」

「毒をあおったというのかい？」

「違うのでしょうか？」

「心当たりがあるのかい？」

「い……いいえ……」

城之介は、こたつの上へ、ポンと一両小判をほうり出した。

「尾州家の刻印金だ……知ってるはずだな？」

「そ、それは……、ち、父の薬代……」

「三十両だぜ。幾年払いをためてたんだい？」

「いいえ……痛風によくきくオランダ薬があるということで、お渡ししました」

「いつのことだい？」

「と……十日ほどまえに……」

城之介は、炬燵《こたつ》から出ると、ポンとひざ前をたたいた。

「うそは、もっとうまくつくものだぜ」

「えッ!?」

「道安がここを見舞ったのは、ひと月ぶりだといったじゃねエか」

「あ……それは、こ、こちらから、道安先生のお宅へ、とどけたので……」

「持ってったのはだれだ？」

「て、手代の……和助でした」

「なるほど……しかし、その三十両が、どこから出たと思う？　直七の行李の中からさ」

城之介は、障子をあけて、廊下へ出た。

「もっとゆっくり話してエ。あす四つ（十時）富沢町の自身番へ来てもらおうか

「……」

　そう言い残して大和屋を出る城之介を、手代の和助が、あわてて送りに出てきた。

「――ご苦労さまでございました」

「和助といったな？」

「はい……」

「生国《しょうごく》はどこだ？」

「あたくしは、江戸でございます。下谷《したや》二長町《にちょうまち》の生まれで……」

「下町っ子だな。あす四つ……お梶といっしょに、富沢町の自身番へつらを出すんだ」

　外へ出た城之介は、富沢町へもどる途中で、勘弁の勘八にでっくわした。

「あ、だんな……由良のだんなが、狭山左近とお浅を、茅場町《かやばちょう》の大番屋へしょっぴいていきましたぜ」

「お浅が道安に毒を盛り、左近が直七のわき腹をえぐったというのかい？」

「そのとおりなんで……お浅と左近は、お浅が道安のめかけになるまえからできていた。そのことをかぎつけた直七が、お浅をおどかして抱っこしようとした。

直七は、お浅にぞっこんほれてたらしいんですよ」

「そうだろう、お浅の古じゅばんを、宝物みてエに行李にしまい込んでたほどだ」

「そうですってねエ……ところが、お浅は直七のいうことを聞かねエ。そこで、直七が道安に、左近とのことを告げ口した。道安は、女のからだをいためつけて喜ぶ淫乱《いんらん》じじいだ。きょうのやぶ入りに直七とお京を外へ出したあとで、左近のことをタネに、ミッチリ、お浅のはだを責めようと考えていた。ところが、お浅は、このうえ責められちゃ命があぶないてンで、先手を打った……とね、こういうわけですよ」

「お浅が白状したのかい？」

「いいえ、由良のだんなが、そう考えたんです」

城之介が、クルリと、きびすを回した。

「帰るぜ、おれは……」

「いいんですかい、お浅のことは？」

「由良さんの持ち場でおこった人殺しだ。おれが文句をつけることはねエ。ただ……そうだ、勘的、大番屋までひとっ走り頼まれてくれ。――お浅と左近のご牢送りは、あすの昼ごろまで待ってくれ……となあ、由良さんに伝えてくれ……」

しばらくして、城之介は、竹川河岸のお葉の家の二階に上がっていった。

お葉は、ふとんの中で腹ばいになり、人情本を読んでいた。

「――けッ……だんなさまがからっ風に吹かれて、御用繁多《はんた》だというのに、いいご身分だぜ」

「憎い口だねエ。ごらんな、この〝梅ごよみ〟のセリフ。男と女が抱き合って夜着をかぶってさ、――ビロードは冷たいねエ……だってさ。それに比べりゃあたしなんか、来てくれるかどうかわからぬおまえさんを待って、こうしてふとんをあっためてる。情があるって、ほめておくんなさいよ」

「ふン……〝梅ごよみ〟か。それより、これのほうがいいだろう」

城之介は、ふところから春情本を出して、お葉の前へほうり出した。

「おや、いけすかない！　こんなもので、あたしの気をそそるつもりかい？　よしておくんなさいよ。十九《つづ》や、二十《はたち》の娘っ子じゃあるまいし……」

「あー、そういうわけだったのか……」

お葉が、ポカンと城之介を見上げた。

「なんのこと？」

「いや……こっちの話だ……」

城之介は、直七の考えがわかったような気がした。——直七がお浅にほれていたことは、行李にかくしてあった古い長じゅばんからでもわかる……。

——あの野郎、この春本でお浅の気をそそるつもりで、わざとへやに伏せておいた。ところが、お浅でなくて、お京に見られてあわてやがったんだ……。

——待てよ……。

城之介は、ジッと腕を組んだ。

「——ねエ、どうしたのさ。カゼをひくじゃないか……」

「お床急ぎする奥方だな。ちょいといま、だいじなことを考えてるんだ」

城之介は、フーッと、大きな息を吐き出した。

きのどくだが、由良さん、眼《ガン》が違ったようだ。直七は、お浅と左近のことを知っちゃいなかった。だから、春本なんかでお浅をつろうとしたんだ……。

そう考えてから、城之介はふとんの中へもぐり込み、お葉を抱きしめた。

とたんに、お葉がからだをちぢめた——

「あー、冷たい足だねエ……」

六

次の朝、勘八がお葉の家の格子戸《こうしど》をたたいたのは、まだ夜が明けきらぬうちだった。

「――だんなッ！　だんなッ……大和屋の若おかみが首をつりましたぜッ……」

その声に、城之介は、二階からすっ飛んで降りた。

「だれが知らせたんだッ⁉」

「和助って手代ですよッ。だんなあての書き置きがあったんでさア」

城之介は、勘八が差し出すお梶の遺書を、ひったくるようにして目を通した。

「――どうしたの、おまえさん？」

お葉も、二階から降りてきた。

「――大和屋って小伝馬町の呉服屋の若後家が首をくくった。こう書いてある。

――亭主に死なれて三年、一生後家を通すつもりだったが、からだがいうことをきかなかった」

「いくつなのさ、そのひと？」

「二十七、八……」

「無理はないねエ。ないしょで男をこしらえたんだね？」

「そして、腹に子どもがはいった。そこで、こっそり、こころやすい医者の甘利道安に頼んで、やみからやみへ流してしまった。ところが、ひと月ほどまえに、道安の薬籠持ちの直七って男が、道安の手紙を持ってきた。――三十両ほしい……と書いてあった」

「ゆすりだね」

弱みがあるから、女は三十両、直七に持たせて帰した。ところが、また三日まえに直七が手紙を持ってきた。こんどは五十両と書いてあった。

「ゆすりってのは、きりがないからね」

「とうとう腹にすえかねて、女は道安を呼んで責めた。すると、医者は、驚いた。何も知らなかったんだ」

「ちくしょうッ！　その薬籠持ちのしばいだね」

「女にも、はじめて事情がのみ込めた。ところが、その夜、医者の道安は毒死、直七はわき腹をえぐられて死んだ。そのことを知った女は、ハッとした。道安が直七を刺し殺し、自分は毒をあおった……と考えたのさ。しかも、まえに渡した三十両の刻印から、町方同心が調べに来た」

「おや！　かわいそうに……おまえさん、その後家さんを、いじめたんだね？」

城之介は、ジッと考えた。

「何も死ぬこたアないじゃないか。亭主は死んでるんだ。間男《まおとこ》したってわけじゃねエ。赤い信女がはらむこたア世間さまご承知だ。それに、直七を殺したなア道安じゃない。直七は道安が死んでから――」

城之介が、ふっとことばを切った。

「どうおしだえ？」

「きのうがやぶ入りだってことを思い出したのさ……勘的、由良さんへも知らせろ。小伝馬町は三九郎だんなの持ち場だ」

それから四半とき（三十分）後……城之介は、大和屋の奥の間で、痛風で寝込んでいる三右衛門から事情を聞いていた。

「――お梶が腹の子を流したなんて、初耳でございますよ。どうにも信じられません。この夏まえに、祝言《しゅうげん》をすることに決まっていたんです」

「手代の和助とかい？」

「とんでもない！　上方の呉服問屋へ奉公している次男がもどってくるんで……

兄が死んで、その嫁と夫婦になる。よくあることでしょう」

「その話は、いつから決まっていた？」

「もう、二年越しのことです」

「この家の金箱は、お梶にまかせてあるのかい？」

「いいえ……あたしが押えています」

城之介は、病間を出ると、お梶が首をつった裏庭へ行った。

お梶は、枯れ木のように葉の落ちつくしたカキの幹に、赤いシゴキを掛けて、くびれていた。

三九郎が、寝不足な顔で、ふきげんそうに死体を見ていた。その横に、手代の和助が立って、何か、三九郎に説明していた。

朝明けの冷え込みに、土は霜柱《しもばしら》に持ちあげられてボコボコになり、お梶の死体が寒々として哀《あわ》れだった。

城之介は、ツカツカッと近づいていくと、だしぬけに和助の横っつらを張り飛ばした。

「あッ！　な、なにをなさいます」

「お定書き百ケ条を知ってるかッ。主人の女房と密通したやつは引きまわしのうえ獄門だッ」

「で、で、でも……」

和助は、ゴクリッとのどを動かした。

「ご、ご新造《しんぞ》は、後家でしたから――」

「ふん……次男坊の嫁と決まったことを知らなかったとはいわせねエぜッ。百ケ条のなかにゃ、主人の娘と密通した野郎をどうするか、縁談のととのった女とねんねした男をどうするか、ちゃーんと決まってらアね。そのどれにもおめえはあてはまる。そのうえ、もう一つ、薬籠持ちの直七殺しの下手人だッ」

和助が、ヘタヘタッと、お梶の死骸の足もとにすわり込んでしまった。

その日の昼過ぎ、同心べやで二人きりになるのを待って、日下兵馬が城之介のそばへ寄った。

「和助に眼《ガン》をつけたわけかい？　そりゃ三九郎だんながきのう教えてくれたのさ。――やぶ入りで奉公人がいねエときにシッポリ楽しむ……てね。そのやぶ入りなのに和助は大和屋にいた。野郎は下谷二長町に実家があるんだぜ。なぜ帰らねエ？　お梶とふざけるためさ。女のへやに、プンと酒のにおいがした」

「で……道安殺しは？」

「直七さ。大和屋の後家をゆすったことがバレたんで一服盛った。昼間の眠り薬の一件から、お浅が縛《しば》られると考えたんだろう。恋の意趣ばらしと、一石二鳥をねらったわけさ」

「その直七を、和助が刺したんですね?」

「そうなんだよ。金箱は三右衛門が押えていて、二度めのゆすりの五十両がつごうできない……と、お梶に泣かれたからさ」

それから城之介がシンミリといった――

「――女って哀れだねエ。自分は死んでも、男を助けたかった。お梶は書き置きに、和助のワの字も書いちゃいねエよ……」

二百両の女

一

「――熱ッ！　あつつつ……」

お葉が、胸を抱きしめるようにして、頭をのけぞらせ、白いノドをヒクヒクと動かした。

「動くな、動くな！　もうしばらくのしんぼうだ……」

線香を持った千秋城之介《ちあきじようのすけ》が、いたずらっぽく笑いながら、お葉の向こう脛《ずね》からあがる煙をながめている。

――灸《きゆう》すんでよき茶をいるる二日《ふつか》かな……きょうは二月の二日、春の灸を三里へすえる日だった。

「だって、おまえさん！　熱いッ！　あー、どうしてこんなに熱いんだろうねエ」

「がまんしな……おれからいいだしたことじゃねエんだぜ。おめえがすえてくれと……」

「そりゃそうだけどさ。おまえさん、きっと、モグサを堅くしすぎたんだよ」

お葉は、横すわりになり、片足のすそをまくりあげたいろっぽい姿で、まゆをしかめた。

「千秋さん！」

だしぬけに、下から日下《くさか》兵馬《ひょうま》の声が聞こえてきた。

「おいでですか？　千秋さん……」

「おー、いるぞ。上がれ上がれ……」

お葉があわてた。

「ちょっと、おまえさん！　あたしゃ、こんなかっこうだよ。待ってもらっとくれよ」

とたんに、へへへ……と、気味の悪い笑い声が伝わってきた。――階段の上がり口で勘弁の勘八《かんぱち》が、ピシャリとおでこをたたいていたのだ。

「――バカア！　なんだい、そのかっこうは……」

「ねえさん……いや、これはこれはおむつまじい」

「何をいってるんだよ。日下さんは？」

「おきのどくに、ここでマゴマゴしていらっしゃいますよ」

さいわい、灸の火が消えていた。

お葉は、急いですそをなおすと、迎えに行った――

「いやですねエ、日下さん……なまじっか遠慮されると、かえってきまりが悪いじゃありませんか」

「はア……別に用事があるわけではありません。出直してきましょうか」

「いいんですよう。もう済みました」

城之介も、笑いながら、兵馬と勘八を迎えた。

今月は、南町奉行所が裏番に当たっていたのである。

南北両町奉行所は、隔月に江戸の町々の取り締まりに当たっている。つまり、南町奉行所は一月が月番、二月は北町奉行所……というわけであった。

が……裏番だからといって、休みというわけではない。一カ月間に取り扱ったいろいろのできごとを、翌月一カ月がかりで結末をつけるのである。したがって、月番の町奉行所は、正門を開いていたが、裏番のほうはくぐり戸だけをあけており、奉行はじめ与力、同心は月番のときと同じように出仕《しゅっし》していた。

しかし、裏番になると、やはりノンビリする。ことに、定町回りの同心たちは、この一カ月間、北の同僚が回ってくれるから、気が楽であった。

されぱこそ、ウラウラとのどかな二月の真っ昼間から、千秋城之介が竹川河岸《がし》の富本節けいこ所の二階で、かわいい女に二日灸をすえてやるといったようなことにもなるのだった。

「だけど、ねえさん……まったく、惜しいねエ」

勘八が、お葉を見つめて、ため息をついた。

「なにが惜しいのさ?」

「そのまっちろなあんよに、やいとなんかすえるなんて――」

「ちぇッ！　お灸といってくれよ。やいと……だなんて、モッサリしてるじゃないか」

「どっちだっていいですよ……うちのだんなもだんなだ。いくら春の日が長いからって、もうちっと、気のきいた遊び方があるでしょう」

城之介が、クスリッと笑った。

「どんな遊びだい?」

「そりゃア……ちょいといえませんよ。だけど、男と女がふたりっきりでする遊びといえば、たいてい察しがつきそうなもんじゃありませんか」

「バカ野郎……」

城之介はお葉に酒を命じておいて、ふたたび勘八へ顔を向けた。

「二日灸を遊びだと思ってやがる」

「だって、ねえさんは、どっこも悪かアねエじゃありませんか」

「――四十以後のひと、身に灸を加え三里を焼かざれば、上気のことあり、必ず灸をすべし……とね、〝徒然草《つれづれぐさ》〟にも書いてある」

「そういうむずかしいことは、はばかりながら勘八さんにゃ通じませんよ」

「――身あがりも二月二日はうぬがため……って川柳はわかるか？」

「身あがりっていうからにゃ、女郎のことですね？」

「そういうわけだ。二月の二日は、からだを元手の女郎たちは、一年無病息災で客をとれるようにと三里へ灸をすえる。が……困ったことにゃ、この日一日、男女の交わりをすると灸がきかねエ。しかたがねエから、自分で自分に花をつけ、つまり身あがりして一日だけ勤めを休むってわけだ」

「そいつアだんな、おきのどくですねエ」

「何が？」

「だって、ねえさんのお灸がきくためにゃ、だんなはひざっ小僧抱いて寝なきゃならねエ」

「いやな野郎だなア、おめえッてやつは……」

城之介は、お葉と顔を見合わせて苦笑いをした。

「しかし、千秋さん、ほんとうに二日灸はきくのでしょうか？」

兵馬が、まじめな顔でたずねた。

「なアに、正月七日の七種粥《ななくさがゆ》、土用の丑《うし》の日のウナギ、冬至《とうじ》のゆず湯みてエなものさ。格別ききめにゃ違いはないやね……それとも、兵馬、灸がきけば、奥方へすえてやるつもりかい？」

「はア……どうも近ごろ、いささか高ぶりがひどいようなので……」

城之介が、大きな声で笑った。

「そいつア、兵馬、灸じゃだめだ。おまえさん、もっと奥方をかわいがらにゃいけねエ」

「は？　わたしは別に……」

「じれってエなア！　つまり、おまえさんだけが女を楽しんじゃいけねエ。奥方も男を楽しみ、満足させてやらなくちゃ。奥方の高ぶりは、おまえさんの努めっぷりが足りねエんじゃないかねエ」

「お、恐れいります」

お葉が、ぷっと吹き出した。

「およしよ。日下さんが、困っておいでじゃないか」

「おれも困ってたのさ。こういうことは、なかなかうまくいえねエからなア……ところで、兵馬、なにか用があったのかい？」

兵馬は、ホッとしたように、大きく息を吸いこんだ。

「実は、どうしてよいのか、困っているのです。けさ、四谷塩町一丁目の町役人が、屋敷へ来ました。きのうから、塩町の通りに、早桶屋《はやおけや》が店を開いたというのです」

「はてね……」

城之介が首をかしげた。

「塩町一丁目……？　あのあたりに、新規に店を出せるようなあき店があったかなア」

「浪花屋という古道具屋があったでしょう？」

「あー、あった。確か、亭主が半年ほどまえに死んだ。そうかい、あの店があいたのか」

「いや……浪花屋の後家が、早桶屋を始めたんです」

「ヘエー、商売替えしたのかい。しかし……ありゃア、通りも通り、内藤新宿から甲州街道へつながる表通りだぜ」

「ですから、町役人がそろってわたしの屋敷へ来たのです。大通りで早桶屋を始められちゃア困るって……」

　すると、勘八が、げんこつで鼻の下をこすりあげた。

「けッ！　かんべんならねエ。品川から千住。日本橋から四谷大木戸……八百八町の表通りに早桶屋のねエのが江戸の自慢だ。ねエ、だんな、将軍さまのおひざもとですぜ、江戸で指折りの大通りに、縁起でもねエ、早桶屋が店を出されてたまるかってんですよ」

　兵馬が、うなずいた。

「千秋さん、町役人一同も、いま勘八がいったと同じことをいってるんです。もし、お上《かみ》でお取り締まりが願えないなら、町内の若い者たちがなにをするかわからない……とも申しています」

「そのことばは許せねエぜ。まるで、お上をおどかしてるようなもんじゃねエか」

「わたしも、しかりつけましたが、もう一つ、市ガ谷と千駄《せんだ》ガ谷《や》にある二軒の早桶屋も騒いでいます」

「商売ができたからか？」

「いえ、けさ夜明けまえに、この二軒の戸口に浪花屋の後家が相撲膏《すもうこう》をはっていったというのです」

「なんだい、そりゃア⁉」

城之介があきれて兵馬を見ると、横でお葉がニッコリ笑った――

「おまえさん、知らないの？　水茶屋などではよくあるいたずらさア。それ、商売がたきから、お客を吸いとる……というまじないなんだよ」

二

裏番だが、ほっておけないと考えた城之介は、兵馬と連れだって四谷へ出かけた。

なるほど……十日ほどまえまでは、首のとれたおひなさまや、まがいものの応挙《おうきょ》の軸などを飾りたてていた浪花屋の店は、すっかり模様が変わって、一番、二番、大一番など、いろいろの早桶が並べてあった。その横に積み上げてある葛籠《つづら》には、経帷子《きょうかたびら》など死出の装束《しょうぞく》が入れてあるのであろう。

——早桶と経帷子ひと組みそろって二朱……それが江戸の通り相場だった。二朱といえば、米が二斗五升、酒なら上酒が三升、灯油は二升買えた。けっして安い値段ではない。

店の前には、町内のものらしい男が七、八人、肩を怒らせて立っていた。中で、その応対をしているのが、意外にもズングリ太った和尚《おしょう》だった。和尚のかたわらに、二十四、五の男がいたが、これは、ジッと、うなだれている。

「——あ……お役人さまだ……」

男たちは、あわてて道を開いた。

「これはこれは……お見まわり、ご苦労でござるな……」

和尚が、鷹揚《おうよう》に、城之介たちを迎えた。——神社仏閣に関するかぎり、町奉行所役人は手が出せない。寺社奉行の支配下なのだ。

「ご僧は？」

「すぐ裏の安応寺の住職、道林と申す坊主でござるよ……どうも、困ったことになりましたな」

「当家の後家どのかな？」

和尚は、かたわらの男を見た。

「手代の喜七でございます。おかみさんは、自身番へ行っておいでなので……」

「奉公人は、おまえだけかい？」

「はい、古道具屋のころには、番頭さんや小僧もおりましたが、いまはわたくしひとりでございます」

「おめえが、早桶をこしらえるのかい？」

「いいえ、わたくしは、古道具のめききしかできません」

するど、和尚がことばを続けた。

「早桶は、下職の桶屋にこしらえさせるのじゃよ。その橋渡しはわしがしたのじゃ。いや、実はな、こんな騒ぎになろうとは夢にも考えなんだので、お若さんから早桶屋の相談を持ちかけられたとき、わしは、よかろうというた。銭は、きたなくもうけて、きれいに使うものじゃ。商売はなんでもよい……とな。そんな事情があるので、いまわしが町内の衆に、お若さんにかわってあやまっていたのじゃよ」

「あやまる⁉　では、早桶屋は、とりやめるのですか？」

「いやア……そりゃむずかしかろうなア」

和尚は、困り果てたように、太い猪首《いくび》をかかえた。

と、そのとき、奥と仕切りのノレンの陰から、チラッと、白い顔がのぞいた。

――十八、九……細面《ほそおもて》の美しい娘だった。

「喜七……といったな。おめえ、女主人から相談をかけられたのか？」

「いいえ……突然、古道具屋をやめて早桶屋を始めるといわれましたので……」

「娘は？」

「お嬢さんも、寝耳に水だと、ビックリしておいででした」

城之介は、ふたたび和尚へ顔を向けた。

「道林どのは、どうすればよいとお考えです？」

「されば……お若さんも、かなり元手をかけているから、いまさらやめるという
わけにもいくまい」

すると、表の男たちが騒ぎ始めた。

「商売させねエぞッ！」

「こんな店、たたきつぶしてしまえッ」

なかでひとり、仕事師らしい男が前へ飛び出してわめきたてた。

「やい、道林坊主ッ。てめえ、お若後家とくっついてるんだろうッ」

「黙れッ！」

和尚は、激しい声で男をどなりつけた。

「おまえ、政頭《まさがしら》のとこの三次じゃな。あわて者で、気の短い男とはかねて聞いているが、いうてよいことと悪いことがある。なにを証拠に、そのようなことをいうのじゃッ」

「証拠なんかねエやいッ」

「おのれ！　お寺社方へ申し上げるぞッ……といえば実もふたもない。三次、気をつけろ。口はわざわいのもとじゃ……」

和尚は、笑いながら、城之介と兵馬を見た。

「――町の衆は気がたっている。その気持ちもわかるが、お若さんのことも考えてもらいたいのじゃ。亭主に死なれ、娘のお京とたったふたりで、これから世の中を渡っていかねばならぬのじゃからな」

城之介と兵馬は、浪花屋を出て、塩町と右門との横町のかどにある自身番へ行ことにした。

「あの和尚、なかなか大腹《たいふく》ですね」

「そう思うかい？」

「三次という男から毒づかれたとき、たいていの者なら、つかみ合いになったでしょう」

「このうえもなく有徳の大和尚か、手のつけようもない売僧《まいす》だろう……」

自身番では、町役人三人と中年の女が気まずそうに向き合い、その横に、老若ふたりの男が憎々しげに女をにらみつけていた。

「——おう、日下さま……」

町役人たちは、ホッとしたように、城之介と兵馬を迎えた。

「おまえが、浪花屋の後家か？」

兵馬が、女にたずねた。

「はい……お若と申します」

「それで、話はつきそうなのか？」

「なぜ、わたしが早桶屋をしてはいけないのです？」

「いや、裏町なれば、かまわぬのだ」

「表通りで早桶屋をしてはならぬとのお定めがあるのでしょうか？」

「それは……聞いておらぬが、昔からのしきたりは、守ったほうがよいのではないか」

「では、早桶屋を始めましても、おとがめは受けぬわけですね？」

「うん……しかし、たちの悪いまじないなどをすると、お召しとりになることもあるぞ」

「あ……」

お若は、立っているふたりの男を見て、ふん……と鼻の先で笑った。

「このお年寄りが市ガ谷の早桶屋早雲堂さん、お若いほうが千駄ガ谷の桶十《おけじゅう》さんですけどね、戸口に相撲膏をはったなど、とんでもないいいがかりですよ」

男ふたりが、同時にいきり立った。が……お若は平然としていた。

「あたしゃね、夜明けまえに、市ガ谷から千駄ガ谷を走りまわるほど酔狂じゃありませんよ。それとも、あたしだという手証があるなら、見せてもらいましょうか」

それからお若は、町役人たちへ顔を向けた。

「ねエ、ご町内のだんながた……あたしはね、商売替えに二百両からつぎ込んでいるんです。いまとなってはやめるわけにいきませんからね、早桶屋を続けますよ」

城之介は腹の中で舌打ちをしていた。——兵馬をはじめ、町役人から早桶屋ふたりまで、大の男が六人、お若ひとりに振りまわされているのだ。

それにしても、あぶらののりきったいい年増《としま》ぶりだった。——顔だちも悪くないし、歯ぎれもいい……だが——

「お若……おめえ、いくつだい？」

だしぬけに、城之介がたずねた。

「え！　年ですか？　三十二ですよ」

「亭主はいくつで死んだんだい？」

「商売が早桶屋だからって、死んだ亭主とは何もかかわりはありませんよ」

「いいから申し上げな。死んだなア去年だな」

「夏の末でした。ちょうど五十でしたよ」

「娘のお京とは、義理の仲だなア」

お若が、ツンと澄まして、城之介をにらみつけるようにした。

「はい。あたしは、確かにのち添いですよ。それが、お気にいりませんか？」

「いらねエんだよ。おめえが浪花屋に来るまえは、水茶屋にいたってことがねエ」

お若が、ハッと、顔色を変えた。

「ど、どうして、それを……」

「知ってるともさ。だれだと思う。八丁堀の定町回りだぜ。浅草かい？　上野かい？　それとも、谷中か、芝か……なアに、調べりゃすぐわかるがね」

お若が、いままでとは打って変わって、低い声で答えた――

「――上野に、しばらくいたんです……」

三

「――フフフ……おまえのおかげで、高慢ちきな若後家を、ギュッというめにあわしてやったぜ……」

お葉の酌《しゃく》で、城之介はいいごきげんだった。

「町回りの同心なんてものは、何を知ってても損にゃならねエ。おれがきょう、水茶屋女が吸い出しのまじないをするってことを聞いていなかったら、あの女、大手を振って、自身番から帰っていきやがっただろうよ」

「だけど、おまえさんがいい気持ちになっただけで、早桶屋《はやおけや》の店開きの一件は、どうにもなりゃアしないんだろ？」

「それが、急にしおらしくなった。もし、店開きまでにかかった費用を、町内で埋めてくれるなら、早桶屋をよしてもいいというのだ」

「かかった費用って、二百両かい？」

「ま、そういうわけだな……」

お葉がため息をついた。――二百両は大金である。

「飲まず食わずかせいでも、二百両ためるにゃ十五、六年かかるな」

「そんなに元手をおろしてるかしら？」

「なるほど……」

「早桶屋って、そんなに元手をおろしても引き合う商売かねエ。一日に、幾人死ぬだろう？　いえさア、一日に早桶の注文がいくつあるんだろう。ひと組み二朱として、日に五ツ注文があれば――」

「そんなにあるもんかい」

「あるかもしれないよ。五ツあれば日に二分二朱だから、月にざっと十八両。年に……おや、二百両になるよ。その中から、いろんな諸掛かりを差し引いて、半分がもうけとすると、ちょいと！　二年でもとがとれるじゃないか」

「いきなねえさんの銭勘定はみっともねエぜ」

城之介は、お葉の手をとって、引き寄せようとした。

とたんに、お葉が、ピシャリと城之介の手をたたいた。

「忘れたの？　二日灸《ふつかきゅう》がきかなくなるよ」

「けッ……くだらねエことしたもんだなア。じゃ、お屋敷へ帰るとするか」

「まア、現金な！　いいよ。お灸なんかきかなくても」

「フフフ……無理しなくていいぜ……」

やがて、四つ（十時）の鐘が、ゴーンと響いた。

と……ダダダダッ……と、格子戸《こうしど》をたたく音といっしょに、勘八のすっとんきょうな声が聞こえた――

「だんなッ！　四谷の早桶屋の後家さんが、井戸へ飛び込んで自害しましたぜッ！」

城之介に抱かれていたお葉が、スーッと、大きく息を吸いこんだ。

「どうしたというんだろ？」

「三十二だよ。年増盛りだった。ちょいと男好きのする女だったが……」

「いけ好かない！　仏さまになっちゃったんだよ。おかしなことをいうと、とっつかれるから」

「ふん……自分の店の早桶に、いの一番に自分がはいることになろうたア、お若後家も考えていなかっただろうな……」

城之介は、身じたくをして降りていった。

「勘の字……兵馬は知ってるのかい？」

「日下のだんなンところから、嘉助《かすけ》のとっつぁんが飛んできたんですよ」

「よし……かごを呼んできな……」

それから四半とき（三十分）、城之介が浪花屋へ着いたときには、腰巻き一枚のお若の死骸《しがい》が、裏庭の井戸ばたへ引きあげてあった。

兵馬が死骸のかたわらにしゃがんでおり、ちょいと離れたところに、男が四人と女がひとり、針の嘉助の十手で集められていた。

男は、手代の喜七と仕事師の三次、それから、奇妙なことに早桶屋の早雲堂と桶十だった。女は、娘のお京である。

「――おめえたち、どうしてここにいるんだ？」

城之介は、いぶかしげに、早桶屋と三次を見まわした。

「――だんな！　これにゃいろいろとわけがあるんで……」

三次が、ベソをかくような顔でいった。

「そうかい。いずれ聞かしてもらうぜ、そのわけってエのを……」

城之介は、死骸に近づいていったが、ベタリッと、ぬれた腰巻きがまつわりついた白い足を見ると、ポンと、兵馬の肩をたたいた。

「――やっかいだぜ、こいつア。兵馬、お若は自害じゃねエ。殺されたんだよ……」

四

千秋城之介が、同心の特権でゆっくり女湯であったまり、髪を結《ゆ》わせて南町奉行所へ行くと、日下兵馬が同心年寄りの早水茂太夫《はやみもだゆう》の前にかしこまっていた。

次席の三保木佐十郎《みほきさじゅうろう》や高瀬儀右衛門《ぎえもん》、由良《ゆら》三九郎の姿が見えないのは、今月が裏番のせいであろう。

「あ……千秋さん……」

兵馬が、ホッとしたように城之介を見た。

「城之介、四谷の後家の検死に立ち会ったそうだな」

茂太夫がたずねた。

「は……昼間っからの行きがかりでして……」

「兵馬の検死状によると、殺しと見てるようだが、城之介も同じ意見かい？」

「殺しだといったのは、わたしなのです」

「四谷見付の医者小黒賢斎《けんさい》は、死骸《しがい》あらための書き上げ状に、――水死。殺害のあとこれなし……と書いてるぜ」

「では、自害だというのですか？」

「いや、――身投げいたし候《そうろう》ものか、あやまって落ち候ものと推察いたし候……というわけだ」

「春といっても、夜中はめっきり冷え込みますな……三十二の大年増《おおどしま》が腰巻き一つで浮かれ出すには、ちと早すぎはしないでしょうか」

「つまり、過失死ではないというのだな？」

「身投げとも思いませんよ。お若の足に、灸のあとがあったんです。古いものじゃありません。明らかに、すえたばかりのものです。きのうは二日ですよ」

「つまり、二日灸だというのか……が、それがどうした？」

「一年の無病息災を願って二日灸をすえた女が、その日のうちに自害するでしょうか？」

「なるほど……」

茂太夫が首をかしげた。

兵馬は、城之介のことばに、ポッと、赤を赤くした。――昨日の、城之介とお葉のいろっぽいありさまを思い出したのであろう。ところが、当の城之介は、しゃアしゃアとしていた。

「――兵馬、浪花屋の現場はどうなっている？」

「ゆうべはくらがりのため、じゅうぶんの調べができませんので、本日あらためて出かけるつもりで、嘉助と勘八を残してまいりました」

「では、昨夜のままだな？」

「はい、現場は嘉助と勘八が見張っているはずです。手代の喜七と町内の若い者三次、ならびに早桶屋早雲堂と桶十は、番屋へあずけてまいりました」

茂太夫は、ふたたび検死状へ目を落とした。

「ふむ……手代の喜七は、娘のお京といい仲だったのか」

「はい……それで、しばらくの間しんぼうして、もとの古道具屋を始められるだけの元手をつかんだときには、お京と逃げるつもりだったと申しております」

「三次……町内の頭《かしら》のところの若いものだな。お若をぶんなぐるつもりだったといってるのかい？」

「町内から二百両出せば早桶屋をやめる……そういったお若のことばががまんならなかったというのです」

「早雲堂と桶十……」

「このふたりは、前夜にひきつづいて、またまた相撲膏《すもうこう》を戸口にはりつけられたので、腹の虫が納まらず、飛んできたといっていました」

茂太夫が、城之介に顔を向けた。

「なア、城之介、この四人は四人とも、お若を憎んでいたわけだ」

「しかし、四人とも、お若を殺したという証拠がありません」

「そのとおりだ……と同時に、お若が殺されたという証拠もない」

「しかし――」

「二日灸のことは、わしには理解できるよ。だが、それはあくまでもわれわれが考えたことで、証拠にはならぬ。城之介、もう一度現場へ行って、殺しの証拠をみつけなくっちゃいけねエな……」

四半とき（三十分）後に、城之介は、四谷見付の医者小黒賢斎をたずねていた。

「さよう、打ち傷、切り傷はもとより、当て身のあとも、絞めたあとも見当りませんでしたな。明らかに、おぼれ死んだものです」

「酒に酔うていた様子は？」

「いや……胸を押して、水を吐かせましたが、澄んだ真水が出ただけです。まちがいもなく水死と見ました」

城之介は礼をいって賢斎の家を出ると、浪花屋へ急いだ。

「――千秋さん……」

先に来ていた兵馬が、城之介を庭へ連れていった。

――お若が死んでいた井戸が、庭の西側にある。その横の灯籠《とうろう》の根もとを、兵馬が指さした。そこに、お若の着物が丸めてあった。

「見覚えがあるぜ。きのう、自身番へ来たときの着物じゃないか」

「けさ、庭のほうの見まわりに来た勘八がみつけたんだそうです。が……これはみつけたときのままで、手をつけてはいないといっています」

「あわて者の勘八にしちゃおおできだが……そうすると、お若はここで着物を脱いで裸になり、井戸へ飛び込んだってわけかい?」

そういって、城之介は井戸をのぞきこんだ。

——それほど深い井戸ではなく、トロンと濁った水面《みなも》には、青い水ゴケと落ち葉が一面に浮かんでいた。

「千秋さん、もし、お若が身投げだとすると、着物を脱いだのは、どんな気持ちからでしょう」

「冗談じゃねエ……湯屋のふろおけへはいるわけじゃあるまいし。井戸へ飛び込むやつが裸になるはずがねエじゃないか。それに……」

城之介は、丸めた着物を指さした。

「——着物の上に、帯がのっかってる……こいつア逆だよ。帯をといて、着物を脱ぐんだ。帯が下になっていなくちゃおかしい」

「では……」

兵馬は、ゴクリッとなまつばをのみこんだ。

「何者かが、ここへ着物を……」

「そうだと思うな……もう一つ、この井戸の水が濁って、水ゴケや落ち葉が浮かんでるのが気にいらないね……四谷見付の医者は、お若の吐いた水は澄んでいた……といってる。とにかく、早水さんのいうとおりだ。幾度でも現場を踏まなきゃいけねエ。もう二つも、奇妙な食い違いがみつかったじゃねエか」

五

お若の死体は、居間に横たえられ、そばには義理の娘のお京と、安応寺の住職道林がすわっていた。

ほかにもうひとり、勘弁の勘八がいたが、これは座敷のすみで、十手をヒョコつかせ、目を光らせていた。

「——なんだ、まだ棺《かん》に入れていねエのか」

城之介がそういうと、道林が、ジロリッと勘八を見た。

「わしもな、早く納棺したほうがよいというたのじゃが、お手先どのが、がんとして承知なさらぬのじゃよ」

「あたしゃね、だんな……」

勘八が口をとんがらせた。

「わからねエことをいった覚えはねエですよ。——定町回りのだんなからお許しが出ねエうちは、ちりっぱ一つも動かすことはできねエんだ……と、いっただけなんですがね」

「わかったよ……」

城之介は、道林に顔を向けた。

「枕経《まくらぎよう》は、済みましたかな？」

すると、道林より先に、お京が答えた――

「ゆうべ、済ませました。道林さまはおるすだったので、近くの宗念寺さまにお願いして来ていただいたのです」

すると、道林がうなずいた――

「昨夜は、おりあしゅう、他出先で腹痛をおぼえましてな……寒さがこたえたらしいが、苦しいので泊めていただき、けさもどって、はじめて騒ぎを聞いたわけ……いや、お若どの、きのどくな。町内のかたがたが責められて、思案に余っての身投げでしょうな。こんなことにならぬようにと、わしは仲に立つつもりでいたが、力及ばすというわけですわい」

「ゆうべのお泊まりは？」

「え？　なぜ、そのようなことをお聞きなさる？」

「本来なれば、お寺社方のお調べにまかせなきゃならない筋合いのもの……いやなら、お話にならなくてもよいが……」

「お若どののことでご不審でもおありかな？」

「昨夜はどちらへおいででした？」

「わしの行く先と、お若どのの身投げと、なんのかかわりがあるのかわからぬな」

「では、聞きますまい」

「いや、隠すわけではない。神楽坂下通寺町《とおりてらまち》に、春乃家《はるのや》という小料理屋がある。いや、わしは酒を飲みに行ったわけではない」

「さよう……ご住職ともなれば、大名、旗本の家から、飲み屋、女郎屋、地獄宿へもお出かけでしょうからな」

「そういうわけじゃよ。法要に頼まれていったが、急に腹が痛みだしてなア」

「お寺社方をわずらわさずに済んで、当方も手間がはぶけましたよ」

道林が、いやな顔をしたが、城之介はお京を促して廊下へ出た。

「お若は、もと上野山下でかせいでいたそうだな」

「はい……なくなった父が借金を払って、うちへ入れたんです」

「なんて店に出てたんだい？」

「確か……桃ノ井とか……」

城之介はうなずいてお京をへやへもどすと、兵馬を呼んだ。

「あたしゃ、いちおうお若の経歴を洗ってくる」

「では、わたしは、番屋にいる男たち四人をもう一度調べてみます」

城之介は、上野山下の広小路へかごを飛ばした。

桃ノ井は、すぐわかった。——茶くみ女を十人余りかかえ、このあたりでは大店《おおだな》のほうであった。——茶くみ女……といっても、俗にケコロと呼ばれる商売女。チョンの間二百文、泊まりは台付き二朱の決めであった。

「——おや、だんな……」

城之介がはいっていくと、奥の帳場で大きな水揚げ帳を前にそろばんをはじいていたいい年増《としま》が、なれなれしく迎えた。

「お久しぶりじゃありませんか」

「まちげエるなよ。おれがこの店へ来たなアはじめてだぜ」

「おや、そうでしたかしら……めっきり冷えますすねエ」

「とぼけンなよ。景気はどうだい？」

「だめですねえ。うちは堅い一方ですからねエ」

「ヘエ……ケコロが堅くちゃ、けとばす男はすりむいて大弱りだろう」

「だんな……ほんとうにうちは――」

「お若って女のことが知りてエんだ」

おかみは、じっと城之介を見つめた。

「お若って、四谷の浪花屋さんへ行ったお若ちゃんですか？」

「ちゃんてがらかよ。明けて三十二の大年増だ」

「いいえ……あれで、若造りをすれば、けっこう二十二、三で通るんですよ……ほんとうに、お若ちゃんのことだけをお取り調べなんですか？」

「この店のアラさがしに来たわけじゃねエよ」

「お若ちゃんが、何かしたんですか？」

城之介は、おかみの長ギセルで一服吸いつけると、ゆっくりいった――

「――殺されたのさ」

おかみが、スーッと、息を吸いこんだ。

「わからないもんですねエ、あたしゃ、あの妓《こ》はいちばんいいことをしたと思ってたんですけど……」

「どうしてだい？」

「だって、そうじゃありませんか。どうせこんなところにいる女ですもの、ともかくも一軒のお店のおかみさんなんかにゃ、めったになれるもんじゃありませんよ。それを、お若ちゃんは浪花屋さんのご新造《しんぞ》さんに納まった。そのうえ、年とっただんなは、コロリッと死んでくれた」

「ひでエもんだなア」

「正直なことをいってるんですよ。親子ほど年の違うだんなにほれてるはずがないじゃありませんか。そのだんながたんまり財産を残して死んでくれりゃ、あとは何をしようとかって気まま……こんないいことはない。お若ちゃんはしあわせ者だ……と、思ってたんですがねエ」

「お若に、好きな男はなかったかい？」

おかみは、ちょいと考えたが、すぐ、ニヤリと笑った。

「ありましたよ。だけど、これはお若ちゃんの負けでした」

「だれに負けたんだい？」

「去年やめましたけどね、やっぱりうちで働いてた妓ですよ。お春って、顔はお若ちゃんより悪かったが、からだはたいしたもので、お春にかかると、たいていの人がうれし泣きした。その声が二階からこの帳場まで聞こえてきたくらいのものですよ」

「けっこうご禁制の商売をしてるようだなア」

「あら、だんな……そんなおどかしは約束が違いますよ。あたしゃ、お若ちゃんが殺された御用筋だと思えばこそ、洗いざらいおしゃべりしてるんじゃありませんか」

「ついでにお春のことを聞きてエな」

「いま、ちっぽけな飲み屋をやってますよ」

「神楽坂下通寺町の春乃家……」

「おや、ご存じなんですか⁉」

「お若とお春が張り合った男っていうのは？」

「それだけは、申し上げられませんねエ」

「いわなくてもわかってるんだ。抹香《まっこう》くさいだんなさ……」

「さア、どうですかねエ……」

といいながらも、おかみは意味の深い笑いを浮かべた。

上野から四谷へのもどり道……神楽坂はその途中だった。

「――ごめんよ……」

城之介は、通寺町の春乃家へはいっていった。

「――すみません。ここ二、三日、休んでるんですけど……」

そういいながら出てきた女が、巻き羽織の同心姿を見ると、ギョッと、顔をこわばらせた。

「どうしたい？　顔が青くなったぜ」

「冗談じゃありませんよ。あたしゃ、うしろ暗いことはしてませんからね」

「フフフ……上野山下の桃ノ井のおかみもそういったぜ、うちは堅い一方だって」

それから、城之介は、ジロリジロリと、お春のからだをながめまわした。

「いやですねエ、どうしたんですよ」

「そのからだが、男を泣かせるのか？」

「えッ⁉」

「そのからだが、お若から男を横取りしたのかい」

「だんなッ！」

「道林って和尚《おしょう》を知ってるだろうな？」

お春が、二、三度あえぐようにしてから、かすかにうなずいた。

「ゆうべ、ここへ来たな？」

「き……来ましたよ」

「泊まっていったかい？」

「と……泊まりましたよ」

「なにしに来たんだい？」

「お……おっかさんの命日だったんです」

「お若は、死んだぜ」

「お若さんのことなんか、き、聞きたくありませんよッ」

「道林は、なぜ泊まったんだい？」

「お、おなかが痛くなって……」

「おめえは、ここにひとりいるのかい？」

「ひとりですよ……悪かアないでしょう」

「ひとりじゃたいへんだろうな。お若は殺されたらしいぜ」

「だんな、お若さんのことは聞きたくないと――」

「じゃまをしたな。また来るぜ……」

城之介はニンマリ笑うと、プイッと春乃家を出た。

六

その夜、日下兵馬は、市ガ谷見付の近くに立っていた。——針の嘉助が付き添っている。

かれこれ四つ（十時）近くであったろう。外濠沿いに、いっさんにすっ飛んできたのは、勘弁の勘八だった。

「——さア、かんべんならねエ。うちのだんなの見込みどおり、野郎、かごでやって来ますぜ」

「よし……あとは、わたしがやる……」

そういっているところへ、かごが一丁近づいて来た。

「——待て待て……」

兵馬、棒鼻の先へ飛び出して、十手をつきつけた。

「押し込みがあって、ただいまお取り調べ中だ。かごの中のご人は、武家か町人か？」

「ヘエ……お医者さまでございます」

かご屋が答えた。

「いま、急病人でしてね。大急ぎでお見舞いなんですよ」

「医師か……名まえは？」

すると、かごの中から応じた。

「四谷御門外、小黒賢斎じゃ。急病人じゃ、通していただけぬかな」

「いや……通ってよろしい……」

「では、ご免……」

かごは、勢いづいて、牛込ご門のほうへ走りだした。

「――くそったれめ！　じゃ、日下のだんな、あっしゃ行きますよ」

「うむ……医師小黒賢斎だ。忘れるな」

「合点《がってん》でやんす！」

勘八がかごのあとを追った。

が……途中から勘八は近道近道とたどって、神楽坂下へ出た。

「――あ……だんな……」

勘八は、通寺町の入り口に近い行願寺の門前に立っている城之介のそばへ駆け寄っていった。

「――来ますぜ。四谷の小黒賢斎先生がッ」

「なにッ、小黒賢斎⁉　ウフッ……そうかい……」

それからしばらくして、城之介と勘八の姿が、春乃家の裏へ、ソッと忍び寄っていった。

「――おそかったじゃないか……あたしゃ気が気じゃなかったよ」

雨戸を隔てて、お春の声が聞こえてきた。

「町方の同心がやって来たのか？」

男がたずねた。

「来たともさ。上野の桃ノ井まで調べてるよ。あたしたちのことを、何から何まで知ってやがるんだもの、あたしゃ、足がガクガク震えちゃったよ。ね、今夜うちに、ズラかろうよ」

「いやいや。肝心のことはわかりはせぬ。心配することはない」

「だめだよ。役人のやつ、また来るといったよ。ね……いっしょに逃げておくれよ」

女は、男にすがりついたようであった。が、男のことばは冷たかった。

「わしは、逃げぬ。お若を殺したのはおまえだ」

「おまえさん！」

「くだらぬやきもちなどをやきおってッ……寝ているお若に馬乗りになって、一升どくりの水を口へ流し込むとは、あきれはてた女だ」

「だって、あたしゃ、みんな見てしまったのだよ。おまえさんの言いつけで、市ガ谷と千駄ガ谷の早桶屋《はやおけや》の戸口へ相撲膏《すもうこう》をはって寺へ行ってみると、お若のやつがいい気持ちで、おまえさんから二日灸《ふつかきゅう》をすえてもらってやがった」

「バカめ！　お若に早桶屋を出させる。町内ではいやがってもめることは見通しだ。けっきょく町内からお若へ二百両出す。それをわしが横取りしてズラかる。それまではお若のごきげんを取り結ばねばならなかったのじゃッ」

「だから、がまんして見ていたのさ。だけど、お灸のあとでお若のやつ、素っ裸になって、おまえさんにしがみついた。ヘン……なんのための二日灸だい。そのあげく、おまえさんとお若は高いびき……あたしゃくやしくって、くやしくって……お若との張りあいは桃ノ井にいるころからだからね。夢中で、お若を水責めにしたのさ」

「おかげで、二百両はフイトコだ……一文なしで逃げられるかい」

「だって、このままじゃつかまるよ」

「だから、おまえは逃げろよ。わしは人殺しをしたわけではない」

「薄情者ッ！」

女が、くやしげに叫んだ。

「お若を井戸へほうりこんだのは、おまえさんじゃないかッ」

「仏をかたづけるのは坊主の役目だ」

「なにいってんだいッ。お若を身投げにみせかけるために着物をきせようとしたり、それがうまくいかないので裸のままでほうりこんで着物を捨てたり……それからここへふたりで逃げてきて、寺にいなかったことにしたんじゃないかッ」

城之介は、ソッと、勘八に合い図をした。——勘八は、うなずいて表へ回っていった。

中では、男女の争いが続いていた。

「どうしてもいっしょに逃げてくれないなら、あたしゃ、お奉行所へ自訴《じそ》するよッ！」

「この女《あま》ッ！」

突然、女が苦しげにうめいた。

「あッ！　お、おまえさんッ。あたしまで、殺す気かいッ！」

そのとき、ダダダッと、表戸をたたく音が響いた。

「――あけろッ！　お上《かみ》の御用だッ」

勘八のバカでかいわめき声だった。

「――しまった！」

ダーッと、裏の雨戸を突き飛ばして、坊主頭が飛び出してきた。

「御用ッ！」

ピシッと、城之介の十手が男の肩をたたいた。

「あッ！　何をするッ。わしは安応寺の道林だ。町奉行所は筋違いだぞッ」

「どっこい……おまえはさっき、町医者と名のった。おなわをちょうだいしな
……」

そのとき、家の中では、泣き叫ぶお春を勘八が押えつけていた。

おいろけ茶屋

一

「——あいたったったった……」

勘弁の勘八《かんぱち》が、悲鳴をあげた。——六尺棒を持って打ちかけると、千秋城之介《ちあきじょうのすけ》が十手で棒を払った。勘八は、ジーンと両手がしびれ、思わず棒を取り落としたが、次の瞬間、グイッと、右手を背中へねじあげられていたのである。

「——参った！　参りましたよ、だんな……」

大声でわめいて、やっとのこと手を離してもらった勘八は、顔をしかめて、腕をなでた。

今月は南町奉行所は裏番だった。月番のときはせわしいが、裏番になるとひまだ。たまには、捕物のけいこをすることもある……というわけだった。

「――やっとるなア、感心感心……」

由良《ゆら》三九郎が、小者《こもの》の六助を連れて、遠慮もなくズカズカとはいってきた。

――四つ（十時）を過ぎたばかり、昼にはちょいと間があった。

「ほんのまねごとですよ。ノラクラと、酒ばかりくらっているのではない。捕物術のけいこもする……というわけです」

「おいおい、一つ欠けておりはせんかな。酒をくらい、お葉といいちゃついているだけではない。剣術のけいこもします……と言いなおせよ」

「お葉ですか……あれは、いまさらいちゃつくなんて仲じゃありませんよ」

「聞かせるじゃねエか……ところで、貴公、何流だったかな？」

「無人流ですよ」

「そうか……あたしゃいちおう竹内流ってことになってるが、流儀も何もありゃアしねエ。あぶねエところへは、なるべく行かねエことにしてるからね、剣術はへたでもいいのさ」

といって、三九郎は大声で笑った。

八丁堀の同心は、義務として捕物術のけいこをしなければならなかった。そのために、屋敷内に、けいこ場もこしらえていたのであった。

捕物術には、流義が四つあった。竹内中務太夫《なかつかさだゆう》を始祖とする竹内流、荒木無人斎《むにんさい》が始めた無人流、それから、紀州の森九左衛門《くざえもん》が考え出した森流と、原八太夫《はちだゆう》を流祖に仰ぐ夢想流だった。

流派は四つあったが、いずれも十手ととりなわの術だ。身を守り、相手を早く縛《しば》りあげる武術である。

「――だいたいだな……」

三九郎は、縁側へ腰をおろして、まぶしげに浅い春の空を仰いだ。

「われわれがはでに戦かわねばならぬ……というようなことではいけねエや。――野郎ッ、神妙にしろ……と一喝《いっかつ》くわせりゃ、へエー……と恐れ入っちゃう。そうでなくちゃまずいやね……あたしゃ、いつもそうしてるんだ。それでいうことを聞かねエような相手のときは、はなから近づかねエ。さっさと、捕方を繰り出しちゃうんだ。なまじっか腕に自身があると、つい……」

「生兵法《なまびょうほう》は大けがのもとってわけですか？」

「まアね……あたしゃね、同心は、むしろ剣術べたのほうがいいと思ってるよ。戦やアこちらが負けて、相手に逃げられることもあるだろうじゃねエか。はなから捕方で取り巻きゃ、逃がしっこねエわけだ」

「確かに、りっぱなご意見ですなア」

「ハッハッハッ……こんなこと、上役《うわやく》へいっちゃいやですぜ。たいしたお手当じゃねエが、三十俵二人扶持《ぶち》を棒に振るのもつまらねエからなア」

すると、小者の六助が、心配そうに三九郎のそでを引いた。

「――だんな……まだ、お出かけになりませんので？」

「あー、そうそう……うっかりしていた」

三九郎は、城之介へ顔を向けた。

「ひまだろう。いっしょに行かねエか？　芝口の油屋の女房がのどを突いて自殺したんだ。とんだいい年増《としま》だとよう」

「それでわざわざお寄りくだすったのですか？」

「血みどろのむざん絵さ。ひとりで見ちゃもったいねエと思ってね」

城之介には、三九郎の下心がすぐ読みとれた。――どうやら、ただの自害ではなさそうだ。検死に立ち会ってほしいのだろう……。

「お供しましょう……」

しばらくして、六助を連れた三九郎と勘八を従えた城之介は、芝口橋を渡った。

たずねる家は芝口三丁目……大戸をおろして、人の出入りがあわただしかった。

店の中は、お約束どおり大きな油桶《あぶらおけ》を並べ、帳場の格子《こうし》から板の間まで、商売がらピカピカと油光りしていた。

「——あ……ご苦労さまでございやす……」

十手を握った四角い顔の御用聞きがふたりを出迎えた。

「城之介……この男は土地の御用聞きで、丁めの源助って男だ」

「ばくちと御用の二足わらじかい？」

フフフ……と、男は頭をかいた。

「源助町の源助なんで……源助が二つ重なってるんで丁めの源助だなんて、わりいしゃれでさア」

芝口三丁目の南どなりが源助町だった。

「——ほう……」

死骸《しがい》を見た三九郎と城之介が、同時に驚きの声をあげた。

油屋三藤屋《みふじや》の女房おりくは、中庭の灯籠《とうろう》によりかかり、キチンとすわって絶命していた。

——いや、実は、両ひざをキッチリしごきで縛ったうえ、からだが倒れぬように、胴を灯籠の足にくくりつけたうえで、握り締めたかみそりで、左の首筋をかき切っていたのだ。

「みごとだ……」

城之介が、うめくようにいった。

「うん……女にしては、あっぱれな覚悟だな……」

三九郎もうなずいてから、丁めの源助にたずねた——

「死骸に手はつけていねエわけだな？」

「ヘエ……ご検死が済んでからじゃねエと動かせねエ……そう、家のものにも申し渡しましたんで……が、口にくわえていた書きつけだけはとってみました」

「書き置きかい？」

「いいえ……それが、おかしな手紙なんで……これですがね」

源助は、ふところから、しわになった手紙をとり出して、三九郎に渡した——。

しわは、おりくがかみしめていたためらしく、歯型と、うっすら、血のあとともにじんでいた。

「——こ、こりゃ、なんて手紙だい⁉」

三九郎は、読み終わると、驚いて城之介へ手紙を回した。

――三年ぶりにて、地獄よりこの世へ立ちもどり候《そうろう》。前世の深き縁《えにし》、忘れがたく候、明日六つどき、一つ蓮《はちす》の台《うてな》にて、待ちおり候。無事三途《さんず》の川を渡り候ために、くれぐれも六道銭《ろくどうせん》のご用意なさるべく候。おもん……。


「――どう思う、城之介？」

「おもしろい手紙ですねエ」

「いやな字ばかり並んでいやがる……地獄だの、前世の縁だの、蓮の台だの、三途の川だの――」

「六道銭だのってねエ……」

「まるで、あの世からの招き状じゃねエか……」

三九郎は、源助へ顔を向けた――

「おりくは、いつ自害したんだ？」

「へエ……それがどうやら、けさの明け六つ（六時）ごろらしいんで……夜明けまえにこっそり起き出して自害のしたくをしたんでしょう。亭主の吉蔵はじめ、家内のものは、朝まで気がつかなかったといってますよ」

「それから、このおもんてエ女は？」

源助は首を振った。

「だれとも心当たりがねエそうですよ。もっとも、吉蔵って亭主は、二度めでしてね。一年半ばかりまえに入夫したんですから、古いことなら何も知っちゃいません……」

二

南町奉行所の定町回り同心べやには、筆頭の早水茂太夫《はやみもたゆう》と次席の三保木佐十郎《みほきさじゅうろう》、それからいちばん若い日下兵馬《くさかひょうま》がいた。

「――いやはやどうも、前代未聞のできごとですよ……」

三九郎は、にぎやかにしゃべりながら、おりくがくわえていた手紙を茂太夫の前に差し出した。

「それで、女が自害したことはまちがいないのかい？」

「まだかみそりを握っていましたが、その持ち方……傷口の方向……いや、それよりも血潮の流れ方……これらの点から、あたしは太鼓判自害と見ました。どうだい、城之介？」

三九郎のことばに、城之介が、はっきりうなずき返した。

「ふたりがそう見るなら、まちがいはなかろう。が……この手紙はちょいと気にいらねエなア」

「冥土《めいど》からの手紙……おりくは、手紙に書いてあるとおり、六つどきに自害したんですよ」

佐十郎が、苦い顔をした。

「バカバカしい……歌舞伎の世話狂言じゃあるまいし、冥土から飛脚が手紙を届けてきたっていうのかい」

佐十郎がいったのは、例の有名な梅川、忠兵衛《ちゅうべえ》のことだった。歌舞伎では〝恋飛脚大和往来《こいのたよりやまとおうらい》〟だが、近松の原本では〝梅川忠兵衛冥土の飛脚〟である。

「いや……世の中には、不思議なことがいろいろとある」

茂太夫が、おだやかにいった――

「わしなどは、いままでに人魂《ひとだま》を三度見ている。どうしてあんなものが現われるのか、とんとがてんがいかぬ」

「しかし、早水さん、あたしは、死んだ人間があの世から手紙をよこすなんて、信じられない。おい、三九郎――」

佐十郎が、ポンと、手紙をたたいた。

「冥土にも、この世と同じ紙や墨や筆があるのかい？」

「三保木さん……そうあたしを責めないでくださいよ。あたしは、奇妙な話だといってるだけなんですから」

「しかし、三九郎、女は自害した。そのことについちゃ、奉行所からいまさらいうこたアない。ただ、この手紙におどかされて自害したんだったら、こいつアほうっておけめエ。この手紙を書いたやつをひっくくらなきゃならねエぜ」

「しかし、家内一同、この、おもんてエ女にゃ心当たりがねエというんですよ」

「手紙の文句によると、三年まえには、自害したおりくが会ってたもようだな」

「そのころは、おりくは後家でしたよ……」

三九郎は、油屋三藤屋の内状を説明した。――おりくは、家付きの娘であった。十九の年に婿《むこ》をもらったが、ちょうど十年めに亭主に死なれた。そのころ、両親はすでになかったし、子どもにも恵まれていなかった。

「――おりくは、女手一つで三藤屋をきりまわしていたんですよ。ところが、親類どものすすめで、一昨年の暮れに、二度めの婿を迎えた。それがいまの亭主の吉蔵なんですよ」

「つまり、三年まえてエと、おりくが後家だったころだな」

そのことばに、城之介が、ニヤリッと笑った。

「――城之介、なにがおかしいんだい？」

茂太夫が、その笑いに気づいてたずねた。

「――貸し家あり後ろの家の前のとこ……という川柳がありますな。俗謡でも、――後家という字は後ろの家よ、前のあき家をだれに貸そ……と歌っています。どうも、後家というのは、世間騒がせですな」

「だから、親類どもが心配する。まちがいのないうちに、再婚させたほうがいい……とな。そこで、――去るものは日々にうとしと後家を説き……という川柳もある。おりくも親類からくどかれて吉蔵と二度めの祝言《しゅうげん》をしたんだろう」

「はたして、まちがいのないうちだったでしょうか？」

佐十郎が、コックリうなずいた。

「あたしがいってるのがそれさ。早水さんと城之介が川柳を持ち出したから、あたしもひとつ川柳で行くぜ。――あってさえいわんや後家においておや……だ。なア、三九郎、おりくのからだつきはどうだった？」

「まンず……タップリあぶらがのりきっていましたな。女盛りですよ」

佐十郎は、茂太夫を見た。

「やっぱり、手紙を書いたおもんという女を調べてみる必要があるようですな。三年まえのおりくがどんな身持ちだったか、怪しいもんですぜ」

「しかし、そのころわけのあった男がゆするのならわかるが、女からの手紙だからな」

「おりくの男出入りを知ってる女……と考えちゃどうです？」

「それにしても、手紙の文句がよくわからないね。地獄から三年ぶりにこの世へもどってきた……とは、どういう意味なんだろう？　蓮の台で待っている……とは、早く死ねといってるんじゃないかな。ゆすりの文句じゃねエよ」

「いや……、そのあと、――六道銭を用意しろ……と書いてあるでしょ。これは、銭を持ってこいといってるんですよ」

「とにかくだ……」

茂太夫は、三九郎を見た。

「この手紙のなぞは、解いてもらいてエなア……」

三

その日の夕がた、城之介は兵馬を連れて、上野広小路を黒門のほうへ歩いていた。

「——由良さんは、だいぶお困りのようでしたなア」

「冥土からの手紙かい」

「千秋さんは、どうお考えなんです？」

「だいたいンところ、三保木さんと同じ考えだよ。あの巻き紙を見たかい？　美濃紙の半切れだが、薄っぺらな安物だ。江戸の町なら、どこの荒物屋にだって売ってらアね。地獄にも美濃紙があるなんて、おかしいじゃねエか」

「じゃ、三年まえに死んだおもんて女の名をだれかが使って、油屋のおりくをおどかした……ってわけですね？」

「おもんは、死んでるだろうか？」

話しながら、上野山下の三枚橋を渡った城之介は、ちょいと兵馬を振り返って、江戸名代のそば屋無極庵《むきょくあん》ののれんをくぐった。

「――シッポクを二つだ。熱くしてくんな」

そういってから、城之介は兵馬を見た。

「――川柳を一つおしえようか？　――仲なおり無極の店の手打ちなり……とね。ここの手打ちそばを、仲なおりの手打ちにひっかけたのさ。〝江戸砂子〟に出ているんだよ」

「どうして、きょうは川柳の話が出るんです？」

「まだまだ出るぜ……蓮葉《はちすは》の濁りに後家はしみてくる……と。わかるかい？」

兵馬が首を横に振ると、城之介は、かたわらの丸窓をあけて表を指さした。

外は不忍《しのばず》の池だった。池一面にひろがる名物のハスの葉には、音もなく夕暮れの灰色が忍び寄っていた。

その不忍の池の東岸に、はなやいだ灯火が、ズラリッと並んでいた。

「――男と女が、コッソリお楽しみをする出会い茶屋さ。いま五十九軒ある」

「うわさには聞いていましたが、そんなにあるのですか？」

「兵馬、江戸の定町回り同心がそんなことじゃいけねエな。――蓮の葉を見渡す出会い茶屋で、後家さんが男と忍び会う。つまり――蓮葉の濁りに後家はしみてくる……ってわけさ」

あつらえたそばが来た。

城之介は、うまそうにスルスルッとすすると、またことばを続けた。

「兵馬、さっきの手紙の文句を思い出してくんな……前世の深き縁《えにし》、忘れがたく、明日六つどき、一つ蓮《はちす》の台《うてな》にて、待ちおり候……とね。また川柳だ。いいか、——はすの茶屋ひるから半座あけて待ち……」

「あ！　千秋さん！」

「こんどはわかったらしいな。待ってるのが男か女かしらねエが、昼過ぎから出会い茶屋へやって来て、もう来るかもう来るかとハスをながめながら待ってるってわけだ。もう一ついくぜ、——この世から一つはちすのへやを借り……」

「あー、手紙には、——地獄よりこの世へもどり候……と書いてありましたね」

「ピッタリ合うじゃねエか、この世の一つはちすのへやとは——」

「ハス池の見える出会い茶屋のへやですね？」

と、ゴーンと、上野の山内で打ちだす鐘の音が響いてきた。

「——暮れ六つだな。出かけようぜ」

「どこへ行くんです？」

「はちすのへやへさ。さきさまは、六つどきにおりくが来ると待っている」

「えッ⁉　では、六つ（六時）というのは……」

「明け六つじゃねエ、まちがいなく、きょうの暮れ六つのことさ。まさか、夜明けの六つどきに、出会い茶屋で忍び会うなんて、できっこねエじゃねエか。ま、ついてきてみな……」

　払いを済ませて無極庵を出たときにはもう、あたりは暗くなっていた。

「――こちらだよ……」

　城之介は、出会い茶屋とは反対のほうへ兵馬を連れていき、不忍の池の岸を見まわしていたが、底の平らな小舟をみつけると、トンと飛び乗って兵馬を手で招いた。

　ズラリと並んだ出会い茶屋からは、酔った男の歌声や、はしゃいだ女のなまめいた声が、水の上を伝って聞こえてきた。

「けしからん話ですなア。江戸の町の中、しかも東叡山《とうえいざん》の下で、公然と男女密会の場所提供を商売にするとは……」

「やぼをいいなさんな。好いたどうしの忍び会いだ。ソッとしといてやりてエよ。それに、出会い茶屋とは世の中がかってにつけた呼び名だ。茶屋のほうは、料理茶屋だといってる。客をへやへ通して、料理を食ってもらうのが商売……その客がたまたま男と女でさ、腹がくちくなったあとで、何をするか……そこまで茶屋のほうじゃ知ったことじゃねエってわけあいのものなんだ」

しゃべりながら、城之介は器用にサオを動かして、ハスの葉をわけ、水の上から茶屋へ近づいていった。

茶屋は、言い合わせたように、水の上へ座敷を張り出している。

「あんな座敷でおねんねすると、まくらの下からピッタピッタと水の音が聞こえてくる……ちょいとおつなものさ」

「千秋さん、お詳しいですなア」

「フフフ……お南の定町回り同心だ。いちおうなんでも心得てるよ。あたしたちア、耳学問、目学問、世間を知るのがいちばんの修業……というのは表向き、女を連れて幾度かこのあたりへシケこんだことがあらアね……五十九軒の茶屋のうちで、大関格が三軒ある。兵馬、どんなのがいい茶屋かわかるかい?」

「料理がうまくて、家具調度類がりっぱで──」

「そんななア二の次さ。──笑っては客が帰るとしかられる……これも川柳だ。はいってくる客が顔をささねエように気をつける。女中がニヤニヤ笑っちゃ、おふたりさんははいりにくいやね」

「なるほど……そうでしょうな」

「通された座敷は、壁が厚くて、ないしょ話を聞かれる心配がねエ……というあんばいでなくちゃいけねエ。そういうのがいい茶屋なんだ」

「わかるような気がします」

「だから、玄関から乗り込み、となりのへやで聞き耳を立てたって、中の様子はわからねエ。それを盗み聞きするにゃ、一つしか方法がねエ」

「どうするんです？」

「いま、あたしたちがやってるじゃねエか……水の上から座敷へ近づくと、隔てるものは障子が一枚だけだ。中のヒソヒソ話も聞くことができる」

「しかし……五十九軒の茶屋のへやへやを、一つ一つ盗み聞きするのはたいへんでしょう」

「いい茶屋が三軒あるといったろ。池の茶屋、花の茶屋、それから蓮の茶屋だ。ここで、あの手紙の文句が生きてくる。――蓮の台で待っている……とね」

城之介は、すこしもためらわず、一軒の茶屋へ舟を近づけていった。――蓮の茶屋であった。

「――さて、兵馬……」

城之介は声をひそめた。

「いろいろと知ったかぶったことをいったが、すべてはあたしのひとり判断だ。それが当たっているかどうかは、これから聞いたり見たりすることで決まる。おまえさんもひとつ、よーく耳を働かせてくんなよ……」

座敷は、水の面から、せいぜい二尺くらいしか離れていなかった。——もし、障子があいていれば、舟の城之介や兵馬からは、中の様子はまる見えというわけである。

城之介は、一つ一つの座敷の外で、しばらく舟をとめた。そして六つめ……ハッと、城之介と兵馬が顔を見合わせた。

「——のう、おもん……そなた、変わりましたなア……」

せつなげな女の含み声が、障子越しに聞こえてきたのだ。

——ズバリだぜ……城之介は、兵馬へ目顔でうなずいた。

女の声が続いた——

「——髪結《かみゆ》いのお時がそなたの文《ふみ》をとどけてくれたとき、わたしはうれしさで胸が震えた。それなのに、三年ぶりで会うたおもんは、石のように冷たい……」

「変わりもしまさア、三宅島《みやけじま》で三年暮らしゃ、人間味なんざアすっ飛んじゃいますよ」

低いが、明らかに男の声であった。

城之介は、手をのばして、外からソッと障子を細めにあけた。

「――ほう……」

城之介が息を吸った。――やくざ姿のいい男が、どっかとあぐらをかいている
そのひざに、切り髪のご後室ふうの女がしなだれかかっていた。男は、二十四、
五。女は三十二、三の大年増《おおどしま》だった。

と……そのとき、入り口のからかみを荒々しくあけて、女がふたり飛び込んで
きた。

「あ！　おもんッ」

「――紋之助《もんのすけ》ッ。ひどいではないかッ」

そう叫んだ女は、ふたりとも三十過ぎ、ちょっとした町家の女房ふうであった。

四

「――では、おもんというのは、男だったのかい？」

同心筆頭早水茂太夫は、自分でいれた茶をすすりながら、苦い顔をした。――茶が渋かったのではなく、おもんが男だったことが、苦々しかったのである。

「三人の女が、口々にわめきたてることばから判断すると、男の名は紋之助。芳町《よしちょう》の陰間《かげま》あがりのやくざ者と思われます」

「ちくしょうめ！」

城之介の話に、由良三九郎は、いまいましげに舌打ちをした。

「その陰間野郎が、昔かわいがってもらった女たちをいたぶっていたってわけ？」

「そうらしいですな。紋之助はばくち凶状で三宅へ遠島になり、三年めに江戸へ帰ってきた。それでさっそく、金ヅルになりそうな女どもへ手紙を書いていたわけらしいですよ」

「なるほど……それで、三年ぶりにて、地獄よりこの世へ立ちもどり候……か」

そのころ、江戸にはたくさんの陰間茶屋があった。木挽町《こびきちょう》、湯島天神、糀町《こうじまち》天神、塗師町代地、神田花房町《はなぶさちょう》、芝の神明前……なかでも日本橋芳町は当時第一の陰間町であった。

陰間……または、色子、色若衆とも呼ばれたが、要するにおとこおんなである。陰間を買うのは、なんといっても坊主が上客であった。――芳町の鐘も上野か浅草か……いい法事芳町へまで花が降り……。芳町は仏の箔《はく》でキラキラフし……これらの川柳はすべて僧侶の芳町遊びをいったものである。

が……僧侶以外の客ももちろんたくさんあったし、男だけではなく、みだらな女も男を買いに行ったものである。

――芳町の不埒《ふらち》御殿へぱっと知れ……というのは、御殿女中の陰間遊びのことであり、――振りそでを着て後家どのの相手なり……というのは、後家の茶屋遊びを読んだものである。

ところで、陰間は十三、四歳から十六、七歳が盛りであった。それ以上の年増若衆は、男の客からあまり好かれなかった。そこで、――芳町で年増のほうはふた役し……芳町は化けそうなのを後家に出し……と、年をとるにつれて、陰間が女客専門になっていった。

そして、芸者や女郎に性悪女《しょうわるおんな》がいたように、陰間にもかなりタチの悪い男がいた。――紋之助も、そのひとりだったわけである。

「それでどうした、紋之助を？」

三九郎が、城之介にたずねた。

「どうもしません。ハス船をこいで、岸にもどり、帰ってきました」

「それでいいのかなア？」

　すると、茂太夫がうなずいた。

「しかたがあるまい。紋之助は、別に女どもをゆすったわけではない。あの手紙の絵解きをすればだな、——三年ぶりで地獄のような三宅島から江戸へもどってきた。おまえさんとは深い仲だったから忘れられない。あすの暮れ六つどきに、不忍の出会い茶屋で待っている。あたしは銭がねエから、こづかいを持って会いに来てくれ……そういうことになる。そうだろう、城之介？」

「はい……その手紙を髪結いの女のお時とやらに持たせてやりました。手紙をもらった女四人のうち、三人は蓮の茶屋へ行ったが、油屋のおりくは自害しました。これは、紋之助の知ったことじゃないんです」

　三九郎は、あごをなでた。

「なア、城之介。おりくは、なぜ自害したんだろう。紋之助からゆすられると思ったからじゃねエのかな？」

「そう考えたとしても、紋之助をふん縛《じば》る理由にはならねエのじゃありませんか……あるいはまた、吉蔵って亭主に、昔のいたずらを知られるのがおそろしかったのかもしれないでしょう」

「けっきょく、おりくは気が弱かったのかなア……」

茂太夫が、ポンとひざをたたいて、二、三度なでた。

「そういうわけでな、ほかの女たちは平気な顔をして、紋之助へ会いに行ってるんだから……なにものだい？」

「わかりません。ひとりはご後室ふう。あとのふたりは、やはりどっか大店《おおだな》の後家でしょう」

そのとき、あわただしく、兵馬がはいってきた。

「千秋さん！　いま奉行所の門前で、紋之助の女房って女と会いました」

「あいつ、女房があるのかい？」

「三宅島の娘ですよ。紋之助がお赦《しゃ》になったので、いっしょに江戸へ来たといっています。それが、ゆうべもどってこないんだそうで……」

「そりゃアそうだろう。蓮の茶屋でいろけたっぷりな女三人に取り囲まれたのじゃ、とても帰れないはずだよ」

「ところが、どうも様子がおかしいんで……一度、会ってみてくださいませんか……ご門わきの小べやへ待たせてあります」

待っていた女は、いかにも島育ちらしく、潮焼けはしていたが、目鼻だちがきっぱりとしていた。

「――紋之助のかみさんかい？」

「はい……お願いでございます。紋之助をさがしてください」

「たったひと晩家をあけたからって、そんなに心配することはねエだろう。おめえ、紋之助から、昔のことも聞いているのかい？」

「聞いています」

「じゃ、話しいいや……ヒョッコリ、昔のなじみに出会った。つい引きとめられると男だアな、ちょいとおつな気持ちになって家をあけるってこともあるだろうじゃねエか」

「いいえ……あたしたち親子は、品川の安宿に泊まっているんです」

「親子⁉」

「はい……紋之助の子どもです。二つになります。江戸へ着くとすぐ、突然目が悪くなり、医者さまに見せたら、いまのうちなら、ちょっと小刀を入れればなおるとおっしゃいました」

「蘭法《らんぽう》眼科だな」

「でも、それには、十両のお金がいります」

城之介は、思わず女の顔を見つめた。

「紋之助はゆうべ、その銭をこしらえに出かけたのかい？」

「はい……二度と、昔の女衆に会う気はなかったが、背に腹はかえられぬと……一昨日、手紙を四つ書きました」

「おめえ、紋之助がどこへ行ったか知ってるのか？」

「知っています。上野の料理茶屋です。出しなに、こういっていました。――もし、朝までもどらなかったら、お奉行所へ駆け込み訴えをしろ……と」

「宿の名はなんというのだ？」

「野田屋です」

城之介は、供べやで昼寝をしている勘弁の勘八を呼んだ。

「この女を品川へ送ってってやんな。お声掛かりだ。宿賃の催促《さいそく》をしてはならねエといっとくんだぜ……」

五

「――ええ、ええ、そりゃもう、たいへんな騒ぎでしたよ、だんな……」

蓮の茶屋のおかみは、おおげさに手を振って、ゆうべのことを物語った。

「でも、紋さんも紋さんですよ。同時刻に、同じ茶屋へ三人も女を呼ぶなんて……」

「紋之助は、この家のなじみかい?」

「ええ……三年まえは、ちょくちょく、女のひとと待ち合わせてましたよ。そのころは、女形《おやま》のような紫帽子なんかつけて、そりゃアきれいでしたからねエ。相手の女のひとが、――お紋……お紋……と」

「それで、ゆうべはどうなったんだ?」

「出ていってもらいましたよ。ほかにもお客がありますしね、だいいち、キャアキャアと女さんたちに金切り声を張りあげられちゃ、外聞が悪くって……女衆三人は、紋さんをひっぱりっこするようにして、出ていきましたよ。それから四半どき(三十分)ほどしてでしたかしら、源助親分が、紋さんをたずねておいでした」

「源助!? 丁めの源助か?」

「ええ……上野のお山のほうへ行ったと申しますとね、そうかって、追っかけていきましたよ」

城之介が、源助町の源助の家へかごを飛ばすと、ヒョッコリ、三九郎が出てきた。

「――いねエよ、源助は……」

「由良さんは、どうして？」

「油屋を調べてみるとね、おととい、お時って女が、おりくの髪を結《ゆ》いに行ってる」

「なるほど……ご後室ふうの女もお時といいました」

「そのこと！　油屋で髪結いの家を聞くと、源助町の裏店《うらだな》」

「じゃ、この裏⁉」

「そうなんだ。さっそくお時をたずねると、女髪結いにしちゃいい女だ。ツーンと鼻が高くてね、右の目じりに、ちっぽけな泣きボクロがある」

城之介が、クスリッと笑った。――ほかのことはともかく、女の観察は三九郎が一番だ。

「お時も、すなおにどろを吐きましたか？」

「油屋のおりくが自害したと聞くとね、こわくなっちゃって、きのうの夕がた、源助へ紋之助のことを話したというんだ」

それで話の筋が通った。——だから、源助が蓮の茶屋へ現われたのだ。

「それで、紋之助と会った三人の女のことは、わかりましたか？」

「だれだと思う、由良のだんなだぜ。女のことならまかせときなってことよ。ご後室ふうの女は、もと増上寺《ぞうじょうじ》の諸太夫《しょだゆう》を勤めていた真殿《まどの》左内の女房で、都奈《つな》……亭主が死んでからは、心月院を名のって、増上寺境内にノンビリと暮らしている。あとのふたりは、ひとりは露月町《ろうげつちょう》の両替屋西京屋の後家でお秋、もうひとりは日陰町通りの飛脚宿の後家でお米《よね》……どれもこれも、銭とヒマと、あぶらぎったからだをもてあましてるってお女中衆さ」

「みんな、この近くですね？」

「そのはずさ……三年まえに、髪結いのお時が、うまく持ちかけて、紋之助をとりもったってわけ……おりくもそのひとりだった」

「ところで、源助は？」

「うん……早いとこ、この女どもを洗いあげてるだろうと思って来てみたんだが、ゆうべ出たっきり、もどってこねエそうだ」

「じゃ、手わけして、三人を色あげしてみましょうか？」

「いっしょに行こうよ。あたしゃ、女ども三人のすけべえづらが見てエ……」

まったく、三九郎がいうように、女たちはいずれもいろけたっぷり、金にあかして、役者買い、陰間買いに後家暮らしを楽しんでいるといった様子だった。

まず、真殿諸太夫の後室心月院は、小女《こおんな》ひとりを相手に、しゃれた家に住んでいたが、三九郎と城之介を迎えると、うるんだ目じりを、キッとつり上げた。

「――当所は増上寺境内……町方役人のお調べは、筋違いではありませぬかッ……」

と、きびしい声を浴びせておいて、ニヤリと笑った。

「ホホホ……などとやぼはいわぬが花……どんなご用です……」

そういって、ジッと、うわ目づかいにふたりを見上げた目もとのあだっぽさには、三九郎がゴクリッと、なまつばをのんだほどだった。

「――紋之助という男を、ご存じでしょうな？」

城之介がたずねた。

「存じております。あの男、また何かしでかしましたか？」

「昨夜、紋之助とお会いでしたな？」

「呼び出され、お金をせびられました」

「やりましたか？」

「はい、五両……昔の客から、お金をせびるとは、芳町のお紋も落ちぶれました」

城之介は、三九郎と顔を見合わせた。――心月院のお都奈は、陰間買いを少しも隠そうとしないのだ。

「紋之助とは、どこで別れました？」

「上野清水坂の暗がりで……」

「そのとき、おひとりでしたか？」

「いいえ……ほかに女衆がふたり、恥ずかしいながら、三人でお紋をとり合っていました。そこへ、御用聞きというひとが現われました」

「なんという男です」

「存じませぬ。十手を持っていたので信用しました。――上野のお山の下でなにごとだ……としかられました。わたしはバカバカしくなって、かごを拾いました」

相手が、紋之助とのいろごとをさらけ出している以上、もうこのうえ、たずねることもなかった。

露月町の両替屋、西京屋のお秋は、三十六、七……ひざがこんもり盛り上がる、よい肉づきの女だった。

「――芳町の陰間なんて、ほんとうに男のカスですよね、だんな……あたしも、こんどということんどは、色子陰間にはあいそを尽かしました」

「その芳町あがりの紋之助を、ゆうべは増上寺境内の後家さんなんかと取り合ったじゃねエか」

　こんどは、三九郎が気軽にたずねた。

「おや、お寺さまゆかりのひとだったんですか？　あたしゃ、お旗本のご後室かと思いましたよ。あんときはカッとしたけど、紋之助がこじきみたいに見えましてね、小判を五枚、たたきつけてやりましたよ」

「どこで別れたんだい？」

「清水坂の下ですよ。御用聞きの親分からどなりつけられましてねエ。あれは、源助町の親分じゃなかったかしら……暗くてよくわからなかったけど、そんな気がしましたよ」

「おめえ、おおっぴらで男買いをしてるのかい？」

「まさか……自分ではコソコソ遊んでるつもりですよ。だけど、店のものは知ってるでしょう。文句なんかいわせませんよ。あたしがきりまわしてる店ですからね。ぐずぐずいえば、たたき出しちゃいますよ」

　心月院やお秋に比べると、飛脚宿のお米はやせていたし、いちばん若かった。

「――だんな……このことはないしょにしておいてくださいな。江戸と上方を結んで飛びまわる若い男を十五人も使ってるんです。あたしが男を買ってるなんてわかると、にらみがきかなくなりますから……」

お米は、声をひそめてそういったが、芳町遊びのことは隠そうとしなかった。

「おなじみは紋之助だけかい？」

城之介がそうたずねると、お米は、チラッと恥ずかしげに苦笑いをした。

「お紋は、三年まえに遠島になりましたから……」

「なるほど、別の色子を買ってるというのか？」

「察してくださいましよ。まだ三十なんです。もう一度、亭主を持てとすすめてくれるひともありますよ。でも、子どもがいます。五つなんです。ましい父親を押しつけたくはありませんからねエ」

お米も、清水坂で紋之助に別れたといった。

「五両くれてやりました。縁切り金のつもりです。一つところに女三人を呼び寄せたキザッぽさが気にいりません」

そしてお米は、御用聞きがだれだったか、ほかの女がどういう素姓《すじょう》なのか知らないといった。

「――くそッ！　どいつもこいつも、いろごとをして、しゃアしゃアとしてやがる」

飛脚宿を出ると、三九郎がつばを飛ばした。

「しかし、由良さん、女三人の口裏はピッタリ合っていますね」

三九郎が、コックリとうなずいた。

「――女三人が帰ってから紋之助がどうしたか。そいつア丁めの源助が知ってるわけだ」

その源助が、半とき（一時間）の後に、死骸《しがい》になってみつかった。――増上寺の南側を流れる新堀川の川口に近い金杉橋《かなすぎばし》の橋グイにひっかかっていた源助は、手ぬぐいで首を絞められていた。

六

金杉の自身番には、三九郎、城之介のほかに、筆頭の早水茂太夫や、日下兵馬も駆けつけた。

「野郎ッ、紋之助め、ふてエことをしやがった。品川の野田屋へ踏ン込みましょう」

三九郎が、いきりたった。

「しかし、もどっているかな……」

茂太夫が、首をかしげた。

「帰っていなかったら、張り込みましょう。捕方を伏せてりゃ、必ずもどってきます。女房と目の悪い子どもが待ってるんですぜ」

「紋之助が下手人だって証拠は？」

「源助は、ゆすりで、紋之助をとっつかまえたんですよ」

「それが、なぜ新堀川で殺されたんだ？」

「たぶん、ひと目、女房子どもに会わせてくれと泣きつかれたんでしょう。それで、情けをかけてやるつもりで、上野から品川へ向かった。その途中、金杉橋あたりで……」

とうとう、三九郎は、捕方二十人を連れて、品川へ向かった。

が……城之介は、目顔で兵馬を呼んで自身番を出ると、源助町裏の女髪結《ゆ》いお時をたずねた。

「――おめえが色後家に陰間なんかをとりもったばかりに、とんだことになったぜ」

「すみません、だんな……あたしゃ、どんなことになるんでしょう」

「おれの手助けをしてくれりゃ、こんどだけは、大目に見てやろう」

「しますよ……どんなことでも……」

城之介は、すずり箱を出させると、懐紙に三通、同じ文句を書いた。


——見たぜ。今夜十時に、清水坂へ百両持ってこい……


「——これを、心月院とお秋とお米のたもとへ投げ込んでこい。おめえならできる。髪を結いに来たとか、紋之助の様子を聞きに来たとかいって近づきゃいいわけだ」

「はい……うまくやります……」

その夜、町人姿でほおかぶりをした城之介と兵馬は、勘弁の勘八と針の嘉助《かすけ》を連れて、清水坂の木の下やみへ隠れた。

「——兵馬、だれが来ると思う？」

「わかりません……」

「源助を殺したやつが来るのさ」

「じゃ、女が源助を絞め殺したんですか?」

「源助の野郎、女の欲の両てんびんをかけやがったにちげエねエ。女は三人とも、御用聞きにどなられて帰ったといっている。が、源助は、どの女かといっしょに行った。そして、女を自由にしたうえ、銭にしようとしやがった」

「しかし、女たちは、源助からおどかされるような弱いしりはないでしょう。紋之助とのことも平気でしゃべってるんですから」

「紋之助はゆすりで召しとる。女たちは証人としてお白州へひきずり出す……といえば、たいていの女はかんべんしてくれという。どんなしり軽後家だって、うぬのいろごとをお奉行所でさらけ出されるのはいやだろう?」

「では、紋之助は、なぜ帰らぬのでしょう?」

「逃げてるんだろうよ。源助が、ゆすりだとおどかしたにちげエねエ」

——ゴーンと、鐘が鳴り響いた。四つ(十時)だ!

「——いざというときまで、かくれていろよ」

城之介は三人にそういって、やみの中から、不忍の池へ近づいて行った。

と……どこからともなく、黒い影が三つ、城之介へ近づいていった。——言い合わせたように、お高祖《こそ》ずきんで顔を包んだ女だった。

「おやア、三人、おそろいかい⁉」

城之介が、ちょっと驚いていった。

「三人でしたことは、三人でかたをつけたほうがよいであろう……」

そういったのは、心月院の声であった。

「おまえ、お時の情夫《いろ》だね？」

こんどは、両替屋のお秋の声だった。

「わかってるよ。三人とも、お時が帰ったあとで、そでの中の文《ふみ》をみつけたんだからね」

「そうじゃ。情夫であろう。何を知っているのじゃ？　紋之助が死んだことか？　源助のことか？」

こんどこそ、城之介が驚いた——。

「紋之助が死んだ⁉」

「ホホホ……知らぬのかえ？　死んだのじゃ。清水坂の上で、わたしたち三人にこづきまわされているうち、坂からころげ落ち、打ちどころが悪うて死んだのじゃ」

するとはじめて飛脚宿のお米が口を開いた。

「天罰ですよ。女を手玉にとろうとしたきたならしい男にばちが当たったのです。それなのに、源助は、あたしたちをおどかした。あの男も、紋之助と同じように、悪い男ですよ」

「紋之助の死骸《しがい》はどうしたんだ?」

それには、心月院が答えた。

「教えましょう。源助が、清水坂の横の木陰へ埋めてくれた。それをタネに、ひとりから百両ずつ。そのうえ、かわるがわる、自由になれというたのじゃ」

「読めた!」

城之介が、ほおかむりの中で笑った。

「それで、ゆうべは一番手として、心月院どのが相手をおおせつかり、源助といっしょに、増上寺境内の家へ行き、ゆだんをねらって、グイッと絞めた」

「殺したのは、三人力を合わせたのじゃ。ふたりが両手を押え、ひとりが手ぬぐいを首に巻いた。ホホホ……たわいのう死んでしもうた。――したが、おまえ、なにも知らぬようじゃな?」

お米とお秋が、同時に叫んだ。

「――この男、わなにかけたんですよッ」

「――あてずっぽうですよ。三人が来たので驚いてたじゃありませんか」

「お静かに……」

心月院は、ふたりを押えると、突然、短銃を城之介へ突きつけた。

「三人めじゃ。男はどうして、だれもかれも女をいたぶろうとするのであろうなア。おまえの死骸はあす、不忍の池に浮かんでいることであろう……」

が、心月院は撃てなかった。――忍びよった兵馬が、心月院をはがい絞めにしていたからである。

お秋とお米も、勘八と嘉助がとり押えた。そのときはじめて、女三人は、ほおかむりの男が、昼間やって来た定町回り同心千秋城之介であることに気づいたのだった。

「――バカだなア、おめえは……」

城之介が、清水坂横のくらやみへつぶやいた――

「野田屋にいる女房が泣くぜ……が、成仏しろよ。子どもの目がなおるように、銭の心配はしてやるから……」

コスミック・時代文庫

同心部屋御用帳《どうしんべやごようちよう》

一

【著 者】
島田一男《しまだかずお》

【発行者】
杉原葉子

【発 行】
株式会社コスミック出版
〒154-0002 東京都世田谷区下馬 6-15-4
代表 TEL.03(5432)7081
営業 TEL.03(5432)7084
FAX.03(5432)7088
編集 TEL.03(5432)7086
FAX.03(5432)7090

【ホームページ】
http://www.cosmicpub.com/

【振替口座】
00110-8-611382

【印刷／製本】
中央精版印刷株式会社